Franziska Langhammer
Immer mehr im Sommer

Franziska Langhammer

Immer mehr im Sommer

Roman

PIPER

Mehr über unsere Autoren und Bücher:
www.piper.de

Wenn Ihnen dieser Roman gefallen hat, schreiben Sie uns unter Nennung des Titels »Immer mehr im Sommer« an empfehlungen@piper.de, und wir empfehlen Ihnen gerne vergleichbare Bücher.

ISBN 978-3-492-50376-1

Redaktion: Cornelia Franke
Covergestaltung: Marlene Folger
Covermotiv: Marlene Folger
Printed in Germany

I scream, you scream, we all scream for ice cream.

(1927)

Stracciatella

Jahrhundert-Sommer nannten sie ihn, was ganz schön gewagt war, so früh im Jahrhundert, und trotzdem: Auch ich schwitzte. Die Luft flirrte über den Asphalt, die Tauben darbten im Schatten, sogar ihr Picken nach hingeworfenen Körnchen geschah in tollpatschiger Trägheit, und das Eis, das ich auf dem Münchner Odeonsplatz verkaufte, schmolz schnell und musste daher noch schneller auf die Waffeln geklatscht werden. Ich war gerade zwanzig geworden, hatte bereits zwei wenig lukrative Studentenjobs hinter mir und arbeitete nun jeden zweiten Tag am Eiswagen der Edel-Konditorei *May-Lugscher*.

Das Publikum am Münchner Odeonsplatz ist nicht zu verachten. Nach meiner Zeit bei *May-Lugscher* hatte ich selten so gut gekleidete Kunden, die nach einem gehetzten Mittagessen noch ein Häppchen Zucker zu sich nehmen oder sich einfach aus der Kanzlei stehlen wollten, um zumindest kurzzeitig am Sommer teilzunehmen. Umso knausriger sind die Menschen dort in Sachen Trinkgeld, seitdem gebe ich nicht mehr falsch heraus und achte peinlich genau darauf, dass die Kugeln bei jedem Kunden gleich groß sind. Tatsächlich waren es vor allem die mittelalten Anzugträger, die sich benachteiligt fühlten. Wie oft ich mir die bestürzten Ausrufe anhören musste: »Der vor mir hat aber eine ordentliche Portion mehr als ich bekommen!«

Erst mit einer weiteren halben Kugel Eiscreme in der Waffel atmete der gemein Geprellte dann erleichtert aus und zog mit einem »Na also« schmollend ab.

Anfangs suchte ich in solchen Situationen noch im Gesicht des nächsten Kunden nach einem Lächeln, einem gemeinsamen Schulterzucken und vielleicht einem aufmunternden Spruch, wie etwa: »Man bleibt halt doch immer ein Kind, wenn es ums Eis geht.« Stattdessen blickte ich dann in erst recht eisig funkelnde Augen, und argwöhnisch wurde ich dabei beobachtet, dass ich gerecht und großzügig bei meiner Arbeit war.

Und wie an allen Orten, an denen Menschen sich anstellen müssen, um zu bezahlen, ist es auch beim Eisverkauf so, dass sich die Kundschaft ungern gleichmäßig über den Tag verteilt. Bis zu zwanzig Leute standen zu Hauptzeiten in der Schlange vor meinem Eiswagen, die sich regelmäßig überholten, um die angebotenen Sorten noch einmal auszuforschen und in das laufende Verkaufsgespräch zu platzen. »Das Weiße, was ist das? Ist das Joghurt?« – »Ist das Zartbitter oder …?« – »Haben Sie auch ohne Laktose?« Nicht selten standen diejenigen mit den penetrantesten Fragen danach an einem Platz weiter vorne in der Schlange. In die daraus resultierenden Streitereien mischte ich mich nicht ein. Alles, was hinter dem Tresen aufhörte, war nicht mehr mein Gebiet.

Einmal wies mich ein Mann ziemlich barsch darauf hin, ich hätte ihm zwei Minuten zuvor einen Euro zu wenig herausgegeben. Er trug eine Brille, eine gestreifte Krawatte sowie einen Seitenscheitel und wirkte ziemlich glaubwürdig. Ich stockte bei meiner Arbeit und runzelte die Stirn, während mir die nächste Kundin auf Zehen wippend ihr Kleingeld entgegenstreckte.

»Wirklich?«, sagte ich wenig überzeugt und konnte mich beim besten Willen nicht daran erinnern, diesen Mann jemals bedient zu haben.

»Wirklich«, sagte er nachdrücklich und schaute mich noch grimmiger an. Zögernd nahm ich der aktuellen Kundin das Geld ab, drückte ihr einmal Erdbeere und einmal Zitrone in den Becher und dazu noch einen gelbes Plastiklöffelchen, und weil schon der nächste Kunde mit den Sandalen scharrte, fischte ich kurzerhand einen Euro aus meinem Portemonnaie und gab ihn dem Mann mit Brille. Er murmelte etwas, das sich weder nach Dank noch Nachsicht anhörte, und verschwand im Gedränge.

Diesen Vorfall hätte ich schnell vergessen, wenn es dabei geblieben wäre. An diesem Abend aber räumte ich gerade die Metallkästen mit dem Eis zurück ins Kühllager der Konditorei. Es war ein besonders warmer Wochentag gewesen, sodass ich dreimal Schokoladen-Nachschub hatte holen müssen. Ein Räuspern unterbrach meine Überlegungen, wie viel Eis ich am besten für den nächsten Tag bestellen sollte. Der Mann mit Brille stand vor mir, der Anzug saß immer noch wie eine Eins, nur blickte er diesmal ziemlich zerknirscht.

»Ich wollte mich entschuldigen«, sagte er, »ich habe noch einmal nachgerechnet. Sie haben nicht falsch rausgegeben, ich habe mich geirrt.« Bevor ich etwas erwidern konnte, reichte er mir den Euro, versuchte ein Lächeln, und eilte dann die Brienner Straße entlang Richtung Stachus. Den Euro, das weiß ich noch, habe ich dem nächsten Straßenmusiker auf dem Weg zur Bahn in den Hut geworfen.

Wer noch nie Eis verkauft hat, hat keine Ahnung, wie anstrengend das sein kann. Handtechnisch. Besonders bei heißen Temperaturen wird die Masse stark runtergekühlt, und umso schwerer tut sich die Verkäuferin, mit dem Bällchenmacher – dem so genannten Eisportionierer – eine Kugel zusammenzuschieben und, ohne zu kleckern, den ungeduldigen Kunden in Waffel oder Becher zu schmieren. Regelmäßig musste ich meine Hand ausschütteln und reiben, um wieder Kraft in den Fingerspitzen zu fühlen. In diesem Sommer verkaufte ich zum ersten Mal Eis, klassisch ausgerichtet: Vanille, Schoko, Erdbeere, Joghurt, Himbeere, Zitrone, Walnuss und vor allem Stracciatella. Mmmm, Stracciatella. In meinen wenigen Pausen aß ich so viel Stracciatella, dass ich schon schwarze Pünktchen vor den Augen bekam, wenn ich sie schloss. Stracciatella zum Frühstück, eine Löffelspitze in den Kaffee, Waffel mit Stracciatella-Aufstrich oder messerweise, wenn ich die Konsistenz und Temperatur meiner Eissorten prüfen wollte. Milchshake mit Stracciatella-Stückchen, die man langsam durch den Strohhalm ziehen konnte, je sahniger und cremiger die Kugel im Glas wurde, oder Stracciatella-Spaghetti-Eis mit Schokosoße in den späten Nachmittagsstunden, wenn Zeit zum Experimentieren blieb.

Noch heute habe ich vor allem die Schokoteilchen in Verdacht, mit denen ich mir meine unheimliche Lust auf Stracciatella erkläre. Sie sind es auch, die dem Eis ihren Namen geben, zerfleddert, zerstückelt, zerfetzt präsentiert sich die Schokolade in weißer Umschichtung, kühlendes Beiwerk, das die dunklen Körner vor dem Schmelzen ummantelt. Schon die Bestellung von Stracciatella ist ein sinnliches Erlebnis, man kann das Wort nicht anders aussprechen als ein gerolltes Geheimnis – das Versprechen müßigen

Vorankommens, begehrlich, lustvoll und mit ungewissem Ausgang. Genauso muss es der Erfinder dieser Sorte, Enrico Panattoni, gewollt haben: In den 50ern mixte er *Fior di Latte*, ein kalorienreiches Milcheis aus Mascarpone, mit Schokostückchen und machte damit seine Eisdiele im norditalienischen Bergamo weltberühmt.

Nicht nur durch ihre gepunktete Optik hat diese Sorte durchaus etwas Divenhaftes, Mondänes und zugleich Kindliches – und ist vielleicht deshalb auch das drittbeliebteste Eis neben den Dauerbrennern Schoko und Vanille.

In diesem Sommer also aß ich Mainstream.

Exotik und Zitrone

Es war mein erster Sommer als Studentin, seit zwei Semestern belegte ich Kurse in Romanischen Sprachen, mit dem einzigen Ziel vor Augen, auf keinen Fall Lehrerin zu werden. Mein Bruder Hannes, zwei Jahre älter als ich, wohnte in München, wir teilten uns ein kleines Apartment in Maxvorstadt und hofften beide, ich würde bald einen Platz in einem Wohnheim bekommen. Schnell lernte ich Anna und Josy kennen, die ich nicht mehr loswerden würde. Wir hatten zwei aufregende Semester hinter uns, in denen wir jeden Montag in einem Irish Pub herumhingen, weil uns dreien der Barkeeper gefiel. Meistens hatten wir viel vom Wochenende zu besprechen: Wir tanzten durch die Indie-Hits in versteckten Läden mitten in der Fußgängerzone, verliefen uns im *Pimpernel*, der roten Hölle am Sendlinger Tor, oder betranken uns endlos im Glockenbachviertel. Zum Abschluss einer gelungenen Nacht gehörte auf jeden Fall ein Bier im *Lamm's*, einem urigen Wirtshaus am Sendlinger Eck, direkt neben dem alten Kino.

Das *Lamm's* war die einzige Kneipe, in der auch nach fünf Uhr bedient wurde. Und obwohl wir dort in fröhlicher Regelmäßigkeit auftauchten, wollte uns Teres, die Kellnerin, nicht wiedererkennen und raunzte uns in ebenso regelmäßigen Abständen an: »Nehmt endlich die Füße von den Stühlen!« Trotz ihres pampigen Tons und der immer verdrießlichen Schnute, hatten wir das Gefühl, dass Teres uns eigentlich mochte. Um uns herum hingen eher ältere Semester in den Stühlen, nicht selten in Joppen und mit einem Filzhut, alte Männlein, die stundenlang schafkopften, mit einer stolzen Wampe und einer Maß Bier vor sich.

Einer von ihnen stieg eines Morgens mit mir in die Tram am Sendlinger Tor ein. Ich hatte ihn schon beim Bezahlen leicht schwanken sehen, aber er hatte sich so gut unter Kontrolle, dass er freihändig die Treppen vom *Lamm's* ins Freie erklomm. Obwohl es etwa sechs Uhr morgens war, herrschte schon – oder noch – reger Betrieb, vor allem in den vorderen Sitzreihen waren alle Plätze besetzt. Ich ging ein paar Schritte auf eine leere Sitzreihe zu und drehte angeekelt wieder um: Jemand hatte ausladend auf den Boden gekotzt, es stank bis zum Fahrkartenautomaten. Der Mann aus dem *Lamm's* wollte sich auf einen der freien Sitze bequemen. Doch als die Tram lossetzte, verlor er das Gleichgewicht und landete mit Hintern und Hand im Erbrochenen. Peinlich berührt versuchte ich wegzusehen und bemerkte, dass auch die anderen Fahrgäste mit einer Mischung aus Ekel und Schadenfreude heimlich in seine Richtung schielten. Einige kicherten erschrocken, um ihr Lachen dann schnell in Schal und Kragen zu vergraben.

Doch niemand hatte mit dem kabarettistischen Talent des Alten gerechnet. »Ja, pfui Deife! Kreizbiambam nommol nei! Is des grob!«, rief er, sich durchaus gewahr, dass er beobachtet wurde. Ächzend und fluchend erklomm er die Senkrechte, hielt sich mit der einen Hand an einem Sitz fest und schüttelte angewidert die andere. »Wos war denn des für a Depp, speibt da mittn in die Bahn eine! Bah!« Aus seinem Ärmel zog er nach einigen Versuchen ein speckiges

Stofftaschentuch und wischte emsig an seinem Hosenboden herum. Nun hatte er die ungeteilte Aufmerksamkeit des Tramabteils. Ein jüngerer Typ pflichtete ihm grinsend bei, zwei Mädels boten ihm weitere Taschentücher an. »Na, basst scho«, wehrte er ab. Nach einer kurzen Pause fiel ihm noch ein weiterer inkommoder Aspekt an seiner misslichen Lage auf. »Jo, wos sag i jetz meiner Oidn? De glabt mir ja koa Wort!«, schimpfte er, schon fast verzweifelt, »die glabt mir doch nie und nimmer die Gschicht! Die denkt wieda, ich wär saubesoffen gwesn!«

Nun musste auch der letzte im Abteil lachen. Leider musste ich an der nächsten Haltestelle aussteigen. Allzu groß konnte der Ärger Zuhause nicht gewesen sein, denn zwei Wochen später zeigte ich ihn Josy und Anna, als er wieder im *Lamm's* saß und mit seinen Spezis in aller Seelenruhe Karten spielte.

Anna war die Einzige von uns mit Plan, aber sie nahm uns unsere Sorglosigkeit nicht übel. Eigentlich hatte sie nach Regensburg gewollt, dort studierte ihr damaliger Freund. Doch auch weil das Los der Studienplatzvergabe sie stattdessen nach München gebracht hatte, war mit ihm bald Schluss. Sie studierte Medizin, wohnte ein Stockwerk über meinem Bruder, und wir lernten uns auf einem Fest im Hinterhof kennen.

Anna kam öfter mit einer Flasche Wein vorbei, ab und zu setzte sich Hannes zu uns in die Küche, und wir quatschten über Gott und die Welt. Ich mochte ihre zurückhaltende Art und ihr unaufgeregtes Interesse an Dingen, die mir erst durch ihre Nachfragen auffielen. Erzählte man Anna eine Anekdote, die einem selbst widerfahren war, oder eine Kindheitserinnerung aus tiefster Vergangenheit, konnte man davon ausgehen, dass man danach eine andere Interpretation dazu geliefert bekam, die man nicht selten als plausibler empfand.

»Sie wird später mal eine tolle Ärztin abgeben«, sagte mein Bruder über sie, ohne irgendein näheres Interesse an ihr zu haben. So eine geduldige und aufmerksame Gesprächspartnerin zu haben, das war er mit mir als Mitbewohnerin nicht gewohnt.

Annas zweite Seite sollte ich bald kennenlernen. Sie war ungemein witzig. Hinter ihren Brillengläsern und dem braven Auftreten versteckte sich eine zynische Witzbombe. In biederen Charme verpackt und ohne eine Miene zu verziehen, brachte sie mich zum Heulen vor Lachen mit ihren oft politisch inkorrekten Formulierungen. Einmal erzählte sie mir von einem besonders dicken Patienten, den sie während ihres Praktikums im Krankenhaus zum Röntgen bringen sollte, an den Kollegen in Weiß im Rollstuhl vorbeischob und sich dabei einen Wolf schwitzte. Schritt für Schritt quälte sie sich den Flur entlang, bis sie endlich den Patienten samt Gewicht bei den Schwestern abgeben konnte. Danach war sie zu den schon grinsenden Ärzten gestiefelt und hatte erbost gesagt: »Das nächste Mal heuere ich bei Greenpeace an, wenn ich wieder das Bedürfnis verspüre, Wale zu blitzen!«

Anna wurde schnell zu einer guten Freundin, sie war wie eine große Schwester, die ich immer anrufen konnte, selbst wenn sie einen Zwölf-Stunden-Tag im Kittel hinter sich hatte.

Josy traf ich zum ersten Mal bei der Einschreibung zu einem Kurs in Konversation Französisch II. Eigentlich traute ich mir auch Französisch III zu, aber weil kein Platz im Seminar mehr blieb, musste ich mich notgedrungen zurückstufen.

Der Kursraum war noch vom vorigen Seminar besetzt, der Dozent noch nicht da, und so warteten etwa zwanzig hoch motivierte junge Frauen im hallenden Flur der Universität. Es wurde geschnattert und gelacht, mit Zeitungen geraschelt und Kaffee aus Pappbechern geschlürft, scheinbar kannten sich die meisten aus irgendwelchen anderen Seminaren. Ich hatte nicht das Glück, also lehnte ich mich an eine der hellbraun marmorierten Säulen und – was ich manchmal tat, wenn ich mich verloren fühlte – summte vor mich hin. Die Wände im Gebäude waren hoch, weiß getüncht und wechselten über einen geschwungenen Steinbogen zum nächsten Raum, alles roch nach Geschichte und altehrwürdig. Durch den Schein der großzügigen Fenster kam Leben in das Gemäuer, Farbe und Helligkeit. Draußen auf den weiten Grünflächen des Campus fand das Leben statt, dem man hier stumm und distanziert zuschaute, und ich freute mich darüber, hier die nächsten Monate zu verbringen.

Ich beobachtete meine Kommilitonen, entdeckte sogar zwei Jungs unter ihnen – bestimmt Lehramtsstudenten. »Was is'n das?«, riss mich eine rauchige Stimme aus meinem Gesumme, »Sportfreunde Stiller, oder was?«

Dicht neben mir stand plötzlich eine zierliche Person mit großen Augen und einer so dicken dunklen Mähne, dass sie selbst mit Haargummi gebändigt das Doppelte von meiner Haarpracht ausmachte.

»Was?«, fragte ich irritiert zurück und richtete mich auf. Ich war mindestens einen Kopf größer als sie.

»Was summst du denn da? Das sind doch die Sportis?«, sagte das Haarwunder.

»Sportis?« Ich verzog den Mund, bestimmt spöttischer als gewollt.

»Na, die Sportfreunde Stiller!« Die Kleine war unnachgiebig und blitzte mich fröhlich an. In diesem Moment wurde mir klar, dass wir uns ziemlich ähnlich sehen mussten. Auch sie hatte einen dunkleren Teint, eine schmale Nase, Sommersprossen darauf und krause Haare im Mittelscheitel, trug dunkle Kleidung und helle, flache Schuhe. Wir hätten Schwestern sein können. Oder beste Teenie-Freundinnen, die zusammen shoppen und immer gleich gestylt auf Partys gehen.

Ich fühlte mich überrumpelt und sagte abweisend: »Keine Ahnung. Nö.«

Jetzt summte sie auch! Stellte sich neben mich auf, imitierte meine Haltung und summte! Und zwar *Das Kompliment* von den Sportfreunden. Warf mir dabei schelmische Blicke von der Seite zu, um gleich wieder angestrengt die Augen zuzukneifen und sich auf das Lied zu konzentrieren.

Die Mädelsgruppe neben uns war auf uns aufmerksam geworden und kicherte unverhohlen. Die Kleine neben mir summte lauter und lauter, bis immer mehr Umstehende sich grinsend in die Seite stießen, auf sie deuteten und ihrem schrägen Konzert lauschten. Ich war gefangen in meiner peinlichen Position, so sehr ich auch versuchte, mich locker hinzustellen, in meinen Hosentaschen Halt zu finden und das Ganze aus einer anderen Warte zu betrachten, so sehr lebte die Komik des Augenblicks von ihrer Imitation. Und so standen wir zu zweit mit dem Rücken zur Wand, eine A-cappella-Truppe, wie zwei Straßenkünstler, von denen die eine alle Aufmerksamkeit auf beide zieht. Ich schämte mich in Grund und Boden. Als sie den Refrain das zweite Mal singend wiederholte – eine Stimme wie Janis Joplin hatte die Kleine! – klatschten sogar einige mit, und zum Glück öffnete sich in diesem Moment die Tür zum Kursraum, und rotwangige, erhitzte Studenten strömten heraus.

Ich atmete auf, nahm meine Tasche und beeilte mich, den Präsentierteller und das dunkeläugige Monster neben mir zu verlassen. Doch die dachte gar nicht daran, mich in Ruhe zu lassen. Klemmte sich an mich und ließ sich im Seminarraum auf den Stuhl neben mir fallen, in den ich die Flucht ergriffen hatte. Kopfschüttelnd schaute ich sie an. Meine Laune war auf einem Tiefpunkt, immer noch hörte ich Gekicher und spürte die Blicke der anderen auf mir.

»Ich mach nur Spaß. Ich hab keine Ahnung, was du da gesummt hast«, sagte sie. »War doch witzig!«

Ich atmete scharf aus und versuchte, sie zu ignorieren.

Zum Glück kam der Dozent herein und lenkte erst einmal die Aufmerksamkeit auf sich. Monsieur Feigl nannte er sich, sah aus wie mein ehemaliger Erdkundelehrer, bloß zwanzig Jahre jünger, ein Filou mit Schnauzer und gar nicht so harmlosem Blick durch die dicke Hornbrille.

»Hui, was ein Kaliber«, schnurrte die Kleine mir leise zu, schüttelte ihr prächtiges Gefieder und strich sich übertrieben eine Haarsträhne aus dem Gesicht, die sofort wieder zurückfiel. Ich seufzte und versuchte, noch ein Stückchen weiter wegzurutschen, an den äußersten Rand unseres gemeinsamen Pults.

Nicht lange währte der Frieden: Monsieur Feigl forderte uns auf, fünf Minuten mit unserem Tischnachbarn in französischer Konversation das Wichtigste über dessen frankophile Erfahrungen herauszukitzeln und das Ganze dann in einer zweiminütigen Vorstellung vor dem Kurs zu präsentieren. Ich stöhnte leise auf. Oh Mann, mit der Tussi neben mir konnte es nur noch peinlicher werden, und ich war froh, dass meine vorherige Schamesröte gerade ihren Weg aus meinem Gesicht gefunden hatte.

Die Kleine strahlte mich unterdessen an und säuselte: »Bonjour, je suis Josy. C'est Josephine. Mais tu peux m'appeller Josy.« Mit erheblichen grammatikalischen Fehlern erzählte sie von ihrem verhagelten Start in die Sprache, die ihr fast das Abi gekostet hatte. Danach war sie allein durch Marokko gereist und hatte vier Monate im Disneyland Paris gearbeitet, unter anderem als Mini Mouse. Josy hatte keine Ahnung, wohin mit dem Studium – wie ich – und wollte sich erst einmal aufs Sprachenlernen konzentrieren.

»Und auf die Männer«, fügte sie mit einem erfüllten Lächeln hinzu, um im selben Atemzug anzumerken: »Sehen wir uns nicht verdammt ähnlich?!«

Auch Monsieur Feigl fiel das auf. Zur großen Erheiterung des Kurses nahm er seine Hornbrille ab, um uns genauer unter die Lupe zu nehmen, ging ein paar Schritte auf unseren Tisch zu und rieb sich gespielt verdutzt die Augen: »Na, so was ist mir noch nie passiert – habt ihr zumindest unterschiedliche Namen?«

Es brodelte in mir, noch so ein lustiger Heini, aber Josys gute Laune war unverwüstlich: »Na, ich bin die Kurzform!« Die anderen brüllten vor Lachen.

Ich versuchte gar nicht erst, meine brennenden Wangen zu verbergen, aber das machte auch gar nichts – Josy unterhielt wie eine zweite Barbara Schöneberger. Farbenreich und wie ein Wasserfall plappernd dichtete sie mir eine tollkühne französische Vergangenheit an: Als Nachfahrin des hugenottischen Hochadels war ich als Kind mit meinen Eltern aus La Réunion nach Bayern gekommen, wo ich nun meinen Wurzeln nachspüren wollte. Dabei merkte Josy noch nicht einmal, dass sie immer »er« im Französischen benutzte, wenn sie von mir sprach.

Spätestens am Ende der Stunde war mir klar, dass ich diesen Kurs nie wieder besuchen würde und dass ich diese unmögliche Kleinversion meiner Selbst mit dem schrecklichen Französisch nie wieder sehen wollte. Ich schrieb Monsieur Feigl eine E-Mail, um mich abzumelden, und nervte die Dozentin von Französisch III so lange, bis ich von der Warteliste in das Seminar kam.

Zehn Tage später lief sie mir wieder über den Weg. Ich stand in der Vorhalle der Mensa und studierte die Monitore, auf denen die Mahlzeiten des Tages angezeigt wurden. Karottengemüse mit Schweinelenden in Rahmsoße, oder doch der Stockfisch à la portugues? Plötzlich hörte ich Gekicher und drehte mich um: Ein paar Studenten lachten über mich und die Miniatur-Ausgabe, die sich klammheimlich neben mich gestellt hatte und in übertrieben gleicher Pose die kulinarischen Angebote durchging.

»Du schon wieder«, sagte ich, ich hatte wirklich genug von diesem aufdringlichen Stück Mensch.

»Ich schon wieder«, strahlte sie und wippte mit ihren Haaren, heute zusammengebunden zu einem Riesen-Pferdeschwanz. Sie schien sich über unser Wiedersehen zu freuen.

»Deine andere Frisur hat mir besser gefallen«, sagte ich knapp und wandte mich wieder der Anzeigetafel zu.

»Danke, dass du es Frisur nennst«, sagte sie, und ich musste, ob ich wollte oder nicht, ein wenig grinsen. Josy folgte meinem Blick. »Ich tendiere zum Stockfisch.« Und fügte dann schnell an: »Darf ich dich einladen?«

Ich schüttelte den Kopf und vermied es, sie dabei anzusehen: »Ne, ich zahl selbst.« Hastig wollte ich mich auf den Weg zur Steintreppe Richtung Mensa machen.

»Darf ich mit dir Mittag essen?«, hakte sie nach, ohne von meiner Seite zu weichen. Ich drehte mich genervt um. Die war wirklich nicht wegzukriegen. Was wollte sie denn von mir? Außerdem kann es mega unangenehm werden, mit jemandem unterwegs zu sein, der dir in lächerlicher Weise ähnlich sieht. Mir nochmals so viel Blöße vor Unbekannten zu geben, darauf hatte ich keine Lust. Ich wollte gerade losgiften und sie verscheuchen, da sagte sie: »Ich weiß, ich bin echt nervig. Aber ich finde, wir passen gut zusammen.«

Verblüfft und mit halb offenem Mund schaute ich sie an. Nachdem ich mich wieder gefangen hatte, sagte ich: »Ähm ... hattest du nicht vor, dich auf Sprachen zu konzentrieren und ... Männer?«

Josy guckte genauso überrascht zurück und prustete dann laut los: »Na klar! Männer! Oh Mann. Keine Angst, ich steh nicht auf dich. Ey, wirklich. Ich finde dich irgendwie cool. Ich mein, wer summt denn schon die Sportis, wenn alle anderen gerade networken und connecten. Keiner. Nur du stellst dich da hin und summst, als würde dich das alles nichts angehen. Ey Mann, ich fand das einfach cool.«

Sie wurde ernst, und zum ersten Mal sah ich sie richtig an, ohne das Befremden ob der eigenen Ähnlichkeit aufkommen zu lassen. Hatte sie tatsächlich nur meine Aufmerksamkeit gesucht und mich nicht willentlich blamiert? Ich zögerte. Vor mir stand eine kleine junge Frau, die überfordert von ihren Haaren den Kopf nicht richtig still halten konnte und plötzlich sehr verloren wirkte. »Allein essen macht keinen Spaß«, setzte sie fast schmollend hinterher.

Irgendwas rührte mich an diesem kindhaften Wesen, und

ich konnte nicht anders, als seufzend und ergeben »Klar« zu sagen. Wie gesagt, Josy wurde ich nicht mehr los.

Schon lange bevor die beiden mich zum ersten Mal an der Eistheke am Odeonsplatz bei der Arbeit besuchten, ahnte ich, welche Wahl meine Freundinnen treffen würden. Und tatsächlich: Anna bestellte immer und immer wieder dieselbe Sorte, manchmal eine, meistens zwei Kugeln, ohne Zögern, egal, wie fantasievoll und protzig die anderen Sorten garniert waren: Anna liebte Zitrone.

»Entspricht meinem Gemüt«, erklärte sie, während sie hingebungsvoll an ihrem Eis nuckelte, das über ihre Finger auf den Boden tropfte.

Ich musste ihr zustimmen. In der Tat hatte Zitroneneis etwas Herbes und Erfrischendes an sich, das abscheulich künstlich schmeckt, sobald es zu sehr in die Süße geht. Zitroneneis muss bitter sein und nach Zitrone schmecken, damit man auch den lieblichen Nachgeschmack genießen kann. Glasig sollte es im besten Falle aussehen und schnell zerlaufen; je weniger Milch bei der Herstellung verwendet wird, umso besser wird das Eis. Menschen, die Zitroneneis mögen, sind oft klar und strukturiert, sie polarisieren, und das bewusst – und es ist ihnen herrlich egal, ob sie gemocht werden oder nicht.

Denn fest steht: Wer Zitroneneis mag, mag Auseinandersetzung. Obwohl es eine derart unharmonische Eissorte ist, kann sie mit anderen Fruchtsorten bestens kombiniert werden – sie nimmt ihnen die Künstlichkeit. Etwa bei der Erdbeere, die schnell unnatürlich schmeckt. Mit dem Gegenstück, der Zitrone, gewinnt auch die Erdbeere an Bodenhaftung. Zitroneneis war Annas Welt, ich weiß nicht, wie oft sie mir das gleichnamige Lied von den Ärzten vorsang.

Josy hingegen war eine der Kandidatinnen, die sich vorher schon überlegen, ob ihnen heute eher nach Frucht oder Nuss ist, und dann völlig überzeugt an die Eistheke treten. Und genauso sicher ist die Voraussage, dass sie zehn Minuten später verzweifelt weglaufen wird, weil sie sich doch nicht entscheiden kann. Meistens nahm sie einfach das, was ihr Vordermann bestellt hatte, oder sie fragte betont unauffällig nach dem Eis, das heute schon am meisten gegessen worden war. Oder am wenigsten.

Eisesserinnen wie Josy konnte man am glücklichsten machen, wenn man ihr die »Überraschungswaffel« anbot – ein Roulettespiel des Geschmacks, bei dem ich sie zwang, die Augen zuzukneifen und, während ich mit der Kelle leise die Sorten abzählte, zweimal Stopp zu sagen. Dann trabte sie hochzufrieden ab, biss erst einmal in die obere, dann in die untere Kugel, und weil es Josy war, auch in die Waffel, um das Eis von unten herauszusaugen. Wenn ich gezielt herausfinden wollte, welches Eis ihr am besten schmecke, musste ich mich mit Antworten wie »Wenn's heiß ist, am liebsten Erdbeere. Oder Kirsche. Oder Waldfrucht. Oder … oh geil, Schoko« zufrieden geben.

Im Gegensatz zu Anna war sie jedoch experimentierfreudig, traute sich später an exotischere Varianten wie Pfirsich-Melba-Krokant. Wobei neu nicht unbedingt Aufregung versprach: Während Anna stoisch ihre Zitrone lobte und ihr die Treue hielt, konnte Josy sich über eine fad schmeckende Eissorte wie über eine ihrer Männergeschichten auslassen. Ich erwischte sie sogar einmal dabei, wie sie Soda-Karamello in einen städtischen Abfalleimer versenkte. Und so waren wir eine unvergleichliche Mischung: eine unentschiedene Stracciatella-Genießerin, eine herbe Vertreterin der zitronigen Sachlichkeit und ein probierfreudiges

Schleckermäulchen auf der Suche nach der Explosion der Sinne.

In München zu studieren heißt auch: arbeiten müssen. Es sei denn, man hat besonders reiche oder besonders arme Eltern. Die Sprösslinge, deren Eltern nachweislich wenig Geld haben, bekommen die schöne Seite der Solidaritätsgemeinschaft zu spüren: Schnell ergattern sie einen Platz in einem Studentenwohnheim und können das volle BAföG-Paradies genießen. Oft habe ich es erlebt, dass Studenten aus nicht so betuchten Familien sich euphorisch ins Studium stürzen, akribisch jeden literarischen Kanon durchharken und letztlich auch mit den besten Noten davonziehen. Sind die Eltern der Studenten hingegen besonders reich, fahren sie gern mal mit dem Auto vor die Uni und quetschen sich mit viel zu großen Karren in viel zu kleine Parklücken. Schuld sind dann immer die anderen Vollidioten, die nicht richtig aufschließen. Diese Kommilitonen wissen meistens besonders gut Bescheid im Leben und sagen besonders laute Dinge in den Seminaren, manchmal sogar kluge. Sie schlagen Referatsbesprechungen in Schwabinger Edelkneipen vor, in denen ein Tee etwa fünf Euro kostet und ein Cocktail das Dreifache. Nicht selten sehen sie so aus, wie man sich ihre Eltern vorstellt: up to date. Das heißt in diesem Fall: altmodisch und auf jung getrimmt.

Am schlimmsten sind Seminare, in denen zwei oder drei Studenten dieser Art zusammen kommen. Dann kann man davon ausgehen, dass der vorgegebene Stoff viel zu umfangreich ist und viel zu wenig ins Detail geht, denn in Details, da kennen sie sich aus. In diesem ersten Studienjahr begann ich, reiche Menschen zu verachten, ohne eine stichhaltige Erklärung dafür zu haben. Erst viel später musste ich mir eingestehen, dass natürlich Neid auf die finanzielle Unabhängigkeit ein Grund für meine Abneigung war – vor allem aber die Selbstverständlichkeit, mit denen sie ihren Besitz als Evolutionsstufe postulierten und damit ein größeres Mitspracherecht in der Gesellschaft oder eben den Kursen beanspruchten.

Ich aber war – finanziell gesehen – Mittelmaß. Deswegen musste ich arbeiten. Zeit genug hatte ich. Mein Studiengang erlaubte es mir, Lernen und freie Zeit nach Belieben selbst einzuteilen, und es gab kaum Anwesenheitspflichten. Also wurde es für mich nur vor den Prüfungen stressig, wenn ich plötzlich viel Stoff aufzuholen hatte. Bevor ich zum Eis kam, war das Schwarze Brett in der Germanistik-Mensa Anlaufstelle für meine Jobsuche.

Ein paar Wochen trug ich bei einem Meinungsforschungsinstitut Stunde für Stunde Zahlen in Kästchen ein und drückte dann auf »Enter«. Abends schmerzte mein Rücken, meine Augen tränten, und ich bekam keinen geraden Satz mehr heraus. Bald kündigte ich und versuchte, meine Ansprüche an das Leben herunterzuschrauben. Mehr Aldi, mehr Rad, keine neuen Klamotten – es half alles nichts. Nicht lange nach meinem Aus bei der Kästchenfirma musste ich mir eingestehen: Ich brauchte einen neuen Job. Nicht nur die finanziellen Ansprüche, die ich an mein studentisches Leben hatte, trieben mich zu dieser Entscheidung, nein, ich musste neben dem ganzen Lesen und Lernen und Schreiben auch etwas tun. Es machte mich kribbelig, einen ganzen Tag in der Bibliothek zu verbringen, ohne etwas Geistloses vollbracht zu haben. Mein Körper brauchte Ausgleich, und was ich zu Beginn mit Joggen an der Isar in eine Balance bringen wollte, zeigte sich am Ende des Monats in meinem Geldbeutel. So sehr ich auch knappste, es reichte nicht, und am Weggehen wollte ich nicht noch mehr sparen.

Also verband ich das Nützliche mit dem Sinnvollen, Geld mit Arbeit, und bewarb mich für ein Praktikum bei einer Produktionsfirma. Fernsehen für Privatsender. Schlecht bezahlt, aber immerhin ein paar hundert Euro für zwei Tage in der Woche. Tiefer, und das wurde mir ziemlich bald klar, konnte keine Studentin der Geisteswissenschaften sinken.

Amarena

Alles, was man in Soaps sieht oder in Boulevardmedien über die private Fernsehbranche liest, kann man eigentlich vergessen. Kein Klischee beschreibt diesen Melting Pot aus gescheiterten Intellektuellen und aufstrebenden Neureichen treffend – denn eigentlich ist es noch schlimmer. Der Chef war ein cholerischer Glatzkopf, der seine Pausen koksend in der Toilette verbrachte und in steter Regelmäßigkeit eine Jungredakteurin oder Tonassistentin nach Feierabend mit nach Hause nahm. Mal davon abgesehen, dass sein Frauenverschleiß nicht durch seine kaum vorhandene Attraktivität erklärbar war und mich das archaische Schema immer wieder stutzig machte, hätte das niemanden gejuckt. Die Kamerajungs hatten sich schon oft genug Anschiss von ihm abgeholt und wagten nicht einmal ein Scherzchen. Der Rest der Redaktion war entweder auch involviert oder schon so lange dabei, dass es keinem mehr auffiel. Außer der Redaktionsleiterin. Das war seine Freundin. Regelmäßig bekam sie einen hysterischen Heulanfall, ab und an klatschte sie ihm auch eine. Never fuck the company – auch wenn ich mich an den Grundsatz hielt, holte mich das spannungsgeladene Thema selbst ein. Ich hatte das Praktikum über einen Bekannten vermittelt bekommen, Maciek. Mein Problem war jedoch Antonia. Die stand offensichtlich auf ihn, ab und zu landeten die beiden auch im Bett, wie Maciek mir einmal erzählt hatte, aber so richtig bekannte er sich nie zu ihr. Antonia arbeitete als Redakteurin in der Firma, trank unheimlich viel grünen Tee und plapperte noch viel unheimlicher. Jeden Morgen fuhr sie mit ihrem Mini vor, hatte ein neues Kleid oder teure Stiefel an und begann zu reden, sobald sie den Raum betrat.

Schon bei meiner Vorstellung hob sie eine Augenbraue, hielt mir kurz die Hand hin, um in meinem Händedruck ein waberndes Gemisch aus schlanken Fingern kurz liegen zu lassen, und wandte sich verächtlich mit den Worten ab: »Du bist das also.«

Ich war das also, das junge Ding, das ihr Freund angeschleppt hatte – beide waren gut zehn Jahre älter als ich. Zwischen Maciek und mir war nie etwas gelaufen, ich hatte keine Ambitionen diesbezüglich, doch war er der Ruhepunkt, an den ich mich wendete, wenn ich mich unter meinen Kollegen unwohl fühlte. Dummerweise teilten Antonia und ich uns ein Zimmer.

Zweimal in der Woche betrat ich also den beplüschten Flur, hörte Antonia schon von Weitem quäken, mal am Telefon, mal mit der Redaktionsleiterin im Flur, zuweilen auch mit sich selbst. Zuerst holte ich mir einen Kaffee mit Milchschaum aus der Retro-Küche, grüßte in die anderen Räume hinein und setzte mich an den Praktikanten-Computer, um Mails zu checken. Meistens brauste dann die Chefin an und legte mir kommentarlos zehn bis zwanzig Beta-Tapes hin, die bis Mittag gesichtet werden sollten. Unterhaltungsfernsehen ist nur für den Zuschauer unterhaltsam. Der Weg zur bunten Dokusoap ist ein langer, anstrengender Prozess, denn auch Seichtigkeit fordert in der Ausarbeitung ihren Tribut. Stupide musste ich die gesamten Filmaufnahmen der letzten Tage anschauen, immer wieder auf die Stopptaste drücken und mir Notizen zum Geschehen machen. »Hund vor Haus. Bellt und springt Rudi an. Rudi lacht: … Braver Kerl … dem müssen wir noch einiges beibringen.«

Nächster Bin – also nächster Abschnitt: »Rudi mit Hund, gehen in Garten. Rudi schmeißt Stock. Hund guckt Rudi an. Rudi lacht.« Nächster Bin: »Rudi versucht noch mal mit Stock. Geht in die Hocke. Hund bellt. Rudi lacht nicht mehr.« Nächster Bin: »Rudi sucht Stock im Busch. Findet ihn nicht. Hund daneben, bellt. Rudi sauer.« Nächster Bin: »Rudi reißt Ast von Baum. Schmeißt ihn, Hund schaut hinterher. Rudi haut Hund.«

In diesem Moment kommt auf den Aufnahmen Belli, der Hunderetter, um die Ecke. Belli ist ein mopsiger Typ mit sanften Augen und einem Bariton, in dem Autorität und Gnadenlosigkeit mitschwingt.

»Einer unserer besten«, hatte mir die Chefin am Anfang erklärt, Belli sei schon lange im Geschäft. Er wisse von selbst, wie er Dramaturgie in eine alltägliche Situation bringe, in der jeder normale Mensch kein Problem sehen würde. Belli ist Profi. Er springt Rudi in den Arm und sagt in die Kamera: »Aber Rudi. Da musst du Geduld haben. Der Kleine hier ist ja völlig verwirrt.«

Dann bückt er sich, streichelt den Hund, und sagt in die Kamera: »Ja, du braver Kerli. Bist ja ein Guter.« Rudi strahlt, Belli strahlt, der Hund strahlt. Und ich tippe.

Den lieben langen Tag guckte ich mir den Stoff an, aus dem Privatfernsehen gemacht wird. Markierte die Bins, in denen etwas passierte oder ein zusammenhängender Satz gesagt wurde, der Sinn machte in der Erzählführung der Geschichte. Machte Klammern um Ereignisse, die gerade aus dem Ruder liefen, etwa wenn der Hund genau das tat, was ihm gesagt wurde, aber noch nicht zu dem Zeitpunkt, an dem er sollte, weil Rudi den Befehl gegeben hatte, und nicht Belli. Spulte zehn Mal an einer Stelle zurück, weil ich Rudis Genuschel auf dem alten Visionier-Gerät nicht verstehen konnte. Ab und zu kam die Redaktionsleiterin, guckte auf den Monitor und nickte zufrieden, wenn sie meine Bins las. Immer wieder sagte Antonia, ich solle bitte leiser tippen, sie möchte telefonieren. Wenn sie das nicht sagte, verdrehte sie demonstrativ die Augen und tippelte so lange mit den Fingern auf ihrem Tisch, dass ich meinen Kopfhörer abnehmen und fragen musste: »Is was?«

An wenigen Tagen, wenn kein anderer weiblicher Mensch im Flur zu sichten war, kam der Chef und sichtete mich. Stellte sich breitbeinig hinter mich, ich spürte seinen ungeduldigen Atem in meinem Nacken und wollte mich nicht umdrehen. Stur starrte ich auf den Monitor und schrieb auf dem Laptop weiterhin Bins, Bins, Bins. Einmal biss der Hund dem kleinen Kind vom Nachbarn in die Hand, das Kind fing fürchterlich an zu schreien, und Schwarz.

»Was ist denn das?«, fragte der Glatzkopf, der wieder einmal hinter mir stand und mitguckte. Er zog mir den Kopfhörer von den Ohren, für den Fall, dass ich seine Frage nicht gehört hatte, und wiederholte sie, diesmal lauter. Er beugte sich über mich, ich roch sein scharfes Rasierwasser und rutschte schnell zur Seite, damit er selbst auf Reward drücken konnte. Wir schauten uns die Szene an, der Hund sprang auf das kleine Kind zu, wollte spielen, schnappte nach der Hand, das Gesicht des Mädchens in Großaufnahme, die Augen aufgerissen vor Schreck, bevor es markerschütternd losplärrte – Schwarz. Nächste Aufnahme: Rudi füttert den Hund.

Der Chef spulte vor und zurück, wurde immer unruhiger und atmete schwer, dann brüllte er: »Was ist denn das?!« Er schnappte sich die Hülle, in der das Tape verpackt war, und entzifferte den Namen des Kameramanns: Marco Färber. Oje, dachte ich, oje. Im nächsten Moment wählte er von meinem Telefon aus die Nummer der Produktion, wie ein Irrer hackte er dabei auf das Wählbrett, und schrie in den Hörer: »Marco Färber soll zu mir ins Büro kommen – sofort!«

Dann knallte er den Hörer neben das Telefon und sprang im Zimmer auf und ab, wie ein Rumpelstilzchen tobte er, haute mit dem Fuß gegen den Türstock, dass sogar Antonia zusammenzuckte und die Kollegen im Raum gegenüber sich klein machten. »Was für ein erbärmliches Arschloch! Der hat Fernsehen nicht verstanden! Dem haben sie doch ins Hirn geschissen! Und wenn da ein Kind heult und blutet, und wenn es zum Arzt muss, dann muss man draufhalten! Dann ist das geil! Ab ins Krankenhaus, Großaufnahme, Eltern in Schock, Kind rotzt, Kamera drauf! Was für ein Würstchen!«

Ich schaute ihn nicht an, dafür schämte ich mich zu sehr, für was eigentlich, war mir nicht klar. Vermied jeden Blickkontakt, als der Zwerg sich einigermaßen beruhigt hatte, tief ausschnaufte und aus einem unerfindlichen Grund mit seiner Faust auf die Tischplatte vor mir klopfte.

»Wir machen hier allerfeinste Unterhaltung, wir sind die Besten in ganz Deutschland«, sagte er, und an seiner vibrierenden Stimme merkte ich, wie erregt er immer noch war, »wir haben eine Quote, von der jeder ARD-Fuzzi träumt, und wir haben Zuschauer, die genau das sehen wollen: Action, Blut, Tränen. Wenn du noch mal so 'nen Schund siehst, gib mir Bescheid. Dieser Scheißer kann was erleben.«

Dann kickte er noch einmal gegen die Wand und knallte die Tür zu seinem Büro hinter sich zu. Plötzlich war es totenstill. Auch in den anderen Zimmern hielt sich noch eine Schrecksekunde, bevor die Kollegen wieder ihrer Arbeit nachgingen. Ich holte tief Luft und suchte Antonias Blick, doch die beschäftigte sich emsig mit ihrem Handy, in das sie eine scheinbar wichtige Nachricht zu tippen hatte. Marco Färber arbeitete, soweit ich das mitbekam, danach nie wieder für die Firma.

Nach drei Wochen Sichten und Bins-Erstellen fühlte ich mich doof und elend und machte immer öfter Kaffeepausen bei Maciek. Der hatte mit dem Chef und der Redaktion nicht viel zu tun, schraubte im Technikraum herum und freute sich, ein paar Minuten Ablenkung zu haben. Für jeden Kollegen hatten wir mittlerweile einen Namen, damit ich ihm ungehindert mein Herz ausschütten konnte. Der Chef war der Bäcker, seine Freundin Bambi, Belli war Herr Müller und der übereifrige Mitch von nebenan, angehender Redakteur und hochbegabter Texter, der sich immer wieder über meine nachlässig formulierten Bins aufregte, hieß Buddenbrocken. Nur für Antonia hatten wir keinen Namen, denn auch wenn ich über sie am meisten Frust ablassen wollte, hielt ich mich mit Kritik an ihr zurück.

Anfangs hatte Maciek zwar einfühlend gefragt, ob denn Antonia schwierig sei – das hätten schon einige Praktikantinnen vor mir bemängelt – aber ich hatte nur zögernd den Kopf geschüttelt und gesagt, nein, Antonia sei … okay. Öfter saßen wir auf der Couch vor dem Schaltraum oder vertraten uns draußen ein bisschen die Beine, rauchten eine oder tranken das ein oder andere Bierchen vor Feierabend. Bambi sah das natürlich nicht gerne, doch sie konnte nichts sagen, denn mit dem Sichten war ich meistens vor vier fertig, der Rest war den Hintern platt sitzen und warten, bis es sechs war. Der Bäcker machte breit grinsend die ein oder andere anzügliche Bemerkung, von wegen Praktikantinnen-Couch und irgendwas mit mehr Speed in der Sprecherkabine. Antonia hingegen bebte. Jedes Mal, wenn sie mich mit Maciek zusammen sah, drückte sie sich an ihn und flüsterte ihm etwas ins Ohr.

Maciek war ihre offensichtliche Eifersucht unangenehm, anfangs versuchte er noch, sie wegzuschieben und das Gespräch einfach fortzusetzen, später, als sie aggressiver wurde, sagte er leise zu ihr: »Lass uns das später besprechen.«

Ich fühlte mich damit nicht wohl, aber weil das Verhältnis zu meinem Bruder kein anderes war, sah ich in meinem Verhalten keine Schuld. Maciek war ein netter Typ, der mit allen im Flur klar kam und sich bestimmt noch mit keinem Menschen in seinem Leben groß gestritten hatte. Ohne mit ihm jemals über seinen Eisgeschmack gesprochen zu haben, hätte ich ihn sofort als Amarena-Typ eingeordnet. Dunkel, verboten süß, ein Hauch von Alkohol im Geschmack. Amarena-Typen, besonders die männlichen, nehmen sich gern noch mal einen Nachschlag, wenn alle anderen schon fertig sind mit dem Essen. Sie haben alle Zeit der Welt, schlicht weil sie sich diese nehmen. Und wenn alles um sie herum in Chaos und Hektik zusammen bricht, der Amarena-Esser sitzt seelenruhig bei seinem Eis und lässt es sich schmecken. Anders ausgedrückt, ist der Amarena-Nascher etwas unempfänglich gegenüber den Bedürfnissen seiner Umwelt. Die Schwere der Amarena-Kirsche macht sie träge und auch seltsam gleichgültig. Sie nehmen Misstöne wohl wahr, es fehlt jedoch an Esprit und Durchsetzungsvermögen, von sich aus auf den anderen zuzugehen. Und so machte der Einzige, der das schwierige Verhältnis zwischen Antonia und mir hätte verbessern können – nichts.

Eines Tages stand Antonia plötzlich vor meiner Tür, mit einem falschen Grinsen im Gesicht. Ich hatte gerade mit Josy gesimst, die mich heute zum allmontäglichen Bier in unserem Irish Pub abholen wollte und schon unten vor dem Eingang stand.

»Zum Chef, bitte«, flötete Antonia. Ich seufzte, steckte mein Handy in die Tasche und folgte ihr durch den Flur zum Chefzimmer.

Eine donnernde Stimme empfing mich. »Was hast du dir dabei gedacht?«

Der Glatzkopf saß halb, stand halb an seinem Schreibtisch, die Arme vor dem bulligen Körper verschränkt. Fehlte nur noch der Cowboy-Hut, er wäre der perfekte Bösewicht in jedem Western gewesen.

»Wobei gedacht?«, fragte ich, mir keiner Schuld bewusst.

»Du hast uns die besten Szenen von Belli vorenthalten! Die besten Szenen!« Er wurde immer lauter. »Wir müssen uns auf dich verlassen können, auch wenn du nur die Praktikantin bist!« Mit immer röter werdendem Glatzkopf brüllte er mich an. Die Bins seien falsch markiert gewesen, die wichtigsten Stellen nicht angeführt, zum Glück sei das dem Cutter noch aufgefallen. Sonst hätte man die Dramaturgie der Serie in den Eimer treten können. »Hast du überhaupt verstanden, was du tun sollst?« Mit etwas Spucke schleuderte er mir diesen letzten Vorwurf an den Kopf.

Ich zuckte zusammen und wischte mir angeekelt die Spucke von der Backe. Nach und nach dämmerte es mir. Hatte nicht immer Antonia meine Sichtlisten geprüft, bevor sie diese an die Redakteure weiterleitete? Hatte sie etwa die Markierungen entfernt? Ich linste zu ihr, und tatsächlich, sie lächelte schadenfroh vor sich hin. »Ich … ich hab keine

Ahnung wie …«, stotterte ich, denn in meinem Kopf überschlugen sich die Gedanken.

»Ich, ich …«, äffte der Chef mich nach. »Du, du kannst deine Sachen packen und gehen.« Ich wurde rot vor Wut und Scham und hätte ihm am liebsten zurück ins Gesicht gespuckt, stolperte stattdessen benommen aus dem Chefzimmer und hielt mich dort erst einmal an der Wand fest.

Hinter mir hörte ich Antonia ätzen: »Na, das war so was von fällig. So eine unfähige Praktikantin hatten wir, glaub ich, noch nie.«

Mein Magen drehte sich um. Ich fühlte mich vorgeführt. In diesem Moment kam Maciek um die Ecke. »Alles okay bei dir?«, fragte er und klopfte mir freundschaftlich auf die Schulter. Ich war den Tränen nahe, doch noch Herrin meiner Sinne, als ich mich wie automatisch an ihn hängte und ihn fest an mich drückte.

»Ich bin gefeuert«, flüsterte ich ihm ins Ohr und hoffte, Antonia würde uns so sehen. Macieks Bestürzung war echt. Er hielt mich eine Weile im Arm, und tatsächlich ging in diesem Moment die Tür auf und Antonia starrte uns kurze Zeit entsetzt an. Maciek ließ mich schnell los, sodass die Szene nach mehr aussah, als es eigentlich gewesen war. Ich sagte: »Tschüss, bis bald mal, Maciek«, hauchte ihm noch demonstrativ einen Kuss auf die Wange und verschwand dann in meinem Büro, um meine Sachen zu holen.

Draußen wartete Josy auf mich und merkte sofort, dass etwas nicht stimmte. »Hast du geweint?«, fragte sie.

»Ich bin gefeuert«, erwiderte ich.

Wir sahen uns kurz an, bevor Josy »Gut so!« sagte und sich bei mir einhängte. Eine Weile gingen wir schweigend nebeneinander her. »Lis«, sagte Josy schließlich, »jetzt brauchst du ’nen neuen Job.«

Das Schwarze Brett gab nicht mehr viel her, und so versuchte ich mein Glück bei der Studentenbörse im Arbeitsamt. Neben Tipparbeiten in Architektenbüros, der Hilfe bei Inventuren von Handwerksfachgeschäften und immer wieder Nachhilfeschulen war auch eine Edelkonditorei auf der Suche nach studentischen Hilfskräften, die wenig kosteten und viel Zeit hatten.

Und so fand ich zum Eis.

Eis gehört zum Sommer wie der Schnee zum Winter. Klagen wir im Januar über die Kälte, versuchen wir im Juli das kalte Frisch wieder in uns hineinzulutschen. Nichts bringt uns dem Gefühl von Freiheit unter wolkenlosem Himmel und scheinbar unendlichen Sommertagen so schnell näher als ein Eis, sei es in der Waffel oder am Stiel, im Becher oder als Eiskaffee.

Ich kann mich noch gut an das Tröten des Eisbusses erinnern, der in meiner Kindheit durch die Wege unserer Siedlung kurvte und mit einem gemütlichen Fauchen vor unserer Haustür stehen blieb. Auf dem Dach des Wagens eine überdimensionale Waffel mit drei Kugeln, im Auto vor dem Tresen ein meist gut gelaunter Mann mit schwarzem Vollbart und italienischem Akzent: »Oh bella ragazza, es gibt hier gelati, was du wollen!«

Während ich früher die grellsten Neonsorten wählte, weil die immer genau so ungesund schmeckten, wie sie aussahen, hatte mein Bruder keine Lust auf das Eis, sondern viel mehr auf den Wagen. Wenn nicht zu viele Nachbarskinder mit ihren Eltern anstanden, durfte Hannes in den Bus einsteigen und selbst Eismann spielen. Meine Mutter musste dann höflich an den Tresen herantreten und mit hoher Stimme sagen: »Oh, da haben Sie heute aber ganz besondere Sorten im Angebot! Vanille-Sorbet, was ist denn das?«

Und mein Bruder quietschte vor Vergnügen »Bella ragazzi, gelati, gelati!«, rollte mit Hilfe des Eismanns, der nur schwer vor Lachen an sich halten konnte, eine fantasievolle Kugel, die er mit emsiger Anstrengung in einen Becher drapierte und stolz meiner Mutter überreichte.

Meistens musste der Eismann ihn dafür ein Stück anheben, damit mein Bruder über die Theke reichte. Meine Mutter bedankte sich artig und zahlte, damals noch 80 Cent für eine Kugel, und wenn sie »Danke« sagte, verbesserte Hannes schmollend: »Grazie sagt man!«

Mir persönlich ist jeder Mensch, der behauptet, kein Eis zu mögen, suspekt. Natürlich gibt es graduelle Unterschiede, etwa der Daueresser, der im Gefrierfach stets zwei verschiedene Sorten Eiscremes lagert, um nach jedem größeren Mahl ein kleines Häppchen davon zu sich zu nehmen. Oder der Genussesser, der nur alle halbe Jahr Lust auf ein sahniges Eis verspürt und sich dann sehr viel Zeit lässt, die richtigen beiden Kugeln zu kombinieren. Die meisten Menschen aber freuen sich so sehr über die ersten Sonnenstrahlen im Frühjahr, dass sie schon im März zur Gelateria rennen und mit einem vorfreudigen Lächeln »Einmal Schoko, einmal Vanille, bitte« bestellen. Wer vor eine Eistheke tritt, der lässt das Kind in sich sprechen. Für einen kleinen Moment darf er wieder genau das sein: unentschlossen, gierig, aufgedreht.

Viele haben sich in einer Art Uniform ihre Vorlieben angelegt, um nicht bei jeder kleinen Entscheidung große Gedanken wälzen zu müssen. Denn an der Eistheke entblößt sich das Talent zum Risiko, hier scheidet sich der traditionelle vom versuchsfreudigen Esser. Letzterer entdeckt etwa mit Schokosplittern verziertes Kirschblüte-Karamell in der Auslage, ist entweder fasziniert von dem verführerischen

Namen oder der appetitlichen Aufmachung und bestellt sich begeistert eine ordentliche Portion davon. Aber mag ihm die neue Kreation auch schmecken, uns allen ist eines gleich: Wir haben eine Lieblingssorte.

Meistens machen wir uns darüber keine großen Gedanken, man hat sie eben, weil sie einem meistens schmeckt, weil sie selten enttäuscht hat, weil man seinen ganz eigenen Sommer mit ihr verbindet. Unbewusst ist die Sprache der Eiswahl, und doch bildete sich für mich hinter dem Tresen mit der Zeit ein Muster heraus, das ich beständig vervollständigte, immer wieder zuschliff und irgendwann perfektionierte.

Es dauerte nicht lange, und ich hatte mich eingearbeitet in das neue Metier, gewöhnte mich langsam an mein zum Teil sehr penibles Publikum im Herzen Münchens und freute mich auf die Nachmittage hinter dem Eiswagen. Die Konditorei *May-Lugscher* war ein Familienunternehmen mit langer Historie, ab und an schaute der Patriarch vorbei, ein freundlicher, steinalter Mann mit einem goldverschnörkelten Spazierstock, der alles mit einem wohlwollenden Lächeln inspizierte und dabei nur noch die Hälfte erkennen konnte.

Herr der Torten war Julius Schüller, der erstaunlich dünn geblieben war für seinen Job. Alle sprachen ihn mit Vor- und Nachnamen an, den Grund dafür habe ich nie herausgefunden. Die feinsten Kuchen schuf er mit seinen flinken Spindelfingern, sündhaft teure und sündhaft kalorienreiche Schokotrüffel, die ich manchmal abends mit nach Hause nehmen durfte, wenn sie die Mindesthaltbarkeit überschritten hatten.

Chefin und Gesicht des Ladens war Frau Koslewski, die so gerne mit den Kunden schwatzte, dass sie mich weitestgehend in Ruhe mein Eis verkaufen ließ. Bei schönem Wetter, und das war in diesem Sommer meistens der Fall, schob ich den Eiswagen vor die Tische und Stühle der Konditorei im Außenbereich, damit ich mehr Laufkundschaft bedienen konnte. Wenn es nieselte oder die Wolken nicht aufreißen wollten, blieb ich mit meinem Wagen unter der Markise im Inneren der Konditorei und hoffte, die Passanten würden mich auch so entdecken.

Vanille

In meinem ersten Eissommer traf ich Jakob. Bei unserem ersten Date holte er mich vom Eiswagen ab und stellte sich auf die Zehenspitzen, um gespielt beeindruckt die acht verschiedenen Sorten zu mustern und dann »Einmal alles bitte« zu bestellen. Spontan drückte ich ihm einen riesigen Batzen Vanille in die Waffel. Mit Vanille kann man nichts falsch machen. Ein Klassiker, ohne den es nicht geht und der in jedem Eissortiment enthalten sein muss. Nicht ohne Grund ist Vanille die Königin unter den Gewürzen.

Kaum jemand weiß, dass das Pulver aus einer Orchideen-Gattung gewonnen wird. Auch von seiner südlichen Herkunft schmeckt man nicht viel: Vanille wirkt heutzutage auf einen Westeuropäer weder besonders exotisch noch leidenschaftlich. Der Geschmack changiert lediglich in der Intensität der Vanillenote: Im schlechtesten Fall schmeckt es zu molkig und geht ins Vergorene, im besten Fall erfrischt die Schote mit einem schmelzend-cremigen Ton. Sahnig genug, um den ersten Eishunger zu stillen, reicht meistens schon ein Bällchen. Vanille kann für sich stehen, schmeckt aber am besten in Kombination mit aufregenderen Beigaben – etwa heißen Himbeeren oder einer dicken Schokosoße. Ich bevorzuge Vanilleeis in der amerikanischen Fassung: ohne Ei. Dadurch ist die Konsistenz fluffiger und mit dem hauchfeinen Verdacht, da könnte noch mehr gehen an Aroma.

Mit Vanille schiebt man eine sichere Kugel – man wird aber auch nie viel erleben. Schlicht, unaufdringlich und trotzdem unverkennbar, das ist die positive Beschreibung des Vanille-Liebhabers. Er punktet mit Zuverlässigkeit und geduldiger Demut, Zurückhaltung und dem Wissen, dass seine feine Note für klassische Eisgerichte wie dem Eiskaffee unerlässlich ist. Vanille-Esser sind der Kitt zwischen der Welt und den anderen, in der Schule werden sie zum Klassensprecher gewählt. Gleichzeitig kann man von ihnen keine spannenden Ideen erwarten, Party gibt's anderswo. Denn sie sind meist ebenso: blässlich, süßlich, passen zu allen anderen Sorten. Sie verlieren sich in ihrer Unscheinbarkeit, manchmal mit einem Touch ins Besserwisserische.

Jakobs Überraschung verwunderte mich also nicht: »Vanille – das nehm' ich tatsächlich immer!«

Unser erstes Gespräch vier Tage zuvor war ziemlich wortgleich abgelaufen, nur war es um Bier gegangen. Ich stand am Tresen des Partyraums in einem Studentenwohnheim, das zum Ende des Semesters wie zu Beginn und auch währenddessen immer genug Grund fand, sich selbst zu feiern – ein holzvertäfeltes, verrauchtes Loch, eine Art ländliches Sportheim, in das ich ursprünglich mit Anna und Josy gekommen war. Die hatten sich jedoch schnell in Rauchschwaden und Männergespräche vertieft. *Mando Diao* liefen, an den Wänden hingen Vereinswappen und ein paar weißblaue Fähnchen, die Ledersofas in den Ecken waren längst besetzt mit knutschenden und emsig quatschenden Menschen, und während ich mir eine Zigarette anzündete, entschied ich mich erst einmal für ein Bier. Jakob fand mich inmitten der Bestellung und sagte, ich solle ihm bitte was mitbestellen. Er bekam ein Augustiner und strahlte. Sein

Lieblingsbier. Mühsam zu erwähnen, dass genau zwei Sorten zur Auswahl standen.

Ich mochte seine hellen Augen, auch noch, nachdem er innerhalb der ersten zehn Minuten seine Ex-Freundin erwähnt hatte. Das Augustiner leerte sich, das nächste Bier ging auf ihn, die nächste Zigarette auf mich.

Anna war kurzzeitig wieder aufgetaucht und hatte mich grinsend in die Seite gekniffen. Josy sah ich aus dem Augenwinkel wild herumknutschen. Irgendwie schafften es sie und ihr Aufriss, ein aufregender Dunkelhaariger, sogar auf eines der Sofas: Sie knutschten so heftig, dass Josy nach hinten abrutschte und sich gerade noch am Knie eines Sitzenden festhalten konnte. Ihr Begleiter konnte trotzdem nicht an sich halten und zog sie abrupt wieder hoch, um genauso feurig weiter an ihr herumzuhantieren. Just rutschte Josy wieder ab, ruderte mit den Armen und verfing sich in den Haaren einer Sitzenden, die genervt zur Seite rückte.

Josys Gefährte nutzte die Gunst der Stunde und zog sie beherzt auf das Sofa, wo sich langsam, aber sicher auch die anderen Sitzenden vom Acker machten, mehr oder weniger amüsiert. Im Eifer des Gefechts hatten sich inzwischen Josys oberste Blusenknöpfe gelöst. Ich mochte gar nicht hinschauen.

»Kennst du die?«, fragte Jakob, meinem Blick folgend, und ich hüstelte so was wie »Mmm«.

Schnell lenkte ich unser Gespräch wieder zurück, sinnfreies Geplänkel über dies und das, was machst du, woher kommst du, durchaus kurzweilig.

Vielleicht war es die Art, wie er erzählte, ohne Koketterie und ohne besondere Haltung. Vielleicht auch sein Interesse, ohne mich auszufragen. »Hat dich schon mal Erzähltes so beeindruckt, dass du es selbst erleben wolltest?«, fragte Jakob nach dem ersten Schnaps.

Eigentlich hasste ich gefühlige Fragen in unangebrachten Momenten. Bei Jakob störte mich das aber nicht.

Jemand hatte inzwischen die Musik so laut aufgedreht, dass nur noch Tanzen und Rumschieben im Partyraum möglich war, daher setzten wir unser Gespräch an der frischen Luft fort. Der Kies knirschte unter unseren Schuhen, es roch ein wenig morschig und nach verklungenem Open-Air, und da wir vor dem Wohnheim nichts Gemütliches zum Hinsetzen fanden, spazierten wir zum nächstgelegenen Park.

Ich dachte immer noch über eine Antwort nach.

»Eigentlich beeindruckt mich wenig«, sagte ich, »leider. Manchmal wäre ich gerne ein bisschen euphorischer.« Wir stiefelten durch das Gras, ich bückte mich und befand es für trocken. »Schuhe aus«, sagte ich, musste mich an Jakob abstützen, um mir meine ausgetretenen Turnschuhe von den Füßen zu ziehen, verlor dabei das Gleichgewicht und riss ihn mit mir nach hinten.

Kichernd fielen wir ins Gras und blieben eine Weile nebeneinanderliegen, um schweigend den Sternenhimmel zu betrachten. Es hatte aufgeklart, aus der Ferne war noch die Musik von der Party zu hören, gerade liefen *Nirvana*, und wie es sich anhörte, grölte der ganze Raum mit. Josy war bestimmt eine der ausgelassensten Feierfreunde auf der Tanzfläche. Bei dem Gedanken grinste ich still vor mich hin.

»Ganz schön romantisch für ein erstes Date«, sagte Jakob dann, und ich: »So weit sind wir schon?«

Jakob lachte und setzte sich nach einer Weile auf. Später brachte er mich noch zur Tram und drückte mir zum Abschied fest die Hand. Das durfte ich auf keinen Fall Josy erzählen. Die hätte losprustend vor Schwangerschaften und sexuellen Gefahren gewarnt, wenn es zwischen uns weiterhin so rasant voranging.

Jakob also. Mit seinem Vanilleeis beschäftigt, wartete er im Schatten der Markise, bis ich dem letzten Kunden, einem älteren Herren mit Zeitung unter dem Arm, noch zwei Kugeln in einer großen Schokowaffel serviert hatte. Danach half er mir, die einzelnen Kästen in den großen Kühlschrank zu packen. Während ich mit einem Lappen den Eiswagen säuberte und das Schirmchen einklappte, beobachtete er mich grinsend.

Ich schob den zusammengepackten Wagen in den Flur neben der Küche. Auf der Toilette für das Personal wusch ich mir gründlich die Hände, nahm mein weißes *May-Lugscher*-Hütchen ab und musterte mich kurz im Spiegel. Ein bisschen zerzaust, aber zufrieden grinste ich mich an.

»Das macht dir tatsächlich Spaß«, stellte Jakob fest, als ich die Tür zur Konditorei mit einem Gruß zu Frau Koslewski hinter mir schloss.

Ich zuckte mit der Schulter: »Es gibt umsonst Eis, einigermaßen Trinkgeld und man kann nicht viel falsch machen. Ganz gut für ’nen Nebenjob.«

Wir spazierten durch den Englischen Garten, am Monopteros und den Trommlern dort vorbei. Die Sonne flaute schon ab und tauchte die Umgebung in rotes Abendlicht. In dicken Waben schwirrten Mücken um uns herum, die ich immer wieder erfolglos zu verscheuchen versuchte. Ab und an verschluckte ich eine aus Versehen und spuckte dann wenig damenhaft das Tier wieder aus. Es war immer noch so warm, dass wir barfuß und in Shorts unterwegs waren. Ein oder zweimal mussten wir Bällen ausweichen, links spielten ein paar Jungs Fußball und beschimpften sich dabei wüst, rechts wurde ein Volleyballmatch ausgetragen. In jedem Feld standen etwa acht Leute, die sich ständig in die Hacken stiegen. Wir schauten ein paar Minuten zu und feuerten die schlechtere Mannschaft an, bevor wir weiter schlenderten und uns ein Plätzchen am Hang suchten.

Während wir das Gesicht in die letzten Sonnenstrahlen hielten, sagte Jakob: »Ich weiß kaum was von dir – außer, dass du Lis heißt und Eis verkaufst.«

Ich betrachtete ihn von der Seite. Immer noch gefielen mir seine hellen Augen, changierend zwischen grau und grün, und auch seine Haarfarbe konnte ich nicht wirklich zuordnen. Dunkelblond? Er hatte hohe Wangenknochen, blasse Sommersprossen.

»Da gibt es gerade nicht viel zu wissen«, sagte ich und erzählte dann doch. Nebenbei belegte ich seit diesem Semester einen Rumänisch-Kurs. Da ich rein gar nichts von diesem Land wusste und der Kurs umsonst war, dachte ich mir: *Nimm mit, was geht.* Rumänisch war eine seltsame Mischung aus Französisch und besoffenem Slawisch mit italienischen Untertiteln. Eigentlich war mir nach den ersten beiden Stunden klar gewesen, dass ich es gleich sein lassen könnte, wollte ich jemals mein Französisch verbessern und nicht in heilloses Chaos mit der nächsten Sprache geraten.

»Sag mal was, wie klingt das so«, fragte Jakob.

Ich wurde ein wenig verlegen: »Ich häng mich da nicht wirklich rein. Aber die Zahlen, die kann ich. Neunzehn zum Beispiel. Das ist nouasprezece.«

»Nouasprezece«, wiederholte Jakob und lauschte dem Klang nach, »das klingt nach polnischer Kartoffelsuppe. Nouasprezece.«

Jakob kam aus einer kleinen Ortschaft im Bayerischen Wald. Er war mit der Langsamkeit auf dem Land groß geworden, die ihn neugierig auf mehr gemacht hatte, auf urbanes Leben, auf die Gedanken, die sich Menschen anderswo machten – aber nicht auf zu viel. Jakob war, wie den meisten Bayern, klar, wo er hingehörte, und dass er sich nur temporär aus seiner Heimat bewegen würde, um sein Weltbild mit nach Hause zu nehmen und dasselbe Leben weiterzuführen, nur eben anders.

Ich kicherte bei seinen Erzählungen aus der Provinz, einem Dreißig-Seelen-Dorf mit viel Wald im Umkreis, einem Skilift und zwei Verkehrsampeln. Weil beide Eltern arbeiteten, gab es Mittagessen immer bei Oma, die zu dieser Zeit noch tatkräftig im Familienleben mitwirkte und auch Mutter, Vater und dem widerspenstigen großen Bruder gehörig Respekt einjagte. Mit sechzehn hatte Jakob beschlossen, per Mofa nach Paris zu reisen. »Einmal quer durch Deutschland und zurück«, sagte er, »so ein bisschen wie die Jungs von Irgendwie und Sowieso nach Indien wollten.«

Tatsächlich machte das Mofa knapp hinter dem übernächsten Wald schlapp, und weil er sich die Blöße nicht geben wollte, verbrachte er drei Nächte in einer heruntergerockten Pension in Landshut, bevor er sich von seinem älteren Bruder via Anhänger abschleppen ließ. Mit seiner ersten Freundin ein Jahr später schaffte er es bis nach Paris, diesmal mit dem Zug. Vom Hocker gehauen hatte ihn die Stadt nicht. Nicht mal das Hostel konnte in Sachen Sauberkeit mit der Pension in Landshut mithalten, kostete aber dreimal mehr.

»Das war also die Geschichte, die dich am meisten geprägt hat«, fasste ich zusammen – es sollte eigentlich ein Witz sein –, und Jakob nickte versonnen.

Bis es dunkel wurde und nur noch der helle Vollmond und ein paar vereinsamte Trommler uns aus der Ferne begleiteten, saßen wir in der Wiese und erzählten uns Unwichtigkeiten, die uns zum Lachen brachten. Wir redeten über Alltägliches, Geschichten, die uns als Landeier in der Großstadt befremdeten, und die große Frage, warum wir hier waren. Er gefiel mir, ich gefiel ihm, und ich wartete nur auf den Augenblick, in dem wir uns endlich küssen würden. Normalerweise hielt ich es nicht anders als Josy, knutschte mit wildfremden Typen auf Partys herum und hoffte, am nächsten Tag nicht die Hände vors Gesicht zu schlagen, wenn ich mich an ihn erinnerte. Nun aber war ich nüchtern, und ich stellte mich an wie ein pubertierendes Töchterchen aus besserem Hause.

Vorerst nämlich plauderten wir und plauderten. Zweimal legte er den Arm um mich, ich lehnte mich ein wenig an ihn, doch diese Momente verzogen sich, ohne dass etwas zwischen uns passierte. Einmal überlegte ich: *What would Josy do?*, und wäre fast spontan über ihn hergefallen. Mittlerweile hatte sich die Spannung wie ein Mantel um uns gebauscht, ich hatte vor zehn Minuten meine Hand neben seine gelegt, die er vorsichtig mit dem kleinen Finger streichelte. Kurzzeitig stockte mir der Atem, weil ich dachte, jetzt aber. Jetzt. Gleich nimmt er meine Hand und schaut mich lange an.

Ungeachtet dessen, was sich zwischen unseren Fingern abspielte, unterhielten wir uns weiter. Ich hatte nach einigem Nachhaken zugegeben, dass ich mit der wilden Knutscherin auf der Party – die mir, by the way, verdammt ähnlich sah – befreundet war, da wollte er wissen: »Und auf was für Männer stehst du so?«

Vorsichtig legte er seine Hand über meine. Klatsch. Die ganze Romantik schien wie weggeblasen.

Ich schwieg eine Weile, um ihm Zeit zu geben, diese Frage zu revidieren, ehe ich meine Hand langsam wegzog und seufzend fragte: »Ernsthaft?«

Völlig überrumpelt sagte Jakob umso nachdrücklicher: »Äh … ja, ernsthaft!«

»Puh«, machte ich, »so plump war's doch die ganze Zeit nicht.«

Obwohl es schon ziemlich dunkel war, konnte ich sehen, wie Jakob mich anstarrte. Selbst erschrocken über die Schärfe meiner Erwiderung starrte ich zurück, hatte aber keine Ahnung, wie ich zurückrudern sollte. Und eigentlich wollte ich dies nicht: Die Frage war wirklich doof, und der Moment äußerst unangenehm. Natürlich reagierte ich über, dennoch wollte ich sehen, wie weit ich ihn herausfordern konnte. Vielleicht hatte er nicht gewusst, wie er eleganter einen Satz nach vorne machte. Trotzdem: Das Kind lag schon im Brunnen.

Nach einiger Zeit sagte er: »Und so zickig warst du doch die ganze Zeit nicht.« Als ich scharf ausatmete, schob er eilig ein »Sorry …« hinterher.

Wir schwiegen uns an, am liebsten hätte ich jetzt den Abend beendet. Zum Glück war Jakob nicht nachtragend, und er durchbrach die Situation mit einem halbherzig lachenden »Du bist wirklich eine harte Nuss«.

Ebenso halbherzig schmunzelnd murmelte ich etwas wie »Selber Zicke«, schaffte es aber nicht mehr, meine Befangenheit abzuschütteln.

Jakob nahm es sportlich, wechselte einfach das Thema und versuchte keine Annäherung mehr. Klar, kein Wunder, ein bisschen enttäuschte es mich doch. Schließlich spazierten wir gemütlich durch das immer noch sonnenwarme Gras zur Bahn. Zum Abschied umarmten wir uns kurz, ich musste ihn komisch angesehen haben, denn er schaute komisch zurück und sagte: »Na denn, mach's gut.«

Geknickt kam ich nach Hause. Mein Bruder saß mit einem Freund und Anna auf dem Balkon, also quetschte ich mich mit einem Klappstuhl dazu, für den es eigentlich keinen Platz mehr gab, und erzählte von meinem seltsamen Abend.

Hannes lachte hell auf und sagte: »Lis at her best! Dich kann man mit 'nem Mann allein lassen. Da muss ich mir als großer Bruder überhaupt keine Sorgen machen.« Er stieß mit seinem Freund auf mich an und nahm einen großen Schluck Bier.

»Ach halt die Klappe«, sagte ich wütend, »wenn er sich so blöd anstellt, kann ich auch nichts machen.«

Mitfühlend legte Anna den Arm um mich und hielt mir ihre Flasche hin: »Mal abgesehen davon, dass das wirklich eine der beschissensten Anmachen ist, der meldet sich schon wieder. Und dann versuchst du, nett zu sein.« Nach einer Weile fügte sie spitz hinzu: »Widerspenstige Frauen haben durchaus ihren Reiz.«

Schallend lachten mein Bruder und sein Freund los, und am liebsten hätte ich sie alle gegen die Wand geknallt. Wortkarg trank ich noch ein paar Schluck Bier mit und verzog mich dann übel gelaunt in mein Zimmer.

In den nächsten beiden Wochen hörte ich nichts von Jakob. Leider hatte ich viel zu viel Zeit, darüber nachzudenken, denn unitechnisch gab es nicht viel zu tun. Mein Französischkurs brachte mich nicht weiter, vor allem mündlich stagnierten meine Lernfortschritte. Aus Verzweiflung suchte ich mir eine Tandem-Partnerin aus Marseille, die mit mir einmal in der Woche eine halbe Stunde deutsch, eine halbe Stunde französisch sprechen sollte. Weil ihr Akzent aber so stark war – sie sagte »Veng« und meinte »vent« – Wind – und ich sie auch mit viel Geduld nicht verstand, sprachen wir meistens Englisch und ließen uns bei einem Kaffee und einem Stück Streuselkuchen über Gott und die Welt aus.

Das Eisverkaufen machte nur halb so viel Spaß, müde rollte ich Kugeln und reichte sie über den Tresen, sogar Frau Koslewski sah sich genötigt, mich zu mehr Freundlichkeit gegenüber der Kundschaft aufzufordern. Als eine Kindergartengruppe bei uns Halt machte und in fröhlichem Geplärr etwa fünfzig verschiedene Kugeln Eis in hundert Variationen bestellte, sagte ein Mädchen mit Heidi-Zöpfen zu mir: »Du bist ein Eis-Engel.« Leider konnte ich mich nur zu einem höflichen Lächeln zwingen.

In diesen zwei Wochen zeigte ich mich öfter in der Bibliothek – tatsächlich hoffte ich, Jakob dort zufällig zu treffen. Er hatte mir von einem Referat erzählt, das er vorbereiten musste, und die Lehrsammlung seines Fachbereichs war auf derselben Etage wie meine. Unkonzentriert starrte ich dort Löcher aus dem Fenster und bekam regelmäßig einen Herzstillstand, wenn ich glaubte, dass er um die Regale bog.

Zwischendrin kritzelte ich hektisch in meinen Block Gedankensplitter, Gedichte und Bildchen von französischen Dichtern, wie ich sie mir vorstellte, schob schlecht gelaunt den Block wieder weg, um mich erfolglos dem Buch zu widmen. Dank meiner Gereiztheit hatte ich zu dieser Zeit wenig Sinn für die Probleme meiner Freunde, und so knirschte es manchmal zwischen Josy und mir. Mittags traf ich mich mit ihr in der Mensa, sie hatte gerade ein Auge auf ihren Tutor geworfen und versuchte sich modisch neu. »Wie findest du mein neues Shirt?«, fragte sie bei einmal Pommes mit viel

Ketchup, das einzige Essen, das in der Mensa immer geht, und zog ihren Pulli hoch.

Ich schaute kurz auf, vertiefte mich wieder in mein Essen und meinen Gedankensumpf und nuschelte: »Es ist sehr blau.«

Josy grinste. »Genau! Blau. Kornblumenblau. Geile Farbe, oder?«

Ich nickte abwesend und dippte weiter stur die Pommes in die Soße.

Josy tippte mich noch mal an: »Hey, Lis! Und guck mal die Träger. Voll schön, oder? Mit so 'nem mega-Ausschnitt, das hab ich sonst nie an!«

Lahm hob ich meinen Blick, nickte und versenkte mich wieder. Josy wäre nicht Josy gewesen, wenn sie nicht getan hätte, was sie tat. Prompt nahm sie mir den Teller weg, stellte ihn mit Geklirr und Geschepper neben sich, sodass ich sie empört ansehen musste, schob sich den Pulli wieder zurecht und sagte: »Weißte was, Lis, mir reicht's. Ich kann dein Gesicht nicht mehr sehen. Seit Tagen kriegst du keinen ordentlichen Satz mehr zustande, ziehst einen Flunsch bis ins Nirgendwo und hast eine Laune, dass mir schlecht wird.«

Zornig wurstelte sie in ihrer Tasche herum, zog ihr Handy heraus und befahl: »Jetzt sagst du mir sofort seine Nummer. Wenn du ihn nicht anrufst, dann tu ich's, denn ich ertrag dich so keine Minute länger!«

Es war wie verhext, aber jedes Mal, wenn ich eine Nachricht formuliert hatte, die einigermaßen unaufdringlich und heiter klang, wurde mir schlagartig klar, dass ich sie sofort löschen musste. Ich konnte mich nach diesem Abend nicht nur halb bei ihm melden, das würde meine Widerspenstigkeit noch peinlicher machen. Und einen neuen Date-Vorschlag zu machen, das traute ich mich nicht.

Selbst Josy konnte mich nicht dazu zwingen, und so stöberte sie penetrant immer wieder, sobald sie sich unbeobachtet wähnte, in meiner Jacke nach meinem Handy. Irgendwann riss mir der Geduldsfaden, und ich fuhr sie an, sie solle auf der Stelle meine Sachen in Ruhe lassen und mich auch. Gekränkt zog Josy sich zurück, meldete sich eine Woche nicht mehr, und dann sah ich die beiden. Zusammen.

Ich hatte gerade meine Arbeit bei *May-Lugscher* beendet und vergessen, das Hütchen abzusetzen, so abgelenkt war ich durch meine düsteren Gedanken. Erst, nachdem ein paar alte Männer mich noch freundlicher als sonst angegrinst hatten und eine Gruppe Jungs sich lachend in die Seiten gestoßen und mir »Was 'ne bitch!« nachgerufen hatte, entdeckte ich mein Versehen und zog errötend das Hütchen von meinem Kopf. Rasch ging ich weiter. Obwohl es noch hell war und ziemlich heiß, wollte ich schnell nach Hause. Ich bog um die Ecke am Max-Joseph-Platz und stolperte gedankenversunken vor mich hin, als ich plötzlich ein vertrautes, kehliges Lachen hörte.

Josy, schoss es mir durch den Kopf, eigentlich hatte ich keine Lust, mich jetzt mit ihr auseinanderzusetzen. Trotzdem blieb ich stehen und suchte den belebten Platz nach ihr ab. Die Münchner genossen hier ihren Feierabend, streckten das Gesicht und die nackten Beine in die Sonne, Studenten-Haufen belagerten die Treppen vor dem Theater. Unweit links von mir entdeckte ich Josy, ihr kornblumenblaues Shirt stach aus der Menge heraus. Eilends wollte ich meinen Kopf einziehen und weiter hasten, da entdeckte ich Jakob neben ihr.

Er lehnte an der Mauer, Josy stand vor ihm, plapperte

fröhlich und laut und fuhr sich dabei rhythmisch durch ihr aufgeplustertes Haar. Ich war erst baff, dann schockiert: Das war wirklich ein phänomenaler Ausschnitt, den sie da zur Schau trug. Er zeigte mehr, als er verdeckte. Und auch bei Jakob verfehlte er die Wirkung nicht. Gebannt starrte er auf ihre Brüste, während er vorgab ihr zuzuhören. Ich war fassungslos. Wie hatten die beiden sich bloß kennengelernt? Im nächsten Moment fiel mir ein, dass Josy vielleicht keine Ahnung hatte, dass der Typ, der sich gerade in ihrem Ausschnitt versenkte, mein geheimnisvoller Handgrapscher war. Zu betrunken war sie an dem Abend der Party gewesen, und im Internet hatte ich keine guten Bilder von Jakob gefunden, die ich hätte Josy zeigen können. Meistens ließ er sich mich Sonnenbrille oder irgendwelchen albernen Westernhüten ablichten. Andererseits musste Jakob genau wissen, mit wem er es zu tun hatte. Josy war quasi mein Ebenbild in Kurz, und wer sie einmal gesehen hatte, vergaß sie so schnell nicht wieder. Es brodelte in mir.

Kurzerhand steuerte ich direkt auf die beiden zu, postierte mich wütend vor ihnen und sagte sarkastisch: »Na, was für ein Zufall. Ihr kennt euch?«

Irritiert stoppte Josy ihr Plappern, dann strahlte sie mich unverwandt an und hängte sich an meinen Arm: »Da ist sie, die Prinzessin! Die schönste Frau auf Erden.« Ihr gewaltiger Ausschnitt wogte dabei gegen meine Seite. Ich begegnete Jakobs amüsiertem Blick.

»Hi Lis«, sagte er freundlich, als wäre nie etwas zwischen uns vorgefallen. Feindselig schaute ich zurück. Ich wartete auf eine Erklärung, die mir keiner von beiden lieferte.

»Kommst du grad von der Arbeit?«, fragte Josy unbefangen. »Hast du vielleicht wieder so leckere Schokotrüffel mitgebracht?«

Mürrisch nickte ich, schüttelte auf die zweite Frage verneinend den Kopf und kam mir selten dämlich vor. Aufmerksam beobachtete Jakob mich, das machte mich noch gereizter. Also spielte ich das Spielchen mit und fragte ihn: »Und du, hast du dein Referat fertig bekommen?«

Jakob stutzte. »Welches Referat?«

»Na, du meintest, du musst eins in Geschichte vorbereiten.«

»Hm ... ah, das meinst du. Ja klar, schon längst. Das war vor einer Woche.«

»Ach so.«

Wir schwiegen, Josy lächelte hingerissen von einem zum anderen. Ich warf hin und wieder einen Blick in ihren Ausschnitt, weil ich nicht wusste, wo ich sonst hinschauen sollte. Schließlich verabschiedete ich mich mit den Worten, ich sei zum Abendessen eingeladen, ein Freund koche heute für mich. Eine Lüge, die Josy sofort durchschaute. Während Jakob mich lange ansah, drückte Josy sich noch mal an mich und rief mir fröhlich hinterher: »Und grüß deinen Bruder von mir!«

Ich hörte ihr rauchiges Lachen noch, als ich in die U-Bahn am Marienplatz stieg.

Zuhause stieg ich die Treppen hinauf und spulte, so weh es meinem Ego auch tat, die Situation nochmals vor und zurück. Ich konnte mir keinen Reim darauf machen, warum die beiden so vertraut miteinander waren, und das alles auch noch gänzlich ohne schlechtes Gewissen mir gegenüber. Ich musste dringend mit jemandem darüber sprechen, also klingelte ich erfolglos bei Anna, und verzog mich schließlich in unsere Wohnung.

Wütend hackte ich Gemüse klein, briet es in der Pfanne

an und röstete mir zwei Scheiben Brot im Toaster. Als das Essen fertig war, packte ich alles in eine Tupperdose und stellte es neben den Kühlschrank, denn eigentlich hatte ich keinen Hunger. Auf nichts konnte ich mich konzentrieren, sogar das Rauchen fiel mir schwer. Kurzerhand nahm ich mein Handy und wählte Josys Nummer. Es läutete, einmal, zweimal, dreimal. Dann legte ich auf und rief entnervt »So 'ne Kacke«.

Irgendwann kam mein Bruder, machte sich eine Portion Nudeln, aß amüsiert dazu noch mein Gemüse und Brot auf und sah mir grinsend dabei zu, wie ich langsam wahnsinnig wurde. Als es an der Tür klingelte, standen mir die Haare zu Berge, und ich rannte, um zu öffnen.

Anna war erstaunt, mich so atemlos zu sehen, und nahm mich erst einmal unter ihre Fittiche. Verstört erzählte ich von meinem Nachmittag, danach sagte Anna vorsichtig: »Wenn ich ehrlich sein soll, ist das, glaube ich, ihre neue Flamme.«

Sie machte eine kurze Pause. »Sie hat mich vorgestern angerufen. Sorry, mir war nicht klar, dass das derselbe Jakob ist.«

Ich schob sie ruckartig von mir weg und schnaubte empört aus: »Bitte – was? Woher kennen die sich denn?«

Anna wand sich und wurde verlegen: »Na, ich glaube, aus der … Bibliothek?« Ich schüttelte wutschnaubend den Kopf. Das konnte nicht wahr sein. Josy und Bücher! Das war so wahrscheinlich wie ich und Golfen! Einsilbig verbrachte ich den Abend in Gesellschaft der beiden, verabschiedete mich bald und schlief unruhig.

Am nächsten Tag blinkte eine Nachricht von Josy auf meinem Handy, sie wollte sich mit mir zum Mittagessen treffen.

»Na warte«, geiferte ich, bevor ich aus dem Bett rollte, und tippte zurück: *Sehr gerne.*

Punkt eins wartete ich an der Mensa der Technischen Universität, ließ Studentenmassen an mir vorbeiziehen und suchte diese ungeduldig nach Josys üppiger Haarpracht ab. Plötzlich stand Jakob vor mir.

»Da bist du ja«, sagte er und machte Anstalten, mich zu umarmen.

»Hä?« Ich machte einen Schritt zurück.

»Na, ich warte schon seit zwanzig Minuten da drüben auf dich.« Jakob deutete mit dem Kopf vage in eine Richtung, steckte seine Hände in die Hosentaschen und bedachte mich mit einem warmen Lächeln: »Wie ausgemacht.«

»Ähm, bitte?« Jakob schien sich sehr zu freuen. »Ich … ich warte eigentlich auf Josy«, versuchte ich lahm, aber Jakob schob mich freundlich zu den Treppen und sagte: »Dann gehen wir am besten Plätze reservieren.«

Ergeben folgte ich ihm in die Mensa, holte mir einigermaßen verwirrt eine Mischung aus Tagesgericht und Salatbüffet und zahlte einen stolzen Preis für zwei Portionen, von denen ich nur eine halbe verdrücken konnte.

Während des Essens schaute Jakob mir immer wieder tief in die Augen, und er war mir einen Tick zu selbstsicher, als er die Gabel weglegte, meine Hand in seine nahm und liebevoll sagte: »Ich freu mich, dass wir das endlich geschafft haben.«

Behutsam löste ich meine Hand nach einigen Sekunden, um nicht denselben Fehler wie beim letzten Treffen zu machen, und fragte: »Was meinst du damit?«

Jakob lächelte weiterhin. »Na, dass wir uns endlich treffen.«

»Naja, du hast dich ja nicht gemeldet«, erwiderte ich vorsichtig.

Jakobs Lächeln wurde breiter. »Aber du dich zum Glück.«

Nun legte ich auch das Messer zur Seite. »Nein, hab ich nicht.«

Ein Zucken in seinem Mundwinkel erschien. »Na, jetzt ist's ein bisschen kindisch, das zu leugnen. Ich weiß ja, dass du schüchtern bist, aber darüber können wir reden.«

»Sag mal, Jakob … was habe ich dir denn geschrieben?«

Jakob legte den Kopf ein wenig schief, sah mich prüfend an und überlegte. Dann zog er sein Handy heraus und zeigte mir eine lange Konversation, die mich blass werden ließ, so gekonnt verspannen sich vorsichtige Liebesbekenntnisse und zweideutige Anspielungen ineinander. Und immer wieder als Absenderin: *Lis. Bis bald, Lis. Ich freu mich, Lis.* Schließlich: *Deine Lis.*

Während ich las, beobachtete Jakob mich aufmerksam, ich scrollte und scrollte, es wollte nicht enden. An die zwanzig Nachrichten pro Tag hatten wir uns geschrieben. In den letzten beiden Wochen! Mehrfach hatten wir ein Treffen verabredet, aber entweder hatte ich kurz zuvor abgesagt oder ihm meine Schüchternheit attestiert.

Dann betrinken wir uns und schauen, was der Abend so bringt …, war eine der letzten Nachrichten. Dahinter ein ;-). Ich glühte. Als ich fertig war, sah ich Jakob an, der auch glühte. »Du hast geschrieben, du hast eine neue Nummer«, sagte er, seine Stimme eine Oktave höher als sonst, und ich zückte mein Handy.

Die krausköpfige Hexe, die dahinter steckte, konnte etwas erleben. Ich las Josys Handynummer vor, Jakob checkte sein Handy und nickte matt: »Ja, die Nummer hab ich unter deinem Namen gespeichert.«

Vorerst musste ich den Kopf auf die Tischplatte legen, um meine Wangen abzukühlen, und irgendwie tat mir Jakob noch mehr leid als ich mir. Schließlich war er auf das Biest hereingefallen, das meine Freundin war. Nach einer Weile hob ich den Kopf, Jakob war immer noch hochrot und stumm, und ich fragte ihn leise: »Und wer ist deiner Meinung nach die Frau in dem kornblumenblauen Shirt?«

Jakob runzelte die Augenbrauen.

»Die mit dem Megaausschnitt«, half ich nach. Jakobs Blick hellte sich kurz auf, um sich schnell zu verdüstern. »Eine Freundin von dir, die ich in der Bibliothek angesprochen habe«, raunte er und kam auch mit dem Kopf Richtung Tischplatte. »Ich hab sie wiedererkannt. Ich wollte mit ihr über dich sprechen, weil wir nicht weiterkamen.«

Nun lagen wir beide mit dem Kopf zur Seite, um uns abzukühlen. »Deswegen hat sie mich neulich mitgenommen zum Marstalltheater, um ein Treffen mit dir zu inszenieren. Eins, das du nicht per Nachricht absagen kannst.«

Wir starrten uns ratlos an. In unseren Köpfen ratterte es. Die kleine Liebesgöttin schwebte über allem und schien Pfeil und Bogen fest in der Hand zu haben, doch ihre Verkupplungsaktion schien keinen Sinn zu machen.

»Wie bescheuert ist das denn?«, fragte ich, mehr mich als ihn.

Vorsichtig linste ich in seine Richtung. Er linste zurück. Plötzlich kicherte ich, empfand die Situation noch absurder und sah, dass auch Jakob bebte. Irgendwann lagen wir laut lachend auf dem Tisch und konnten uns kaum mehr halten. Dann diktierte ich ihm eine Nachricht an mich aka Josy, die Josy noch Jahre später Wort für Wort aus dem Gedächtnis zitieren konnte.

Am Abend stand Josy vor der Tür. Schuldbewusst, mit einem bettelnden Blick und einer leicht vorgeschobenen Unterlippe, auf der sie immer wieder kaute, hielt sie mir einen Strauß Blumen und eine Flasche Wein hin.

»Ich glaub, ich hab Mist gebaut«, sagte sie, mit Tränen in den Augen. Dann heulte sie los wie ein kleines Kind, hielt sich an mir fest und schluchzte immer wieder, wie leid es ihr tue, sie habe nur helfen wollen. Nachdem sie sich einigermaßen beruhigt hatte, setzten wir uns auf den Balkon und leerten zu zweit die Flasche Wein.

Josy erzählte, wie sie sich Jakobs Nummer aus meinem Handy geklaut hatte, und so ein Treffen ankurbeln wollte, und wie sie ihm aus Neugier in der Bibliothek über den Weg gelaufen war. Irgendwann habe sich das verselbstständigt, sogar Anna habe sie darauf angesprochen, mit wem sie denn so emsig schreibe, und aus Versehen war ihr der richtige Name herausgerutscht.

»Und jetzt hasst Jakob dich«, jammerte sie. »Das tut mir alles so schrecklich, schrecklich Leid!« Sie kuschelte sich an mich und schluchzte wieder: »Lis, du bist meine beste Freundin, und du bist so schön und klug und lustig, und ich verderbe dir alles! Dabei wollte ich dir nur helfen!«

Bevor sie wieder zum Heulen ansetzte, unterbrach ich sie: »Das hast du auch.«

Josy hielt inne und sah mich durch einen Tränenschleier an. »Ja?!«, fragte sie hoffnungsvoll.

»Ja«, sagte ich, »jetzt weiß ich wenigstens, was für ein schrecklicher Typ das ist.«

Josy nickte tapfer. »Ja, dann …«

Josy legte sich wirklich ins Zeug. Drei Tage hintereinander hinterließ sie kleine Geschenke vor unserer Wohnungstür, eine selbst gestaltete Schachtel Zigaretten oder eine Spieluhr mit dem Münchner im Himmel. An jedem Geschenk war ein Kärtchen angebracht: »Sorry« oder »Verzeih« oder »Deine Josy«.

Schließlich rief ich sie an. Kurz zuvor hatte sich Jakob bei mir gemeldet, um sich zu versichern, dass er dieses Mal die Richtige am Telefon hatte. Ich sagte: »Josy, ich brauche deinen Rat.«

Josy, das konnte ich durchs Telefon hören, hielt den Atem an und sagte: »Jeden.«

»Was soll ich morgen zum Date mit Jakob anziehen?«

Kurze Zeit herrschte Stille, dann antwortete Josy: »Ich pack hier was zusammen und bin gleich bei dir.«

Bald darauf traf ich mich mit Jakob, sogar mit ordentlichem Herzklopfen. Josy hatte mir ein rot kariertes Hemd von sich geliehen und mich fest an sich gedrückt, bevor ich mich aufgemacht hatte. »Ich wünsch dir einen ganz, ganz schönen Abend, meine Liebe«, hatte sie gesagt mir einen Kuss gegeben.

Gleich zu Beginn unseres Treffens räumte Jakob ein, bei unserem ersten Date etwas unbeholfen gewesen zu sein. Daraufhin gab ich freimütig zu, einen Tick zu empfindlich reagiert zu haben. Bald tauschten wir die ersten Küsse aus, verschmolzen bei lauen Biergartenabenden ineinander, und mein Bruder traf morgens regelmäßig im Bad auf Jakob, bis er schließlich nur noch »Moin, Alter« zu ihm sagte und ihn als einen der unseren akzeptiert hatte.

Der Sommer mit Jakob war ein unbeschwerter, kindlich fröhlicher, der nach Freiheit und Wiese und Grillwurst in der Abenddämmerung roch. Blindlings stürzte ich mich in das Abenteuer, und bald schon musste ich zugeben, dass uns mehr verband als nur eine Affäre. Jakob holte mich und seine Kugel Vanille regelmäßig von meinem Eiswagen ab. Händchenhaltend ließen wir uns durch die sonnenverwöhnte Stadt treiben, beobachteten die Surfer an der Welle am Eisbach, setzten uns an den Brunnen vor der Universität und ließen die Füße hinein baumeln, bis jemand von der Verwaltung kam und uns wegscheuchte.

Mein Bruder und Anna mochten Jakob auf Anhieb, auch wenn sie nicht gern mit uns allein waren. »Der kann ja die Hände nicht von dir lassen«, bemerkte Anna geradezu tadelnd.

Nachdem sich die erste Scheu zwischen uns gelegt hatte, gab es kein Halten mehr. Mit jedem Treffen fanden wir uns toller, attraktiver, klüger, und zelebrierten unsere Zuneigung mit endlosen Stunden im Bett. Mit zerzausten Haaren und den Klamotten vom Vortag verträumte ich so einige Seminare, antwortete immer gleichmütig und einfältig auf die Fragen der Dozenten und lachte einfach mit, wenn darüber gelacht wurde.

Meine Mutter fragte am Telefon nach, ob alles in Ordnung sei, ich wirke so abwesend, doch ich winkte gelassen ab. Eine Stunde später kam mein Bruder zur Tür hereingestürmt, im Auftrag meiner Mutter, mit ihrer bösen Vorahnung, ich hätte Drogen genommen. »Alles in Ordnung«, lachte ich, und tatsächlich schien für den Moment alles in bester Ordnung.

Einmal überraschte Jakob mich mit einem Picknick auf dem Olympiaberg, von dem aus wir das Ärzte-Konzert in der Olympiahalle gratis genießen konnten. Wie Hunderte anderer Pärchen kuschelten wir uns aneinander, küssten uns immer wieder und fütterten uns mit Schnittchen und Apfelstückchen. Anna erzählte ich lieber nichts von diesem Ausflug, waren es genau die Beziehungsaktionen, über die wir uns immer lustig gemacht hatten.

Ich war so verknallt, dass ich erst nach einiger Zeit bemerkte, dass Josy sich nicht mehr meldete. Bis Anna mich eines Tages barsch darauf hinwies, ich solle auf die Erde zurückkehren und mich um meine Freunde kümmern.

»Kaum ist ein Typ da, ist alles anders, oder wie«, sagte Anna. »Überleg mal, wie du dich jetzt an Josys Stelle fühlen würdest.«

Es dauerte ein paar Tage, bis die Nachricht angekommen war und ich ohne Groll darüber nachdenken konnte. Überhaupt war das etwas, das ich in diesem Sommer, wenn möglich, vermied: nachzudenken. Lieber wollte ich in den Tag hineinfühlen, mich lebendig und offen für meine Umwelt sehen und mich weder in tiefen Sorgen noch in Büchern vergraben.

Es war Jakob, der mich eines Abends auf das Thema ansprach. In tiefstem Grübeln erwischte er mich, zog mich zu sich aufs Bett und knabberte an meinem Ohr. »Wo streifst du denn herum?«, schnurrte er, und ich musste seufzend zugeben, dass ich an Josy dachte.

Jakob setzte sich auf. »Wann habt ihr das letzte Mal gesprochen?«, fragte er. Ich sah ihn hilflos an und erklärte, das sei schon eine Woche oder so her. Für uns eine Ewigkeit. »Ruf sie an«, sagte Jakob kurzerhand und drückte mir das Telefon in die Hand.

Zweifelnd schüttelte ich den Kopf. Was sollte ich denn sagen?

»Na los, ruf sie an!«, insistierte Jakob.

Also nahm ich das Telefon, hockte mich im Flur auf den Boden und rief sie an.

Josy antwortete nicht sofort. Kurz bevor ich auflegen wollte – erleichtert, dieses Gespräch nicht jetzt führen müssen – hörte ich sie: »Hey, Lis.« Sie klang gedämpft.

»Hey … ich wollte mich mal wieder bei dir melden.«

»Hm.«

Knacken in der Leitung.

»Bist du noch dran?«

»Ja, klar.«

»Gehts dir gut?«

»Ja, geht schon. Ist grad alles ein bisschen … ein bisschen seltsam.«

»Wie meinst du das denn? Alles okay bei dir?«

»Naja. Ich … nein, eigentlich ist nichts okay. Ich fühle mich ein bisschen … einsam.«

»Aber wieso das denn? Ich bin doch immer für dich da!« Ich fiel aus allen Wolken.

»Naja, du hast halt vor allem Jakob im Kopf …«, sagte Josy und fügte schnell hinzu: »Das ist voll in Ordnung und ich freu mich auch für euch! Ehrlich.«

Ich hielt den Atem an.

»Ich vermisse unsere gemeinsamen Abende, Lis«, fuhr Josy fort, »über alles quatschen und Quatsch machen und so. Ich meine, du hast 'nen Freund, und ich krieg gar nichts mehr mit.«

Ich sprach leiser und eindringlich in den Hörer: »Er ist nicht mein Freund! Wir haben … gerade eine schöne Zeit zusammen.«

»Ach Quatsch, das ist dein Freund, jetzt red' nicht um den heißen Brei herum, wenn es so ist.«

»Josy, wirklich nicht! Ich hab so was von keinen Bock auf Beziehung oder so was, das weißt du doch.«

»Nenn es, wie du willst. Ich krieg jedenfalls nichts mehr mit.«

Josy klang so, als müsste sie ein Schluchzen unterdrücken. Ein warmes Gefühl machte sich in meinem Bauch breit und besänftigte mich. Die gute alte Josy. Ich kannte niemanden, dem meine Freundschaft so wichtig war.

»Ach Josy, lass uns treffen und darüber sprechen, das ist ja behämmert, am Telefon.«

Wir schwiegen uns noch kurz an, bevor wir auflegten. Mit dem Kopf an die Wand gelehnt sann ich noch eine Weile über das Gesagte nach. Erleichtert lächelnd kehrte ich in Jakobs Zimmer zurück. Erst als ich seine traurigen Augen sah, wurde mir klar, dass er alles gehört haben musste. Ich setzte zu einer Erklärung an, vielleicht war das auch der richtige Zeitpunkt, über uns zu sprechen. Doch er wollte nichts hören und nahm mich schweigend in den Arm.

In den nächsten Wochen bemühte ich mich darum, wieder mehr mit meinen Mädels zu unternehmen. Jakob beschwerte sich zwar manchmal, aber war nie wirklich eingeschnappt. Irgendwann führten wir unsere Montagabende im Pub wieder ein, Anna gesellte sich dazu, und mit ein bisschen Bier fühlte es sich fast wie früher an. Oft fuhr ich danach noch zu Jakob und kuschelte mich neben ihn ins Bett.

In einem Nebensatz erwähnte Josy übermütig, dass sie Jakob zwar toll, aber nicht richtig heiß fände. Ich war mehr erleichtert denn beleidigt, denn Josy war eine notorische Herzensbrecherin. Ihr derzeitiger Tutor war bald ersetzt durch einen anderen Dunkelhaarigen, der jedoch nicht so stürmisch ranging wie sein Vorgänger und daher auch das Segel lassen musste.

Das Semester ging in großen Schritten dem Ende zu, auch nach zwei Semestern über- oder unterforderte mein Studium mich nicht, es forderte nur einigermaßen Anwesenheit. Meine neun Seminare hatte ich mir auf vier Tage aufgeteilt, und während der Klausurenzeit artete das Lernen zumindest diesmal nicht in Stress aus. Nur einen Kurs musste ich aus Demotivation schmeißen – Rumänisch.

Eine lähmende Hitze breitete sich im August über ganz Europa aus. Bis zu 40 Grad zeigte an manchen Tagen das Thermometer an, und die Luft staute sich derart, dass kein Ventilator, kein Zufächeln eine Abkühlung brachte. In Frankreich und Spanien wurde das Wetter zur Katastrophe, unzählige Waldbrände hielten den Süden in Atem, Tausende Menschen starben. Manchmal verließen wir erst abends unsere Wohnungen, so gnadenlos drückte die Hitze einen nieder. Anna erzählte von zahllosen Patienten, die durch die ungewöhnliche Temperatur Herz- und Lungenprobleme bekamen, und fragte sich, wie sie selbst, mit Schweißperlen auf der Stirn, noch mit dem Arbeiten nachkommen sollte. Nachts kein Windhauch, der Erleichterung gebracht hätte, und so lagen Jakob und ich einen Meter voneinander entfernt im Bett, die Decke auf den Boden verbannt, nur unsere Fingerspitzen berührten sich.

»Wusstest du, dass ein Sommer in diesen Ausmaßen nur alle 450 Jahre in Deutschland vorkommt?«, flüsterte Jakob und ich freute mich ein bisschen über die Besonderheit und dass ich zur richtigen Zeit am richtigen Ort zu sein schien.

Die Jahrhunderthitze hatte nicht nur Nachteile. Abends war T-Shirt-Wetter angesagt, und wir gingen unter sternenklarem Himmel schwimmen oder grillten bis spät in die Nacht an der Isar. Hannes und Jakob rüsteten den Grill mit allen möglichen Fleisch- und Halloumi-Sorten auf, während Anna und ich genüsslich rauchten und mit den nackten Füßen im Gras tanzten. Einmal brachte Josy einen neuen Freund mit zu unseren BBQs, und ich staunte nicht schlecht, als ich Monsieur Feigl wiedererkannte.

»Wie ist das denn passiert?«, fragte ich, und er antwortete sentimental: »Die Mini Mouse-Geschichte in Paris hat mich überzeugt.«

Josy war zu ihm wie zu allen ihren Männern: Zuerst Feuer und Flamme, zog sie nach einigen Tagen fast bei ihm ein, hing an seinen Lippen und fand alles, was er erzählte, unglaublich und sagenhaft spannend. Sobald die Gegenseite einen Schritt vorwärts machte oder einen halben nur – sei es, nach der Planung des nächsten Wochenendes zu fragen oder Josy zu einem Abend mit den eigenen Freunden mitnehmen zu wollen – wurde es ihr zu viel, und sie nahm Reißaus.

Anna sah sie nach jeder Geschichte tadelnd an und sagte orakelhaft: »Bis dir einer mal das Herz bricht.«

Eine Qual, wenn ich an diesen extrem heißen Tagen an meinem Eiswagen stand. Angestellte und Beamte haben kaum Hitzefrei, dafür jedoch Hunger auf Eis. Und auch bei ihnen schlägt das Verhalten vor der Theke ins Kindliche um. Schlecht gelaunt drängten sie mich, schnell zu machen, schließlich wollten sie möglichst rasch wieder in den rettenden Schatten. Einmal hatte ich so schlimme Kreislaufprobleme, dass ich mir einen Stuhl an den Wagen schob und mich zwischendurch ächzend darauf kippte. Das sah Frau Koslewski zwar nicht gern, aber sie wagte sich nicht aus ihrer voll klimatisierten Konditorei, um mir ihren Ärger von den Gästen unbemerkt zuzuraunen. Weil ich gegen meine aufkommenden Kopfschmerzen ein Glas Wasser nach dem anderen lehrte, musste ich jede Stunde auf Toilette. Auf der Theke prangte dann ein Schildchen: »Bin sofort zurück – Eure Eisfee«, über das Anna sich jedes Mal amüsierte, wenn sie es sah.

Frau Koslewski bestand darauf, dass ich es ordentlich und für alle sichtbar aufstellte. »Aber ich bin nicht sofort zurück«, versuchte ich es anfangs, »da müsste *gleich* stehen. So schnell bin ich einfach nicht.« Doch meine Chefin war überzeugt, dass alles andere die Kunden nur verwirren und vom Warten abhalten würde, schließlich sei Eis keine Dienstleistung, die auf sich warten lässt. »Wenn das Wetter schön ist, duldet kein Mensch Aufschub in Sachen Genuss«, belehrte sie mich mit einem strengen Ton.

Und so musste die Eisfee immer zur Personaltoilette sprinten, die neben der Küche in einem kleinen Kabuff auch nicht lange zum Verweilen einlud. Auf dem Weg dorthin musste ich mich an dem massigen Körper meiner Chefin hinter der Kuchentheke vorbeiquetschen. War sie gerade nicht mit Kunden im Gespräch, machte sie sich extra breit und stöhnte entnervt. Auf dem Weg zurück klopfte Julius Schüller manchmal von innen gegen das verglaste Küchenfenster und winkte mir zu. Ab und zu rief er sogar »Dreimal!« oder »Nummer Sechs«. Es dauerte einige Wochen, bis mir klar wurde, dass er meine Toilettengänge zählte. Tagsüber hatte er kaum Kontakt zu Menschen, so erklärte ich mir sein reges Interesse an der Frequenz meines Blasendrangs.

Ich nahm es ihm nicht übel, denn es schien ihn weder zu

amüsieren noch zu stören. Es war einfach eine Feststellung, ein Zeitvertreib. Auf dem Rückweg musste die Eisfee erneut vorbei an der Chefin. Nachdem ich ihr erklärt hatte, dass Toilette ein Grundrecht sei und in keinem Arbeitsvertrag der Welt festgelegt werden könne, wie oft der Gang dorthin erlaubt sei, gab sie statt Ermahnungen nur noch zischende oder abschätzige Laute von sich. Erwischte ich sie heimlich beim Naschen eines Konfekts oder wie sie sich gerade ein bisschen Sahne vom Finger leckte, warf ich ihr dafür einen extra langen Blick zu.

Auch Hannes bummelte auf dem Weg zum Eisbach manchmal bei mir vorbei, und weil er wusste, wie ich mit meinem Hütchen auf dem Kopf und dem Eisportionierer in der Hand agierte, sagte er: »Du wirst dir schon was ausgedacht haben. Also bitte eine Kugel davon.«

Tatsächlich war mein Bruder schwer einzuordnen. Und er war ein experimentierfreudiger Eisesser, dessen Gelüste wechselten. Ich schwankte zwischen Walnuss und Joghurt. Einerseits hatte er eine stoische, trockene Gelassenheit, die ihn umgab wie eine undurchdringliche Schale. Hannes waren extreme Gefühlswallungen fern, hätte ich seine Stimmungen beschreiben müssen, mir wären nicht mehr als drei Worte dazu eingefallen: immer gleich drauf.

Nie ließ er sich in eine Richtung drücken, war sowieso mehr ein Einzelgänger, bei dem man an unerwarteten Stellen auf Ecken und Kanten traf. Und wer sich daran stieß, hatte lange zu kauen. Herb, schwer formbar und schwer einschätzbar ist Walnusseis. Erst der Nachgeschmack bringt ein wenig Hell ins Dunkel, dann kann man beurteilen, ob es einem schmeckt oder nicht.

Walnuss ist keine Stimmungssache, sondern eine Charakterfrage. Eine Kugel davon reicht dicke, schwer wie ein Tortenstück liegt sie im Bauch. Ich war versucht, Hannes eine Walnuss unterzuschieben. Er sah mir gespannt dabei zu, wie ich mein Kugelbesteck in den Joghurt-Kasten versenkte. Letztlich überwog meine schwesterliche Sicht – schließlich kannte ich ihn mein Leben lang und wusste, dass er auch ein Genussmensch war, dem das Wohl seiner Umgebung am Herzen lag. Joghurteis ist vielseitig einsetzbar, es verfeinert, verbessert, unterstützt – und hält sich doch aus allem raus. Mochte er ein Sturkopf sein, trotz allem verhielt er sich immer umsichtig gegenüber seinen Mitmenschen, und hatte er jemanden ins Herz geschlossen, verwöhnte er ihn auch mit seinen ausgefallenen Kochkünsten.

Joghurteis-Esser haben ein ausgeprägtes Körperbewusstsein, meistens sind sie einem Extremsport verfallen oder ernähren sich besonders, etwa vegan oder glutenfrei. Meistens sind es Frauen, die gerne Joghurteis bestellen, vielleicht auch mit dem Hintergedanken, keine schlimme Kalorienbombe zu verzehren, sondern vielmehr etwas für die Darmflora zu tun. Feinsinnig und schnell begeisterungsfähig tauchen sie gerne kopfüber in neue Projekte und lassen sich im schlechtesten Fall – ihrer Empfindsamkeit geschuldet – schnell zurück auf den Boden der Tatsachen bringen.

Zufrieden nickte Hannes, als ich ihm die Waffel überreichte, und sagte augenzwinkernd: »Ich hätte zwar lieber Walnuss gehabt, aber danke.«

An heißen Tagen waren die Treffen mit Jakob schwer zu koordinieren, zweimal musste er den halben Abend im nahe gelegenen Residenzgarten ausharren, weil ich ein Ende des Eises nicht abschätzen konnte. Doch Jakob blieb entspannt und mitfühlend und entschuldigte sich, mich so in

Eile gebracht zu haben. Überhaupt war er übermäßig zuvorkommend, reparierte emsig mein Fahrrad und kümmerte sich sogar um meine Abrechnungen, wenn ich nicht mehr durchblickte.

»Ist das nicht anstrengend, dieses Knutschi Knutschi?«, fragte Josy einmal und bemühte sich, einen möglichst heiteren Tonfall anzuschlagen. Auch Anna sah mich mit hochgezogenen Augenbrauen an.

»Noch nicht«, sagte ich leichtweg und lachte. Ich mochte Jakobs Geruch, seine Berührungen, und die Art, wie er lachte. Wir trafen uns auf einer Ebene, auf der es nicht viele Worte brauchte, und wir verwendeten auch wenig Zeit auf Gespräche. Gleichzeitig keimte in mir der leise Verdacht auf, dass das auch ein Problem werden könnte, denn jedes Mal, wenn ich über uns sprechen wollte, wich Jakob aus. Seit er mein Telefonat mit Josy und somit meinem Widerwillen gegen eine Beziehung mitgehört hatte, waren einige Wochen vergangen, und wir hatten das Thema nicht mehr angeschnitten.

Ein-, zweimal hatte ich ihn dabei ertappt, wie er am Telefon mit Freunden über die Abendplanung sprach: »Ist es okay, wenn ich noch eine Freundin mitnehme?« Das kränkte mich einerseits, andererseits hatte ich es mir selbst zuzuschreiben. Ich war nicht fair gegenüber Jakob, auch wenn ich nicht zweigleisig fuhr. Aber schleichend wurde mir klar, dass ich nicht mehr lange Lust auf die Art von Beziehung haben würde, die Jakob vorschwebte. Zweimal hatte ich ihm mit fadenscheinigen Ausreden abgesagt, wenn er mich seinen Heimatort zu einer Party oder einer Hochzeit mitnehmen wollte. Ich merkte zudem, dass er manchmal extra lange und positiv von anderen Kommilitoninnen sprach, um meine Reaktion zu testen, und manchmal fragte ich ihm zuliebe neckisch nach, ob er mich eifersüchtig machen wolle.

Im Grunde war es mir herzlich egal, denn mit seinen Liebesbeweisen und seiner Anhänglichkeit war ich mir seiner von Anfang an sicher gewesen; zu sicher. Alles lief ohne Krach und Zänkereien zwischen uns ab. Ich genoss den Sommer gut gelaunt und ließ unsere Nicht-Beziehung kommentarlos vor sich hinplätschern.

Am ersten Augustwochenende machten Anna, Josy und ich uns trotz der Jahrhunderthitze auf zu einem Festival im Münchner Norden, vor den Toren der Stadt. Jakob nahmen wir absichtlich nicht mit. »Mädelstag«, hatte ich ihm erklärt, und Jakob hatte sich wohl oder übel fügen müssen.

Anna und Josy hatten in letzter Zeit darauf gepocht, dass ich mir neben meiner Vanille-Affäre genügend Zeit für sie nahm, und dagegen hatte ich nichts einzuwenden. So gern ich Jakob mochte: Je länger wir zusammen Zeit verbrachten, umso weniger fühlte ich mich wie Lis. Wenn wir den Freitag zusammen ins Kino gingen und danach bei ihm in der WG landeten, kämpfte ich immer gegen das aufkeimende Gefühl, etwas zu verpassen. Spätestens samstags war Ausgehen angesagt, damit ich am Montag in der Kneipe von mehr erzählen konnte als nur dem Kinofilm.

Handtuch und Bikinis und jede Menge Wasserflaschen hatten wir in unsere Rucksäcke gepackt; als erste Amtshandlung sprangen wir in den am Festivalgelände angrenzenden See. Um uns herum planschte und platschte es, barbusige Frauen und aufgekratzte Jungs lieferten sich Wasserschlachten und johlten. Vom anliegenden Acker hörten wir Gitarrenriffs und Soundchecks, die ersten Fans grölten ungeduldig nach ihren Helden auf der Bühne.

Das Festival hatte als kleines, beschauliches Obstwiesen-Fest vor einigen Jahren begonnen und sich wegen der unschlagbaren Lage am See in kürzester Zeit zu einem ausgewachsenen Party-Event entwickelt. Tausende Münchner und Umländer pilgerten an diesem ersten Augustwochenende in die beschauliche grüne Ecke, stündlich hielt der Shuttlebus aus der Innenstadt und spuckte neue Horden feierfreudiger Menschen auf das Feld. Einige zelteten hier schon seit Tagen, zelebrierten die fröhliche Stimmung auf dem Feld. Wir machten nur einen Tagesausflug und bestaunten lachend die kreativen Ideen. Ein Pärchen hatte eine Art Yogastudio auf ihrem Zeltvorplatz entworfen und rückte den ein oder anderen Freiwilligen in die richtige Position, während ein paar Zelte weiter eine Horde Biertrinker Flaschendrehen mit undurchschaubaren Regeln spielte.

Josy hatte sich die Haare mit einem knallroten Tuch zurückgesteckt und lachte in einer Tour. Anna waren die Menschenmassen nicht geheuer, doch sie ließ sich anstecken von Josys guter Laune und war später kaum aus dem Wasser zu kriegen.

In Ufernähe lagerten unter Wasser Bierträger, und wer nicht schwamm, quetschte sich in den Halbschatten der Busch- und Baumgruppen auf der anliegenden Wiese. Das Wasser war lauwarm und trotzdem eine kühlende Erfrischung. Josy jauchzte, als Anna eine Flasche Sekt aus ihrer Tasche zog. Neben uns rauchten die Jungs Gras, Josy reihte sich ein und inhalierte tief. Bald würden die Bands zu spielen beginnen.

»So kann das doch gerne jedes Wochenende sein«, seufzte Anna zufrieden.

Den Sekt spürte ich innerhalb kürzester Zeit, kein Wunder bei der schier unerträglichen Hitze, also beschloss ich, vorsorglich ein paar Pommes zu essen. »Bring mir 'ne Currywurst mit«, rief Josy mir hinterher, als ich aufstand und auf die Würstchenbude zusteuerte. Sie saß vergnügt zwischen den bekifften Jungs und hatte sich schon einen von ihnen ausgesucht, der den Arm um sie gelegt hatte.

Anna verdrehte die Augen, und ich schlurfte möglichst langsam über das Gras. Vor der Bude wartete eine lange Schlange, ich stellte mich dazu, während ich das bunte Treiben beobachtete. Ein paar Leute hatten sich Hängematten mitgenommen und baumelten behaglich zwischen den Bäumen. Vor mir gluckten zwei Mädels und konnten bald nicht mehr an sich halten. Ich folgte ihrem Blick und sah einen nackten Kerl in der prallen Sonne liegen, der anscheinend so betrunken war, dass er sich nicht mehr rühren konnte. Splitternackt. Sein Kopf hatte eine tiefrote Färbung angenommen, gesund sah das nicht mehr aus. Die Leute um ihn herum stiegen über ihn hinweg oder an ihm vorbei. Ich überlegte, ob ich selbst Hilfe anbieten oder gleich die stationierten Rettungshelfer informieren sollte, und ging erst zögernd, dann entschlossen auf ihn zu.

Als ich bei ihm angekommen war, kniete bereits ein anderer Helfer neben ihm, watschte ein paar Mal sein Gesicht ab und sagte: »Hallo, hallo, kannst du mich hören?«

»Maciek!« Das rief ich mehr erfreut als überrascht aus. Maciek sah auf und sagte kurz »Hey«, bevor er sich wieder dem Rotkopf zuwendete. Ich kniete mich ihm gegenüber und horchte, ob der Liegende noch atmete. Seine Fahne war unerträglich, irgendwas aus Bier und Erbrochenem, aber er holte Luft, alle paar Sekunden.

»Der hat gekotzt«, stellte ich fest und erschrak dabei etwas, als ich meiner Sektfahne gewahr wurde. Maciek schüttelte den Liegenden und verordnete: »Stabile Seitenlage.« Dann schrie er ein Mädchen an, das uns besorgt zusah: »Hol die Sanitäter! Schnell!«

Das Mädchen zuckte zusammen. »Äh … klar, klar«, schaute sich nach dem Rettungswagen um und spurtete los.

»Die sind da hinten, am Eingang rechts«, rief ich ihr nach. Inzwischen standen ein paar weitere Zuschauer um uns herum, einer schüttete Wasser auf ein Taschentuch und wischte dem Nackten über das Gesicht. Ein anderer legte fürsorglich ein Handtuch über sein Gemächt, das schlaff am Bauch hing.

»Hilf mal mit«, sagte Maciek zu mir, und wir schoben ihn auf die Seite, die Hände unter den Kopf geklemmt. Maciek lauschte an seiner Brust. »Oh Scheiße, der atmet nicht mehr«, flüsterte er, und wir sahen uns einen schrecklichen Moment hilflos an. Zum Glück kam nun der Rettungstrupp angerannt, und wir stoben alle zur Seite.

»Vor einer halben Minute hat er noch geatmet«, sagte ich einem Sanitäter, und routiniert machten die drei sich an die Arbeit. Stabile Seitenlage war kein schlechter Anfang gewesen, denn nachdem ihm einer der Rettungshelfer tief in den Mund gegriffen hatte, begann der Rotkopf zu kotzen. Beruhigend redeten die Helfer auf ihn ein, reichten ihm Wasser und spritzten ihm etwas in den Arm. Er schien langsam wieder zu sich zu kommen, auch wenn er die Augen kaum aufkriegte.

Weil wir nicht weiter wie die Gaffer herumstehen wollten, verabschiedeten wir uns von der Szene.

Nachdem der Schreck abgeklungen war, konnten wir uns über das Wiedersehen freuen. »Was machst du denn hier?«, fragte ich, und schob – zu meiner eigenen Überraschung – gleich hinterher: »Bist du mit Antonia unterwegs?«

Maciek grinste. »Ne, mit ein paar Freunden. Sandro ist auch dabei, aus dem Schaltraum, erinnerst du dich?«

Gut sah er aus, das musste man ihm lassen. Braungebrannt und fröhlich strahlte er mich an. Seine langen Wimpern waren mir früher nie aufgefallen, und weil es sich so gut anfühlte, umarmte ich ihn gleich zweimal. Mein Bauch grummelte zwar vor Hunger, doch die Pommes mussten warten. Wir flanierten über die mittlerweile heillos überfüllte Seepromenade, bis wir eine ruhigere Stelle unter den Bäumen am rechten Uferrand fanden. Es tat gut, Maciek wiederzusehen nach diesen letzten chaotischen Monaten, und mit Genugtuung hörte ich mir die Geschichten über Bambi und den Bäcker an. Die beiden hatten sich kurz getrennt, weil eine der Tonassistentinnen sich zu lange gehalten hatte. Daraufhin hatte der Bäcker Reue gezeigt und war jeden Tag mit einem Strauß Blumen zu Bambis Büro gepilgert. Bald war sie weichgeklopft, und übermütig hatten sie ihre Wiedervereinigung gefeiert, unter anderem in der Tonkabine.

»Und wie lange hielt es diesmal?«, fragte ich, ehrlich interessiert.

Verschmitzt antwortete Maciek: »Bis vorgestern. Da hat sich die neue Produzentin vorgestellt. Blond.« Selbst wenn ich mich bemühte, Mitgefühl stellte sich bei mir nicht ein.

Plötzlich fiel mir mit Schrecken ein, dass ich Anna und Josy vergessen hatte. »Es tut mir leid, entweder, du musst jetzt mitkommen, oder wir müssen uns verabschieden«, sagte ich. Maciek kam mit. Wir brauchten ungefähr zwanzig Minuten, um uns zu dem Fleckchen durchzukämpfen, an dem ich meine Mädels glaubte. Ich hoffte inständig, sie seien noch da, denn mein Handy war in meinem Rucksack und der in Annas Obhut. Und wie ich in diesem Gewirr eine von beiden wiederfinden sollte, daran wollte ich gar nicht denken.

Doch ich hatte mir zu früh Sorgen gemacht: Am selben Ort, an dem ich sie zurückgelassen hatte, lag Josy mittlerweile auf dem Schoß eines ziemlich jungen Kerls, der mir fröhlich zuwinkte, die anderen Jungs packten gerade ihr Zeug zusammen, weil die Konzerte bald beginnen sollten. Anna kam nach einer Runde Schwimmen im See zurück.

»Hey, ihr«, rief Josy und sah uns traumverhangen an.

»Hey, wo warst du denn so lange?«, fragte Anna und zog ihr Handtuch in den Halbschatten, um sich von der Sonne die Wasserperlen von der Haut trocknen zu lassen.

»Wir hatten einen kleinen Notfall. Dich hätten wir brauchen können«, sagte ich und stellte den beiden Maciek vor. Wir setzten uns aufs Gras, Anna reichte mir eine Flasche Wasser, das inzwischen warm war. Trotzdem nahm ich es dankbar an. »Wie viel kriegt sie noch mit?«, fragte ich Anna irgendwann, denn so high hatte ich Josy noch nie erlebt.

Anna zuckte mit der Schulter. »Weißte, Lis, ich hab alles versucht. Nachdem sie bei der dritten Runde mitkiffen wollte, bin ich schwimmen gegangen. Ich bin schließlich nicht ihre Mutter.«

Wir beobachteten zu dritt Josy, die mit einem eingemeißelten Grinsen hin und her schwankte. Ihr neuer Begleiter streichelte ihr grobmotorisch über das Haar, ihr Tuch hing inzwischen irgendwo zwischen Hals und Bauchnabel. »Ich bin mir nicht sicher, ob der Typ volljährig ist«, bemerkte Anna, und Maciek lachte auf. »Sie sieht nicht danach aus, als könnte sie was Verbotenes mit ihm anstellen«, sagte er.

Die erste Band spielte bereits, die Wiese leerte sich nun

großzügig, und ich erinnerte mich an meinen knurrenden Magen. Anna bot an, diesmal selbst Pommes zu holen, doch ich lehnte ab. Einerseits hoffte ich, Maciek würde mich begleiten, ich hatte unsere Zweisamkeit genossen. Stattdessen machte er sich auf der Wiese neben Anna breit. Ich musste sowieso eine Toilette suchen, auch wenn ich ahnte, dass es auf eines der ekelhaften Dixiklos am Rand des Festivalzauns hinauslief. Beschwingt wiederholte ich meinen Weg, fand tatsächlich ein noch wenig benutztes Einwegklo und beeilte mich. Die Wirkung des Sekts war verflogen, stattdessen breitete sich eine bequeme Müdigkeit in meinem Kopf aus. An der Pommesbude wartete weiterhin eine lange Schlange, ich reihte mich wieder ein und merkte, dass ich ungeduldig wurde. Irgendetwas in Macieks Blick trieb mich an. Schon öfter waren mir seine langen Seitenblicke aufgefallen, und ich fand ihn, jetzt auch als Lebensretter, sehr süß. Dunkle Locken und helle Augen, durchtrainierte Oberarme. Mmmm, Amarena. Wäre das nicht was für mich? War ich früher so was wie blind gewesen?

Nach einer gefühlten Ewigkeit war ich endlich an der Reihe und bestellte bei einem gut gelaunten Berliner eine Currywurst und eine Portion Pommes. Eilig balancierte ich die beiden Pappschalen zu meinen Freunden zurück. Josy lag nun schlummernd im Schatten, allein. Anna hatte ihr meinen Rucksack als Kissen unter den Kopf geschoben. Und Maciek unterhielt sich prächtig. Als ich wieder in Hörweite war, erzählte Anna eine ihrer Arztgeschichten, Maciek lachte und lachte, und der Blick, den er ihr zuwarf, gefiel mir überhaupt nicht.

Möglichst sexy setzte ich mich zu den beiden, vielleicht ein bisschen zu nah an Maciek, der unauffällig ein Stückchen zur Seite rutschte. »Die Wurst war eigentlich für Josy«, sagte ich und versuchte, nicht beleidigt zu klingen. »Will die einer von euch?«

Anna und Maciek sahen sich an. »Na, warum nicht, lass uns doch teilen, oder?«, schlug sie vor.

Maciek nickte und sagte mit warmer Stimme: »Sehr gern.«

Ich reichte ihm den einen Pappteller und streifte dabei absichtlich lange seine Hand. Er schien nichts zu bemerken, sondern bot als erstes Anna einen Bissen an. Ganz Gentleman. Ich bereute es, ihn mit hierher gebracht zu haben, denn die beiden flirteten vor meinen Augen weiter, als wäre ich nicht anwesend.

Wäre Josy wach gewesen, hätte sie längst bemerkt, dass ich angefangen hatte zu summen. Doch Anna und Maciek ließen sich nicht aus der Ruhe bringen. Musste Anna in ihrem knappen Bikini hier im Halbschatten rumliegen? Das war schon übertrieben. Bermudas und ein ausgeleiertes Shirt, wie ich es trug, hätten es auch getan. Schließlich war es ein Rockfestival. Anna war wirklich manchmal ein wenig weltfremd. Ich war natürlich die Einzige, die das störte.

Immer wieder glitt Maciek, den ich scharf von der Seite beobachtete, mit seinem Blick an Annas Körper entlang. Im Gegensatz zu Josy und mir war Anna gertenschlank, konnte dabei essen wie ein Raubtier und schwamm höchstens einmal alle paar Wochen ein paar Runden im Müllerschen Volksbad. Anna schien sich wohl unter unseren Blicken zu fühlen, rekelte sich noch ein bisschen aufreizender und schlug, als die Currywurst aufgegessen war, vor, eine kleine Kneipp-Kur durch den Bach im anliegenden Wald zu machen. Zur Verdauung.

»Ach ne, das braucht's jetzt nicht«, sagte ich schnell, aber

Maciek half Anna bereits auf die Beine: »Geile Idee, wie die ganzen alten Säcke.«

Bevor ich mich umentscheiden konnte, hatten die beiden sich verabschiedet und redeten unablässig weiter. »Die Konzerte fangen gleich an«, rief ich ihnen hinterher, doch Anna rief halb umgedreht zurück: »Dann sehen wir uns dort!«

Entnervt atmete ich tief aus. Machte Anna also den Typen klar, der mich hatte klarmachen sollen. Ich schaute an mir herunter und fragte mich, ob ich vielleicht ein wenig mehr Geld für meine Klamotten ausgeben sollte. Jakob beschwerte sich nicht über löchrige BHs und bunt zusammengewürfelte Socken, der musste mich wirklich gern haben. Doch auch dieser Gedanke rettete mich nicht aus meiner Eifersucht, die wie ein kleines Feuer in meiner Brust vor sich hinloderte.

Nach einer halben Stunde waren Maciek und Anna immer noch nicht zurück, und weil ich allen Freunden – Jakob eingeschlossen – eine Nachricht geschrieben hatte, wie gut es mir ginge und dass ich gerade ein wunderschönes Festival genösse, kümmerte ich mich um Josy.

Herbe rüttelte und schüttelte ich sie, rief ihren Namen und schob den Rucksack weg, damit sie endlich aufstünde. Die so Gequälte versuchte, die Augen zu öffnen und mich hinter glasigem Blick zu erkennen. Verwirrt fragte sie, wo wir seien und warum ihr Tuch unter ihrem Kinn hing. Ich hielt ihr eine Flasche Wasser hin und zwang sie, diese auszutrinken.

Widerspruchslos tat Josy, wie ihr geheißen. Sie war immer noch kaum ansprechbar und taumelte zwischen Traum und Wirklichkeit. »Josy, kannst du mich hören? Ich bin's, Lis!«, sagte ich, langsam besorgt. Irritiert krauste Josy die Brauen über den Augen und schien nicht zu wissen, wer ich sei.

Plötzlich brach sie in Tränen aus. »Oh Mann, mir geht's überhaupt nicht gut«, wimmerte sie und ließ sich wieder zur Seite fallen.

»Josy, du hast gerade elends viel gekifft, aber alles ist gut«, versuchte ich, sie zu beruhigen. Langsam wurde mir klar, dass unser Ausflug zu dritt hier sein Ende gefunden hatte. Seufzend ließ ich mich neben Josy plumpsen, strich ihr über das Haar und beruhigte sie, alles würde gut werden.

Josy heulte wie ein Schlosshund, kurzzeitig zitterte sie. »Oh Mann, ich kann nicht aufhören, mir geht's so schlecht«, brachte sie hervor, und ich überlegte, ob es nicht das Beste sei, sie zum Sanitäter zu bringen.

Nach vierundzwanzig Minuten schluchzte sie zum letzten Mal laut auf und ließ sich weiterhin von mir durch die Haare streichen. Eine Dreiviertelstunde später fragte sie, ob es okay wäre, wenn wir zurückfahren, sie wolle nur noch ins Bett und schlafen. Ich gab meinen Traum vom Feiern in der Sonne auf. Ein Taxi war zu teuer und eigentlich hatte ich auch keine Lust, mich allein in die Massen zu werfen und später voraussichtlich allein den Weg zurück in die Stadt anzutreten. Schweigend packten wir unsere Sachen zusammen, und Josy hängte sich an mich. Wie ein nasser Sack ließ sie sich von mir in den Shuttlebus hieven, wir waren fast die einzigen, die nun den Rückweg in die Stadt nahmen.

Als der Bus losfuhr, schlief Josy auf der Stelle ein und hing mit offenem Mund an meiner Schulter. Ein Mädchen aus den hinteren Reihen steckte mir eine Zeitschrift zu, mit der ich in der Schwüle Josy und mir immer wieder Luft zufächelte. Einem spontanen Gefühl folgend zog ich mein Handy heraus und schrieb eine Nachricht an Jakob. Ich wollte heute Abend nicht allein sein, und ich war mir sicher, dass Jakob jedes andere Treffen für mich absagen würde. Bisher hatte er immer Zeit gehabt oder sich welche genommen. Umso überraschter war ich über seine schnelle Antwort: *Leider nein.* Ohne weitere Erklärung.

»Schade«, sagte ich leise. Wahrscheinlich war er bei dem schönen Wetter unterwegs mit seinen Kumpels, Herrenabend, erklärte ich mir seine Absage und lehnte mich erschöpft zurück.

Der Tag war gelaufen, meine Laune einigermaßen im Keller. Seufzend ich rückte ein wenig ab, Josy rutschte nach und kuschelte sich grunzend an mich. Nach einigen Minuten begann sie, erstaunlich laut zu schnarchen. Ich versuchte noch zweimal, sie abzuschütteln, doch das Ergebnis war, dass Josy immer lauter schnarchte. Sogar der Busfahrer musste lachen, und schließlich gab ich auf und gluckste, worauf Josy grunzend antwortete.

Fast unmerklich ließ das ekelhafte Bohren, das der Gedanke an Anna und Maciek in mir hervorrief, nach. Mit der Zeit überkam auch mich eine bleierne Müdigkeit. Schläfrig schaute ich aus dem Fenster. An uns zog eine Landschaft in satten Grüntönen vorbei, großzügig geschnittene Wohnhäuser mit ausgiebigen Gartenanlagen, manche einen Tick zu protzig in Bauernhausstil, manche zu schön, um wahr zu sein. Schließlich umspielten sanfte Hügel und einzelne Waldstücke die wenig befahrene Hauptstraße. Ich mochte diesen Landstrich, die Weite und den Platz, den man sich nehmen konnte, einfach nur, weil so viel da war. Hier roch es für mich nach Heimat, ein vertrautes Stück Erde, auf dem ich mich manchmal kleiner fühlte, als ich war, das mich aber kommentarlos und liebevoll immer wieder aufnahm.

Zwei Tage später setzte das Bohren wieder ein, als Anna bei einem Kaffee auf unserem Balkon erzählte, sie sei mit Maciek nach dem Kneipen an einer verborgenen Stelle im See schwimmen gegangen. Schließlich seien sie in einer Lichtung im Wald gelandet, hätten aber nur wild herumgeknutscht, da keiner von beiden Kondome dabei hatte.

»Und, seht ihr euch wieder?«, fragte ich grimmig und versteckte meinen Missmut hinter einem großen Schluck Kaffee.

»Wer weiß«, sagte Anna leichthin, »wohl eher nicht. Immerhin ist er mit dieser Antonia zusammen.«

»Ach so«, machte ich und hätte sie am liebsten erwürgt.

Anna tat so, als würde sie meine sauertöpfische Reaktion nicht bemerken, und goss sich ein bisschen Milch nach. »Das bedeutet für jeden was anderes, zusammen sein«, setzte sie nach und sah mich direkt an, »nicht wahr, Lis?«

Ich wäre ihr am liebsten ins Gesicht gesprungen. Des Öfteren hatte Anna schon versucht, mich in ein ernstes Gespräch über Jakob zu verwickeln; ihrer Meinung nach wäre es endlich an der Zeit, entweder hopp oder topp zu sagen. Doch bei Anna war immer alles entweder schwarz oder weiß, ein Leben wie eine gerade Linie; Anna, die wusste, dass nicht alles, was sich richtig anfühlte, auch richtig war, und sich von ihren Gefühlen selten leiten ließ.

Meinen Ärger konnte ich kaum verbergen, als ich schnippisch antwortete: »Ein Glück, dass gerade du so gut über Beziehungen Bescheid weißt.«

Das war gemein, angesichts Annas seltenen und kurzen Affären der letzten Monate; Anna, die es als einzige von uns dreien bedauerte, nicht in festen Händen zu sein. Bevor ich den Kommentar zurücknehmen konnte, wechselte Anna, ohne mit einer Wimper zu zucken, das Thema und fragte, wie es Josy nach ihrem Exzess auf dem Festival ergangen sei. Später, als sie gegangen war, kam ich zu dem Schluss, dass mich am meisten nervte, wie sehr sie wieder recht hatte. Über kurz oder lang würde ich Jakob gegenüber aussprechen müssen, was ich von Anfang an geahnt hatte: Das zwischen uns würde nicht halten.

Während der letzten Augustwochen verbrachte ich viel Zeit hinter dem Eistresen. Die Hausarbeiten für die Uni waren geschrieben, der Frankreich-Urlaub mit Anna auf den kühleren September verlegt. Frau Koslewski war auf der Suche nach einer Vertretung für ihre andere Eisverkäuferin, daher übernahm ich spontan auch noch deren Schichten. Meine Stamm-Kundschaft war deutlich ausgedünnt, viele Münchner hatten sich frei genommen und verbrachten den Sommer mit ihren Familien im Grünen.

Am schönsten waren für mich die Augenblicke, in denen ich das Eis überreicht und das Geld in Empfang genommen hatte und genug Zeit war, den Kunden weiter zu beobachten. Wenn ein Eisesser nämlich zum ersten Mal die Zunge in das Süß eintaucht – und dafür lässt er sich kaum vier Schritte Zeit – schließt er die Augen. Manchmal kurz, manchmal einen Tick länger, aber man kann davon ausgehen, dass jeder Eisesser sich vorerst vollkommen auf den Geschmack konzentriert und alles andere automatisch auszublenden versucht. So schnell verflog dieser magische Moment der ersten Berührung, doch für mich, hinter meinem Tresen, war er der Sinn meiner Arbeit.

Die Sache mit Jakob erledigte sich schneller, als ich es gewollt hatte. Nachdem Anna auf Nachfragen, was denn mit ihr und Maciek nun sei, immer unwirscher geantwortet und schließlich erklärt hatte, sie wolle mit dem Idioten nichts mehr zu tun haben, sah ich freie Bahn für mich. Anna um Erlaubnis zu fragen, hielt ich für übertrieben, und so schrieb ich Maciek eines Abends in weinseliger Laune, ob wir uns nicht am Gärtnerplatz treffen wollten. Es dauerte keine drei Minuten, da hatte ich ein Date, und wohlweislich erzählte ich Josy, die neben mir saß und mitfieberte, nicht, dass es sich dabei um Maciek handelte.

Am nächsten Morgen erinnerte mich Jakob per Nachricht daran, dass wir heute Abend bei Freunden von ihm zum Grillen eingeladen waren, und fragte, ob wir uns vorher auf einen Spaziergang treffen wollten. Ein kleines Stäubchen an schlechtem Gewissen keimte in mir auf, als ich ihm zurückschrieb: *Sorry, mir geht's heut nicht gut, lass uns die Tage mal quatschen.* Ich schob sogar noch ein *Kussi* hinterher.

Es kam, wie es kommen musste. Im Nachhinein betrachtet, war das abrupte Ende vorhersehbar gewesen, aber dass ich es mit der Holzhammermethode forcieren würde, hätte ich mir selbst nicht zugetraut. Natürlich knutschten Maciek und ich nach drei Bier nicht direkt auf dem Gärtnerplatz, sondern in einem nahe gelegenen Hauseingang. Doch just in dem Moment, in dem ich ihm an die Wäsche wollte, kam ein guter Freund von Jakob vorbei, der in diesem Haus zu wohnen schien und mich erst auf den zweiten Blick erkannte.

»Lis«, sagte er und starrte perplex mich und darauf Maciek an, »ich dachte, du bist krank!« Dann schien er sich selbst der Naivität seines Kommentars gewahr zu werden, drängte sich schnell an uns vorbei und wünschte noch murmelnd einen schönen Abend.

»Scheiße«, sagte ich und war mit einem Schlag wieder nüchtern. »Wieso denn?«, fragte Maciek und war schon wieder an mir dran. Ich schob ihn weg und lehnte mich gegen die Wand: »Ich glaube, ich muss was klären.«

Der Buschfunk hatte Jakob vor mir erreicht, und so antwortete er auch sehr kühl, als ich ihn anrief. Das Telefonat dauerte keine zehn Minuten. Jakob schien nicht überrascht, aber ich hörte seiner Stimme an, dass ich ihn verletzt hatte. Meine Entschuldigungen wiegelte er ab, und auf meinen Vorschlag, demnächst eine Runde spazieren zu gehen, sagte er nur: »Ach, ne. Das braucht's glaub ich nicht.«

Ich legte auf und fühlte mich benommen, gleichzeitig auch befreit. Natürlich war es schön gewesen, morgens neben jemandem aufzuwachen, der einem das Gefühl von Geborgenheit und Halt gab; besonders, wenn man sonst nicht so richtig wusste, wohin. Natürlich sehnte ich mich nach etwas, das meinem Schlendern durch das Studentendasein einen Sinn, eine Richtung gab. Ich hatte jedoch schnell gemerkt, dass es nicht Jakob war, sondern eine Idee von mir, die ich gerne verkörpert und gelebt hätte. Die aber nicht zu mir passte, sondern an allen Ecken und Enden zwickte und mich zu etwas machte, das ich nicht sein wollte. Sich zu finden, ist nicht gleichbedeutend mit: sich festzusetzen in Rahmen und Konturen, Begriffe zu finden und damit einhergehend Routine und Floskeln zu kultivieren.

Ich war immer noch auf der Suche, und an diesem Abend wurde mir klar, dass ich nicht bereit war, ankommen zu wollen.

Karamell

Die traurigste aller Eissorten wird für mich immer Karamell bleiben. Sie begleitete mich zwei Jahre später durch einen denkbar trostlosen Frühling, den ich in Hamburg verbrachte. Karamell ist eine Sorte für den Notfall: Man bestellt sie meist in einem Zustand, in dem man weder zu Lust und noch Fröhlichkeit fähig ist, aber deren drogenhafte Wirkung noch nicht vergessen hat. Karamellesser sehnen sich nach einem Verschwinden in der Süße, die köstlich verboten schmeckt und trotzdem nur kurzfristige Wirkung zeigen kann. Sie wollen abtauchen aus der Gegenwart, weg von den räumlichen und seelischen Gegebenheiten, und sich am liebsten in einen apathischen Zuckerschock fallen lassen, der ihnen die Mär vom Glück ferner Zeiten verkündet. Karamell ist zu süß, um schokoladig zu sein, zu künstlich, um sich der Wirklichkeit nah zu fühlen, und zu schwulstig, um kleine Brötchen zu backen. Wer zu Karamell greift, fühlt sich wohl in seinem Selbstmitleid, und darin suhlte ich mich ausgiebig, kurz nach meinem zweiundzwanzigsten Geburtstag.

An einem sommerlichen Mittwochnachmittag saß ich in einem kleinen Café im Hamburger Schanzenviertel und rührte gedankenverloren einen Turm aus Karamell-Eiskugeln zu Brei. Die ersten Sonnenstrahlen des Jahres tasteten sich rücksichtslos in die Gesichter der Passanten, und ich seufzte leise auf. Vor mir lag eine aufgeschlagene Tageszeitung und berichtete über den Grund für die mysteriösen Krötenexplosionen in einem Tümpel in Altona im Frühling dieses Jahres. Tausende Tierchen hatten sich aufgepumpt und waren auf unerklärliche Weise geplatzt; mittlerweile tüftelten Wissenschaftler aus aller Welt an diesem grausigen Rätsel. Angeekelt schob ich die Zeitung von mir weg und widmete mich meinem Eisbecher, indem ich mir einen Strohhalm bestellte und damit die Karamellmatsche aufsog. In meiner Tasche warteten Vokabellisten und Lektüren, die gelernt und gelesen werden wollten, und ich versuchte so lange wie möglich, die geistige Anstrengung hinauszuzögern. Meine Nacht war kurz gewesen, ein Blick in den Spiegel hatte genügt, um mir meiner aufgequollenen Augen und der strähnigen Haare gewahr zu werden, und beschämt kaute ich an meinen Nägeln, wenn mir einzelne Satzfetzen der nächtlichen Diskussion wieder in den Sinn kamen.

Seit neun Monaten wohnte ich hier in einem Zimmerchen in einer WG in Barmbek und setzte eher sporadisch mein Studium fort. Der Hamburger Winter hatte mir die Eingewöhnung nicht leicht gemacht, ich kannte hier kaum jemanden und fühlte mich an jeder Ecke fehl am Platz. Ab und zu traf ich Kommilitonen, die mit mir eine Schale Tee tranken oder mich mitnahmen zu Partys. Manchmal folgte ich den Einladungen, plauderte höflich und hielt mich an meiner Flasche Bier fest, in der Hoffnung, bald wieder Spaß am Feiern zu finden.

Die allgemeine Zwanglosigkeit um mich herum schüchterte mich ein, ich konnte mich nicht hineinstürzen in die Ausgelassenheit, zu überfordert war ich mit der neuen Umgebung. Trotzdem versuchte ich tapfer, mich in das Leben meiner Mitstudenten zu integrieren, fragte nach Vorlesungen Belanglosigkeiten, um ins Gespräch zu kommen, und scheiterte stets an meiner eigenen Unverbindlichkeit. Vielleicht war es ein Desinteresse in meinem Blick, ein unachtsames Wegdriften, wenn Gespräche persönlicher zu werden drohten, aber ich schaffte es über den alltäglichen Small Talk und ein nettes Grüßen auf dem Flur nicht hinaus. Vielleicht bemühte ich mich auch allzu sehr, um zu gefallen und mich selbst mit anderen Augen zu sehen; als schnörkellose, schlagfertige Zugereiste.

»Das dauert«, beruhigte mich mein Bruder am Telefon.

»Noch länger als neun Monate?«, fragte ich genervt zurück, woraufhin Hannes nur lachte und schnell das Thema wechselte.

»Lis, was willst du da eigentlich?!«, seufzte Anna ein andermal in den Hörer. Die Frage, warum ich hier war, konnte ich mir gegenüber am allerwenigsten ehrlich beantworten, denn dann hätte ich mich umso abhängiger und hilfloser gefühlt.

Ich hatte die halbe Nacht zuvor geschrien und getobt, zweimal hatte meine Mitbewohnerin Carly an die Tür geklopft und gefragt, ob alles in Ordnung sei. Das erste Mal hatte ich tapfer die Tränen hinunter geschluckt und »Ja, sorry, alles okay« gepiepst, woraufhin sie betroffen den Raum verlassen hatte.

Das zweite Mal lief ich Carly aufgelöst in die Arme und ließ mich von ihr einige Minuten hin- und herwiegen, bevor ich mich wieder in die Kampfarena wagte. Mittendrin hätte ich am liebsten meinen Kopf an die Wand geknallt. Und am allermeisten – bei dem Gedanken daran schoss mir noch immer das Blut in die Wangen – hatte mich Romans Lässigkeit auf die Palme gebracht. Roman, der Grund, warum ich jetzt hier war, im Norden, und nicht in München. Roman, der so viel für mich sein sollte, was er nicht war.

Roman saß während des Großteils des Streits unbeteiligt auf dem Bett, halb an die Wand gelehnt, und ließ sich von mir mit Kissen bewerfen, mit schlimmsten Wörtern beschimpfen, um mich letztlich, nachdem ich all meine Energie verballert hatte, in den Arm zu nehmen und innerhalb kürzester Zeit all meine Vorwürfe dahinschmelzen zu lassen. Ich hasste ihn dafür, noch viel mehr als für das, was er getan hatte, und ich hasste mich dafür, so schwach und ausgeliefert zu sein.

Noch heute höre ich Annas lakonischen Kommentar, als sie Roman zu ersten Mal begegnete, und es wirkt im Nachhinein wie eine delphische Weissagung.

»Schwätzer«, sagte sie, mehr zu sich selbst als zu mir, halb genervt, halb verächtlich. Drei Tage war ich wütend auf Anna, sie hatte ihn gerade erst kennengelernt und wusste, wie hin und weg ich von ihm war. Drei Wochen später musste ich ihr zumindest teilweise recht geben. Tatsächlich war die einzige Möglichkeit, ihm beizukommen, ihn ebenfalls zu belügen. Wir betrogen uns von Anfang an nach Strich und Faden, er mich mit anderen Frauen, ich ihn mit Geschichten, die mich retten sollten und stattdessen in ein undurchdringliches Gewirr aus Märchen und Halbwahrheiten knoteten.

Heidelbeere

Ganz harmlos begann es mit einer Schwindelei; wenn auch nur mit einer kleinen. Es muss ein Samstag im Juli des vorherigen Jahres gewesen sein, zwei Uhr morgens vielleicht oder auch schon drei, auf jeden Fall zu früh, um den Abend zu beenden und nicht spät genug, um noch ein paar Kneipen weiter zu ziehen. Nach Hause konnte ich nicht. Hannes, mit dem ich weiterhin zusammen wohnte, hatte Besuch von einer umwerfend schönen Mexikanerin, die er auf einer Reise kennengelernt hatte; ich hatte ihm versprochen, erst spät oder gar nicht nach Hause zu kommen, damit die beiden in der winzigen Zweizimmerwohnung ihre Ruhe hatten. Bei Anna konnte ich nicht schlafen, da sie am nächsten Morgen im Krankenhaus ihre Famulatur ableisten musste. Also hatte sich Josy begeistert meiner angenommen – »Yeah, it's Josytime!« –, und so saßen wir seit Stunden an der Bar des *Cord Clubs*, einer zentralen, feinen Tanzstube mit breiter Fensterfront auf die Sonnenstraße. Die Gäste drängten sich zu *Franz Ferdinand* auf die Tanzfläche und auf die spärlich gesäten Sitzmöglichkeiten rundherum, nur mit Müh und Not konnte ich meinen Platz verteidigen.

Wegen eines Nasennebenhöhlen-Infekts musste ich zu diesem Zeitpunkt Antibiotika nehmen, nippte an meiner Orangina und beobachtete Josy neidisch dabei, wie sie sich über den Tresen hängte und den Barkeeper mit Küsschen versah. Geschäftig verteilte der Drinks und zapfte Bier, ehe er dienstbeflissen zu Josy zurückkehrte. Nach neuerlicher Knutschattacke ließ Josy sich neben mich fallen und rief mir mit einer Fahne sondergleichen ins Ohr: »Oh Gott Lis, ist der nicht niedlich? Ist der nicht superniedlich?«

Missmutig stimmte ich ihr zu und nickte ein ums andere Mal, um wenigstens diese Art von Gespräch aufrechtzuerhalten. Links neben uns hatte sich bereits eine lange Schlange von Trinkwilligen gebildet, die den Barkeeper mit ihren Wünschen vom Knutschen abhalten wollten. Alle Gäste waren deutlich besser gelaunt als ich, lachten über die beiden Turteltäubchen und warteten geduldig, bis sie an die Reihe kamen. Seufzend senkte ich meine Nase in die Orangina und warf alle zehn Minuten einen Blick auf die Uhr. Wieder spürte ich einen Ellbogen unsanft in meiner Seite, und nachdem der sich nicht wegschieben ließ, drehte ich mich genervt um und hob zum Meckern an. Es war laut, es war stickig, und ich hatte eine Scheißorangina in meiner Hand. Das blökte ich dem Typen hinter mir auch ins Gesicht, bevor ich wahrnahm, dass er zwei Bier hielt und mir eines davon in die Hand drücken wollte. Ich verstummte schlagartig und wollte peinlich berührt zurückrudern, doch da hatte der Typ stirnrunzelnd den Kopf geschüttelt und mich stehen lassen.

»Wow«, brüllte mir Josy ins Ohr und meinte damit ausnahmsweise nicht ihren Barkeeper. »Dem hast du's aber gegeben.« Belustigt sah sie mich an und fuhr verschwörerisch fort: »Du bist wirklich eine Kanone, Lis.«

Ich schämte mich schrecklich und vergrub mein Gesicht in Josys Schulter, die mir mütterlich über den Arm strich. Sie beugte sich nach vorne: »Ich weiß ja, Jungs sind doof, aber gar nicht mit ihnen zu sprechen, ist auch keine Lösung.«

Ich musste lachen und schob sie von mir weg. Kurze Zeit

später deutete Josy mit dem Kinn leicht nach rechts: »Na guck mal, da ist neues Material.«

Neben mir lehnte lässig ein Typ in Lederjacke an der Bar, rauchte eine Zigarette, der er seine volle Aufmerksamkeit zu schenken schien. Immer wieder sog er genüsslich den Rauch ein, inhalierte und stieß ihn in weißen Wölkchen aus. Er bemerkte, dass wir ihn ansahen, und lächelte mich durch den Rauch hindurch an. Hastig griff ich wieder zu meiner Orangina und nahm ein paar Schlucke. Leer. Ich wollte mir gerade ein neues Getränk bestellen, da wedelte Josy kurzerhand mit meiner leeren Flasche in Richtung Lederjacke. Grinsend deutete sie auf mich und wackelte mit dem Kopf zur Bar, und zu meiner Entgeisterung rief sie aus vollem Halse: »Die Dame hat Durst!«

Panisch riss ich ihr die Flasche aus der Hand, zischte »Mann ey, du nervst!« und wollte dem Typen in Leder ein entschuldigendes Lächeln schenken, da stand er schon neben mir und fragte: »Bier oder Wein?«

Ich starrte ihn an. »Ähm, nein, du musst nicht …«

Unbeeindruckt wiederholte er: »Bier oder Wein?«

Ich schüttelte heftig den Kopf und insistierte: »Sorry, ich bin gerade …« Ungerührt warf er seine Zigarette auf den Boden, trat sie aus und sagte knapp: »Bier also«, und machte sich auf, mir ein solches zu bestellen.

Ich wollte ihm noch hinterherrufen, dass ich wegen meiner Antibiotika gerade keinen Alkohol trinken wollte, doch Josy hielt mich zurück. »Oh ja, genau, erzähl ihm am besten von deinem Nasennebenhöhlen-Infekt. Das ist der Eisbrecher.«

Sie bedachte mich mit einem tadelnden Blick: »Als hätten die letzten drei Jahre Josy so gar nichts gebracht.«

Kurze Zeit später stand die Lederjacke mit einem Bier neben mir, zündete sich eine neue Zigarette an und sagte erst eine Weile nichts. Es war für mich ungewohnt, vollkommen nüchtern in der angeheiterten Menge zu stehen, ich fühlte mich unwohl neben diesem zugegebenermaßen ziemlich schnieken Typen. Aus den Augenwinkeln beobachtete Josy uns, was die Situation nicht auflockerte. Und so nippte ich stumm an meinem Bier und versuchte, ein freundliches Gesicht aufzusetzen. Dabei wusste ich genau, ich sah aus wie ein gequälter Clown, zu oft hatte ich das höfliche Lächeln vor dem Spiegel und an meinen Kunden beim Eisverkaufen ausprobiert.

Die Lederjacke hingegen grinste, soweit ich das beurteilen konnte, vor sich hin und genoss schweigend die Szene. Noch ein Nipp. Und noch einer. Mit der Zeit trank ich, ohne es wirklich zu merken, das Bier fast aus. Schließlich reichte es Josy, sie konnte sich das Jammerspiel nicht weiter ansehen, sprang auf und rief: »Ich geh mal tanzen, ihr Hübschen!«

Ein wenig erleichtert atmete ich aus und wagte einen Blick in dunkle Augen, in denen ich eine Spur unerklärlicher Gier entdeckte. Für einen Moment war ich so irritiert, dass ich baff zurück starrte. Die Lederjacke lachte und lehnte sich wieder zurück, um weiter an seiner Zigarette zu ziehen und den schweigenden Helden zu mimen.

War ich anfangs unzufrieden mit meiner eigenen Beklommenheit gewesen, wurde ich nun wütend auf ihn. Ich holte schon Luft, um das Schweigen zu brechen mit einer Bemerkung über … na, dann eben das Bier, da beugte er sich vor und raunte mir ins Ohr: »Wollen wir tanzen?«

Eigentlich wollte ich nicht, vor allem nicht in diesem Zustand, aber alles war besser als diese Wortlosigkeit inmitten von Musik und Partylärm. Er nahm mich kommentarlos an der Hand und schob sich durch das Gedränge. Mitten in der tanzenden Masse – es stank nach Bier und Rauch und Schweiß – blieb die Lederjacke stehen und begann zu tanzen. Während ich bemüht auf und ab wippte, starrte ich ihn immer ungläubiger an. Es begann mit einem lasziven Hüftschwung à la JLo, der mich noch zum Lachen brachte. Bald riss er sich seine Lederjacke vom Leib und schwenkte sie johlend durch die Luft, wackelte dabei immer anzüglicher mit seinem Hintern. Dann legte er eine Pirouette hin, die mich alle meine Tanzbemühungen vergessen ließ.

Mein Atem stockte jedoch, als er sich das Hemd vom Leib riss und zwischen den Beinen reibend in die Knie ging. Inzwischen hatte sich ein Halbkreis gebildet, und nach einer allgemeinen Schrecksekunde feuerten ihn mit vor Staunen weit aufgerissenen Mündern die Umstehenden begeistert an. Ein paar Minuten blieb ich, gebannt zwischen Lachen und Entsetzen, und beobachtete seine rhythmische, recht professionell wirkende Choreografie und fragte mich, ob ich mir aus Versehen einen Tänzer der Chippendales geangelt hatte.

Dass er sich als ein solcher Vulkan auf der Tanzfläche gebärden würde, war nicht abzusehen gewesen. Ich hielt Ausschau nach Josy; sie würde sich schwarzärgern, diese Show zu verpassen. Nachdem ich pflichtschuldig mitgeklatscht hatte, musste ich betrübt zugestehen, dass ein Paartanz unmöglich geworden war, weil die Lederjacke wohl lieber eine Soloshow abzog. Unauffällig zog ich mich zuerst aus dem Kreis der Zuschauer zurück und ergatterte einen Sessel am Fenster, der gerade frei geworden war.

Dort muss ich wohl, müde und erschöpft von der Wirkung des Alkohols und der Antibiotika, eingenickt sein. Als ich wieder aufwachte, lag mein Kopf auf Romans Schulter. Verschlafen rieb ich mir die Augen, ordnete mein Haar und wischte mir prüfend übers Gesicht, in der Hoffnung, keine Sabberfäden hinterlassen zu haben.

»Na, ausgeschlafen«, fragte er, und ich sah ihn zum ersten Mal an. Vielleicht war es die Erinnerung an die letzten Gestalten, die mir hier über den Weg gelaufen waren, vielleicht war es das Bier, das nun verstärkt seine Wirkung tat – ich war wie verzaubert. Er hatte nichts besonders Auffälliges an sich, aber er schaffte es, dabei umwerfend auszusehen. Fröhliche, dunkle Augen, eine Frisur, wie sie zu dieser Zeit viele Studenten trugen, ein bisschen verschwurbelt, ein bisschen verträumt, ebenmäßige Gesichtszüge mit einer sehr geraden Nase, dazu einen Dreitagebart und Silber in der Stimme.

»Wie lange hab ich denn geschlafen?«, fragte ich und hatte wirklich keine Ahnung.

»Höchstens eine Viertelstunde«, antwortete er und hörte nicht auf, mich anzugrinsen. Ich sah davon ab, mich dafür zu entschuldigen, dass ich ihn einfach in meine Träumereien miteinbezogen hatte, und grinste zurück. Kaum waren wir über das Vorstellen hinweg, als die Lederjacke vor mir stand, schwer atmend und mit Schweißperlen, die über sein Gesicht und seinen – immer noch nackten – Oberkörper rannen.

»Da bist du ja«, brachte er zwischen zwei Schnappatmern hervor, »ich hab dich schon überall gesucht!«

Er warf Roman einen kurzen, missbilligenden Blick zu und wollte sich neben mich auf den Sessel quetschen, da tippte ihm einer der Türsteher auf die Schulter, ein bulliger Kerl, der meistens grimmig dreinschaute. Der Türsteher beugte sich vor und sprach der Lederjacke ins Ohr, deutete dabei auf seinen Oberkörper. Anscheinend sollte er sich wieder anziehen. Die Lederjacke, dessen Namen ich bis heute nicht kenne, machte eine Handbewegung, als wolle er ihn wie eine lästige Fliege verscheuchen, und sagte: »Ja schon klar, mach dir nicht gleich ins Hemd.«

Wieder versuchte er, sich zwischen Roman und mich zu quetschen. Etwas angeekelt rutschte ich zur Seite, sein Schweißgeruch war penetrant. Da wurde der Türsteher noch grimmiger, schob seine Pranke nach vorne und zog die Lederjacke an seinem Hosenbund unsanft zurück. Laut rief er: »Du kannst hier nicht so rumrennen, zieh bitte dein Hemd wieder an.«

Wütend schubste die Lederjacke den Türsteher zurück. »Du Penner, fass mich nicht an!«

In dem folgenden Handgemenge musste ich immer wieder die Lederjacke zurück aufs Schlachtfeld manövrieren, da er ab und zu Schlagseite bekam und gefährlich nah in meine Richtung taumelte. Einmal erwischte ich dabei seinen Oberarm, meine Hand war nass von seinem Schweiß. Roman, der die Szene mit einer distanzierten Amüsiertheit beobachtete, bat mir die Flucht an.

Mittlerweile war ein zweiter Türsteher an der Front angelangt, die Lederjacke war kaum zu bändigen, und kurz bevor wir in die Menge eintauchten, meinte ich ihn rufen zu hören: »Ey! Du schuldest mir noch ein Bier!«

Josy traf ich auf der Tanzfläche an, sie stürzte auf mich zu und schrie mir, außer sich vor Lachen, ins Ohr: »Lis, du hast den Megaspack verpasst – hier hat grad einer so was von ’nen Strip hingelegt, das hättest du sehen müssen!«

Sie schien ihn ohne Lederjacke nicht wiedererkannt zu haben. Roman war inzwischen abgetaucht Richtung Ausgang, und so blieb mir nichts übrig, als Josy abzuwürgen und sie nach dem Schlüssel zu fragen: »Ich geh noch eine Schorle im *Lamm's* trinken, dann fahre ich zu dir nach Hause!«

Josy hielt Ausschau nach meiner Begleitung, zwinkerte

mir zu und kramte aus ihrer Hosentasche den Schlüssel: »Dann hab noch viel Spaß mit deinem Schörlchen.«

Draußen, an der frischen Luft, murmelte Roman vor sich hin: »Was für ein Vollidiot! Unglaublich, was für Typen so rumrennen.«

Wir schlugen den Weg Richtung Sendlinger Tor ein, und Roman fragte: »Kanntest du den etwa?«

Ich glaubte, einen lauernden Unterton in seiner Frage zu vernehmen, und überlegte eine Sekunde, bevor ich den Kopf schüttelte: »Ne, keine Ahnung, wer das war.«

Roman insistierte: »Hat er nicht gesagt, er hätte dich gesucht?«

Doch ich konnte nicht mehr zurück und hob ahnungslos die Schultern. »Hab ich nicht gehört.«

Roman schien erleichtert, und ich wechselte schnell das Thema. Ergeben zwei kleine Unwahrheiten, die im Grunde nicht nötig gewesen wären, eine ganze Lüge? Das Märchenstricken hatte begonnen.

Einige Wochen später wollte ich Roman mit Pizza und Wein überraschen. Wir hatten uns ein paar Tage nicht gesehen, und ich wusste, dass er zu Hause sein musste. Ans Handy ging er nicht und sein Festnetz war stundenlang besetzt. Also setzte ich mich auf mein Fahrrad und fuhr zu seiner Wohnung nach Sendling. Seine Eltern waren ziemlich wohlhabend und hatten ihrem Sprössling ein Appartement mit Balkon und Bushaltestelle vor dem Haus gekauft.

Strahlend vor Vorfreude quetschte ich mich an den drei Jungs vorbei, die ein Sofa durch das Treppenhaus manövrieren wollten und dabei stecken geblieben waren. Einer der Jungs rief mir nach: »Hey, kannst du uns mal kurz helfen? Das soll in den ersten Stock.«

Ich war unschlagbar gut drauf, rief bestens gelaunt »Na klar, einen Moment« zurück und legte Pizza und Wein zwei Etagen höher vor Romans Wohnung ab. Gemeinsam hievten wir das Sofa hoch, zwei schoben von unten, ich zerrte von oben, und kurz bevor das Ziel im ersten Stock erreicht war, hörte ich Romans Stimme durch das Treppenhaus hallen: »Hallo? Hat hier jemand was vergessen?«

Er musste mein mitgebrachtes Abendessen vor seiner Tür entdeckt haben. Ich kicherte, bedeutete den Jungs, mich nicht zu verraten, und versteckte mich in der offen stehenden Wohnung. Der Kerl unter dem Sofa rief keuchend zurück: »Herr Nachbar, wir sind noch dabei – keine Angst, das Sofa bleibt nicht im Flur!«

Roman war anscheinend ein paar Stufen hinuntergetrabt und gab zurück: »Na, Sofas dürfen mitgebracht werden! Ihr kennt ja die Regeln: Hunde und Frauen müssen draußen bleiben.« Ich zog seltsam berührt die Augenbrauen zusammen und lauschte angestrengt weiter. Nach einem selbstzufriedenen Auflachen über den gelungenen Spruch fragte Roman: »Sagt mal, ist das von euch?« Er zeigte ihnen wohl meine liebevoll aufbereitete Weinflasche – ein Päckchen Kondome in Herzform baumelten daran – denn die Jungs prusteten los und warfen Witzigkeiten in den Raum – »Erst das Sofa, dann das Vergnügen« –, dankenswerterweise ohne mich zu erwähnen.

Ich war puterrot im Gesicht und presste mich beschämt ins Dunkel, während ich in Gedanken wiederholte: »Daran ist nichts peinlich.«

Roman hielt sich nicht länger mit den Jungs auf, ich hörte seine schnellen Schritte verhallen und atmete dann erleichtert aus. Die Jungs frotzelten weiter und bemerkten zum Glück kaum, wie ich mich auf Zehenspitzen die Treppen hochstahl. Ich weiß noch, wie mir das Grinsen auf dem Gesicht einfror, als ich plötzlich eine Frauenstimme vernahm: »Von wem ist das denn?« Gekicher. Ich blieb abrupt stehen und hörte Rascheln. »Ui, mit Peperoni! Da muss dich aber jemand gut kennen.«

Vor Schreck hielt ich die Luft an. Die Frauenstimme nahm einen anzüglichen Tonfall an: »Eine heimliche Verehrerin?« Schmatzgeräusche. Kussgeräusche!

Dann hörte ich Roman ausschnauben und kurz, bevor die Tür zuknallte, noch einen Klaps – auf den Po? Auf die Wange? – und den Halbsatz: »Ach Mäuseken, du bist doch meine …«

Die Tür war zu, und ich verstand den Rest des Satzes und die Welt nicht mehr. Wie betäubt ließ ich mich auf die kalten Stufen sinken und versuchte, meine Gedanken zu ordnen. Mein erster Reflex war, weg von hier. Die Jungs waren jedoch noch im Flur zugange, eine weitere Bemerkung hätte ich nicht überstanden. Andererseits wollte ich mich Roman gegenüber auf keinen Fall als die Stalkerin outen, die ein persönlich dekoriertes Abendessen samt Einladung zum Sex vorbeigebracht hatte.

Innerhalb der nächsten Minuten lief der ganze Mist in meinem Kopf ab: Das war bestimmt seine Schwester. Hatte er denn eine? Und nannte man seine Schwester Mäuseken? Seine Mutter? Dafür hatte die Stimme zu jung geklungen. Jung und – blond. Sie war bestimmt blond.

»Eine heimliche Verehrerin …«, äffte ich sie nach und spürte, wie langsam Wut in mir aufstieg und die Fassungslosigkeit verdrängte. Klar, wir kannten uns kaum, aber eine andere hatte er nie erwähnt, und bisher war ich davon ausgegangen, dass ich Roman entdeckt hatte in seiner zögerlichen, zurückhaltenden Art, dass ich es war, die ihn aus seiner Ecke geholt hatte, von der er aus die Welt und die Menschen um sich herum zu beobachten gewohnt war. Wutschnaubend nahm ich die letzten Stufen nach oben, rutschte dabei aus und knickte so schmerzhaft um, dass ich laut aufschrie.

Es dauerte einen kurzen Moment, da öffnete sich oben wieder die Tür, und ich hörte diesmal die Stimme des Mädchens in den Flur gackern: »Halloo? Braucht jemand Hilfe?«

Vor Schreck hielt ich mir selbst den Mund zu und versuchte, so leise wie möglich zu schnaufen, denn mein Fußknöchel schmerzte höllisch. Das Blut stockte mir in den Adern, als ich tapsende Schritte hörte. Nochmals fragte das Mädchen, diesmal lauter: »Halloo? Ist da jemand?«

Die Jungs hatten inzwischen das Sofa in die Wohnung manövriert und sich nach draußen getrollt, wahrscheinlich, um die nächsten Möbel aus dem Laster zu hieven. Ich drückte mich an die Wand und hoffte inständig, das Mädel würde zurück in die Wohnung gehen, sollte sie sich doch mit Roman vergnügen, dem Mistkerl. Wenigstens meinen Stolz wollte ich heil aus diesem Gebäude bringen. Das Mädchen lauschte noch eine Weile in die Stille, bevor sie wieder zurücktapste und die Tür hinter sich schloss.

Vorsichtig untersuchte ich meinen Knöchel; äußerlich war ihm noch nichts anzusehen. Als ich auftreten wollte, hätte ich am liebsten laut aufgejault, doch ich biss die Zähne zusammen und zog mich am Treppengeländer humpelnd nach unten. An der Tür empfing mich einer der Sofa-Jungs, und in Anbetracht meines schmerzzerknautschten Gesichts schluckte er die Bemerkung, die er wohl zu meinem kleinen Bett-Geschenk machen wollte, hinunter und fragte erschrocken: »Was ist denn passiert?«

Ich flüsterte: »Halt die Fresse.«

Er hatte mich nicht verstanden und kam näher, um ebenso flüsternd und mit besorgter Miene nachzufragen: »Was?«

Ich presste durch meine zusammengequetschten Lippen: »Halt dich Fresse!«

Ich wollte mich an ihm vorbei den Hauseingang hinunterquetschen, aber der arme Kerl hatte mich anscheinend immer noch nicht verstanden oder war sich sehr sicher, dass er mich falsch verstanden haben musste.

Er versuchte mich zurückzuhalten und wiederholte: »Was ist denn los, hast du dir wehgetan?« Unwirsch schubste ich ihn zurück und fuhr ihn, diesmal in voller Lautstärke an: »Halt die Fresse! Halt die Fresse! Und lass mich in Ruhe, verdammt noch mal!«

Einbeinig hüpfte ich die letzten Stufen hinunter, fiel dabei halb auf den verletzten Knöchel und schrie auf wie ein verletztes Tier. Mit hoch erhobenem Kopf sprang ich weiter, an den restlichen Sofa-Jungs vorbei, die mich entsetzt ansahen, und ließ mich außer Sichtweite von ihnen auf eine Parkbank sinken, wo ich erst einmal in wütendes Heulen ausbrach. Wieso passierte mir so etwas? Rotz und Wasser liefen aus mir heraus, und weil ich kein Taschentuch bei mir hatte, wischte ich mir die Nase am Ärmel meiner Jacke ab. Ich heulte etwa zehn Minuten, ergab mich völlig dem mich durchflutenden Selbstmitleid, unfähig, mich einen Meter von dieser Bank zu bewegen. Weitere zehn Minuten später hatte ich mich beruhigt und zu meinem Stolz und gleichmäßiger Atmung zurückgefunden. Ich würde zu Fuß nicht weit kommen, also rief ich mir ein Taxi.

Ein paar Tage später klingelte es an der Tür. Roman stand davor, er hatte eine Flasche Sekt mitgebracht – war es meine? – und begrüßte mich mit einem warmen Lächeln. Was für ein verlogener Hund. Am liebsten hätte ich ihm die Tür vor der Nase zugeknallt, doch da hatte er sich schon in den Flur gedrängt.

»Warum gehst du nicht ran, wenn ich dich anrufe?«, war seine erste Frage. Zuvor hatte ich mich stundenlang in möglichen Antworten gewälzt, ich konnte ihn nicht mit meinen Anschuldigungen konfrontieren, eigentlich hatte ich keine eindeutigen Beweise.

Also sagte ich so leichthin wie möglich: »Ich hatte keine Zeit, gerade ist ziemlich viel an der Uni zu tun.« Das war schrecklich falsch, seit Semesterferienbeginn tat ich nichts anderes als dasselbe Buch über Molière und die Kleistsche Ausarbeitung des *Amphitryon* mit mir durch München zu schleppen, ohne mehr als die Einleitung gelesen zu haben – und auch davon nur anderthalb Seiten. Stattdessen verbrachte ich halbe Tage auf dem Grün des Englischen Gartens, hörte Musik und streckte in der Sonne alle Viere von mir; alle paar Tage sprang ich bei *May-Lugscher* ein, die inzwischen fünf mobile Eisfeen beschäftigten, und wenn Anna und Josy Zeit hatten, trafen wir uns abends auf unserem Balkon und plauderten über dies und das. Ich hatte nichts Wichtiges zu tun, außer mir zermürbende gedankliche Wortgefechte mit Roman zu liefern und ihn, mit gebrochenem Herzen, zurückzuweisen. Er sollte schmoren, und ich versuchte nun, eine stolze und undurchdringliche Miene zur Schau zu stellen.

Forschend sah Roman mich an, und sein Blick wanderte an mir herunter. Anna hatte mir einen dicken Verband um meinen Fuß verpasst, mit einer noch dickeren Schicht Schmerzsalbe darunter. »Hattest du einen Unfall?«, wollte Roman besorgt wissen und kam einen Schritt auf mich zu.

Ich wich zurück und piepste sehr glaubwürdig: »Ich bin beim Volleyball umgeknickt. Sieht schlimmer aus, als es ist.« Zumindest, dass ich Volleyball spielte, hatte zu diesem Zeitpunkt einen gewissen Wahrheitsgehalt. Ich hatte mit Hannes und seinen Freunden vor einigen Wochen an der Isar gespielt. Okay, ich hatte ihnen dabei zugeschaut. Aber das mit vollem Einsatz: Hannes waren nach einer Weile sogar meine »Bravo«-Rufe peinlich geworden. Damit hatte ich zwar nicht ihn, sondern seinen braun gebrannten Kommilitonen gemeint, doch der hatte mich und meinen Einsatz mit keinem Blick gewürdigt.

Wie dem auch sei, Romans Gesicht wurde weich, und er legte eine Hand auf meine Wange: »Du Arme, so was tut echt weh.«

Im nächsten Moment spürte ich seine Lippen an meinem Hals, und all meine Wut verpuffte. Vor Schreck – vor allem vor mir selbst und seiner Wirkung auf mich – wich ich zurück und legte meine Hand an die Stelle, an die er mich gerade geküsst hatte. »Und du hast auch viel zu tun?«, fragte ich schnell, um mich zu sammeln. Ich hatte noch vor, stark zu bleiben.

Roman kam wieder einen Schritt näher und wollte den Arm um mich legen. Ein kleiner Funke Selbstachtung in mir wehrte sich, der Rest war schon eingefangen, umwoben von seinem Charme, und so ging ich noch einen Schritt zurück und stolperte dabei über meinen eigenen Fuß, der sofort wieder einknickte und schrecklich schmerzte. Ich schrie auf und wäre zu Boden gegangen, hätte mich Roman nicht wie ein strahlender Held aufgefangen und mit beruhigenden Flüstereien in mein Zimmer bugsiert. Ich drückte mich an sein Hemd, das nach Roman roch, wimmerte, ließ mich hin- und herschaukeln in seinen Armen, und ergab mich schließlich.

Keine Lüge ist schließlich so wundersam in ihrer Wirkung wie die, die man sich selbst erzählt, weil man sie glauben will. Es gab bestimmt eine Erklärung, zu wem diese blonde Stimme gehört hatte; seine selbstverständliche Zärtlichkeit erhärtete in mir den Verdacht, dass ich aus einer Mücke einen Elefanten gemacht hatte und es eigentlich keinen Grund zur Sorge gab. Würde er mir denn wirklich so dreist entgegentreten, wenn es noch eine andere gab?

Später lagen wir eng aneinander gekuschelt auf meinem Bett und betrachteten die Weltkarte, die ich an der Wand angebracht hatte. Roman streichelte mir über die Haare, der Verband hatte sich von meinem Fuß gelöst und hing daran nun als salbiger Fetzen. Ein dicker Kloß klebte in meinem Hals, und ich wusste, ich musste ihn fragen, sonst würde ich platzen. Josy und Anna hatte ich vorsorglich nichts von meinem Besuch bei ihm erzählt. Also fragte ich in die Stille hinein: »Triffst du dich auch noch mit einer anderen?«

Ich war froh, ihm nicht ins Gesicht schauen zu müssen. Roman stockte keine Sekunde in seiner Bewegung, sondern streichelte weiter über meinen Kopf. An seiner Antwort hörte ich, dass er lächelte. Er sagte weder ja noch nein, er sagte: »Ich bin jetzt hier bei dir.«

Ich biss mir auf die Lippen und schwieg. In meinem Kopf schwirrten tausend Fragen herum, und doch wusste ich nicht, welche ich ihm davon stellen konnte, ohne wie ein eifersüchtiges Biest zu wirken.

Nach einer Weile setzte Roman dazu: »Und ich möchte nirgendwo anders sein.«

Ratlos starrte ich an die Wand, entzifferte die Städte von Mittelamerika, um meinen Kopf zum strategischen Denken zu bewegen, und fragte mich, ob die Menschen in Nandasma, Huehuete oder El Sauce dieselben sinnlosen Gespräche führten wie wir hier. Mein Schweigen wurde ungemütlich, und bevor ich etwas erwidern konnte, sagte Roman mit einer Seelenruhe, die ich später stets als Indiz dafür werten konnte, dass eine besonders unwahre Lüge folgte: »Natürlich treffe ich mich nur mit dir, Lis. Es gibt keine andere.«

Natürlich gab es sie. Und natürlich ahnte ich das, aber ich war verliebt genug, um großzügig über die Fallstricke seines einnehmenden Wesens hinwegzusehen. Bis ich mich nicht mehr blöd stellen konnte.

Wenige Wochen später traf ich die beiden in der Altstadt, auf einem Flohmarkt am Isartor. Einem Kommilitonen namens Miguel, einem kleinen, drahtigen Halbspanier mit Harry Potter-Brille, der seinen alten Ramsch verkaufen wollte, hatte ich versprochen, ein wenig Gesellschaft zu leisten. Wir kannten uns nicht gut, aber schon lange, und so schlenderte ich auf der Suche nach ihm an den Tischchen vorbei, auf denen vom alten Staubsauger bis zur Ehrenmedaille für Verdienste im Ersten Weltkrieg alles angeboten wurde. Es herrschte reger Trubel, die Menschen drängten sich durch die engen Gässchen zwischen den Ständen, Brathendl und Sauerkraut to go wurde feilgeboten, Lebkuchenherzen *Für mei Spotzl* und *Weil i di mog*, Jahrmarktstimmung lag in der Luft, und ich belauschte Wortgefechte, bei denen Kunde und Verkäufer um jeden Cent feilschten.

Eine runzlige alte Frau mit einem stark gebogenen Rücken verkaufte feinstes Meißener Porzellan, und weil sie dabei nicht mit sich handeln ließ, hatten sich ein paar zeternde Menschen vor ihr aufgebaut: »Teurer ist das hier als im Kaufhaus! Die Hälfte, die würde ich Ihnen zahlen.«

»Was glauben Sie eigentlich, wer soll das eingereimelte Geschirr hier kaufen?«

»Ach, dann behalten Sie's doch selbst!«

Die alte Frau wiegte ihren faltigen Kopf hin und her und sagte mit einer erstaunlich tiefen, kratzigen Stimme in tiefstem Niederbayerisch: »Nimms oda nimms ned, is mia wuascht, billiga wead's ned.«

Grinsend spazierte ich zum nächsten Stand, an dem alte Bücher zum Verkauf angeboten wurden, Charles Dickens in der Leder-Gesamtausgabe lag neben zerfledderten Tim-und-Struppi-Bänden, ein uralter Diercke-Weltatlas, die besten Romane aus den 70ern von Don de Lillo bis Elias Canetti, und jede Menge zerlesener Herzschmerzromane, deren Titel mich zum Schmunzeln brachten. Zwischen einem Lederwaren- und einem Schmuckstand fand ich Miguel, der gähnend alle Viere von sich streckte. Er hatte es sich auf einem Klappstuhl hinter seinem Tischchen bequem gemacht und rief erfreut, als er mich sah: »Gott sei Dank! Ich muss ganz dringend aufs Klo, kannst du mal ein paar Minuten meinen Stand hüten?«

Er drückte mir einen großen, klimpernden Beutel in die Hand – »Die Kasse.« – und wies mich kurz ein: »Für den Kleinkram vorne drei Euro, Videos und DVDs fünf, alles in der hinteren Reihe zehn!«

Bevor er in der Menge Richtung Toilettencontainer verschwand, tippte er auf einen riesigen Steiff-Teddybären, der seine flauschigen Beine vom Tisch baumeln ließ: »Und für Lulu will ich mindestens 30 Euro – die ist fast ein halbes Jahrhundert alt.«

Kurzerhand quetschte ich mich hinter den Stand und setzte mich auf den vorgewärmten Stuhl. Zögernd öffnete ich den Beutel und zählte Miguels bisherige Ausbeute: vierzig Euro und fünfundsechzig Cent, nicht schlecht, wie ich fand. Während ich mir genauer Miguels Ware ansah und gerade ein rätselhaftes Stück Holz mit goldener Einlassung und der Inschrift *Genossen für immer* in der Hand hielt, wedelte ein williger Käufer mit einer DVD vor meinem Gesicht herum und fragte: »Wie viel willste dafür?«

Ich konnte die DVD nicht genau erkennen, doch wenn mich nicht alle meine Sinne trogen, hatte mich vom Cover eine nackte Brust angeblitzt, und irritiert starrte ich mein Gegenüber an. Ein rothaariger Junge um die dreizehn, der ganz schnell zahlen wollte.

»Gib mal her«, sagte ich und nahm ihm die DVD aus der Hand. *Männer mögen's heiß*, stand darauf, und eine nackte Frau lutschte an einer überdimensionalen Banane.

Der Junge war mit Begleitung unterwegs, denn er schaute sich unruhig über die Schulter und drängelte: »Also sag schon, wie viel willst du?«

Ich drehte die DVD unschlüssig um. »Wo hast du die denn her?«

Nun starrte der Rotschopf zurück: »Na, hier, bei den DVDs, du verkaufst die doch selbst!« Mit einem weiteren Blick über die Schulter bettelte er: »Schnell, wenn's geht – ich geb' dir zehn Euro!« Ich machte mich lang und beugte mich über den Tisch, und soweit ich das erkennen konnte, bot Miguel tatsächlich seine Pornosammlung zum Verkauf an. Von meiner Warte aus sah *ich Sindbadine auf großer Reise* und *Aufstand im Dirndl 2*.

»Eine Vorwarnung wäre nett gewesen«, grummelte ich angepisst, und bevor der Junge wieder nach der DVD grapschen konnte, stand eine hochgewachsene Frau mit roten Haaren hinter ihm und sagte: »Hansi, hast was Schönes gefunden?« Nun nahm Hansis Gesicht eine leichte Rötung an, und er stotterte: »Ich hab nur …«

Verzweifelt sah er mich an. Ich hatte immer noch die

Männer mögen's heiß-DVD in der Hand und warf sie reflexartig unter den Tisch. Semiprofessionell lehnte ich mich zurück und sagte hüstelnd: »Sorry, aber für zehn Euro kann ich's dir nicht geben.«

Der Junge starrte mich an, und alle Farbe schien aus seinem Gesicht zu weichen. Seine Mutter hatte ihre Hand auf seine Schulter gelegt und fragte: »Was wolltest du dir denn kaufen, Hansi?«

Hansi hob zum Stottern an, da unterbrach ich ihn schroff und deutete auf Lulu, die fröhlich ihre Teddybeinchen schlenkern ließ: »Dreißig Euro kostet der Teddy mindestens.«

Seine Mutter schien fast sprachloser als Hansi. Sie fasste dem Teddy ans Bein und fühlte das Material. »Ja Hansi, für wen willst du denn das kaufen?«, fragte sie, und Hansi folgte ihrem Blick. Lulu starrte aus glasigen Augen zurück. »Ähm … also«, stammelte Hansi, »für die Maja, hab ich mir gedacht. Zum Geburtstag oder so.«

Die Mutter war angetan, nicht unbedingt von Lulu, aber von der Idee, ihr Sohn könne sich derartige Gedanken machen. »Du hast recht, der ist ja bald«, sagte sie und trat noch einen Schritt näher heran, um Lulu anzuheben und prüfend von allen Seiten zu begutachten.

Innerlich atmete ich erleichtert aus. War es überhaupt erlaubt, DVDs mit diesem Inhalt auf einem Flohmarkt anzubieten, auf dem auch Kinder und Jugendliche unterwegs waren? Je länger ich darüber nachdachte, umso sicherer war ich mir, dass das nicht in Ordnung war. Ungeduldig hielt ich nach Miguel Ausschau, schließlich war das hier alles sein Mist, für den ich meinen Kopf hinhalten musste, und ich konnte kaum erwarten, dass Mutter und Sohn den Stand verließen und ich die Videos in den hinteren Reihen des Standes verstecken konnte.

In diesem Moment hörte ich sie. Ich hatte die beiden noch nicht gesehen, aber an ihrer Stimme erkannte ich sie sofort.

»Guck mal, ist der nicht wunderschön?«, flötete sie. »Der goldene Vogelkäfig würde supergut in meine Wohnung passen!«

Ahnungsvoll hob ich den Blick und schaute direkt in Romans erschrockene Augen. Neben ihm ein hübsches Ding, natürlich blond und klein und eng an ihn geschmiegt, das aufgeregt auf ihren Füßen nach vorne und hinten wippte. Der goldene Käfig stand einen Meter entfernt von mir und gehörte, wenn ich richtig aufgepasst hatte, zu den teureren Gegenständen aus Miguels Mottenkiste.

»Zehn Euro«, sagte ich tonlos und hätte alles darum gegeben, mit meinem Blick Roman zu ermorden. Roman stand wie angewurzelt vor mir und versuchte sich noch nicht einmal in einer Ausrede. Inzwischen hatten sich Hansi und seine Mutter für Lulu entschieden, die Mutter reichte mir einen Fünfziger, und während ich im Kassenbeutel nach dem Rückgeld suchte, hörte ich sie entsetzt aufschreien: »Ja sagen Sie mal, was verkaufen Sie denn hier?!«

Sie hatte nun, wie wenige Minuten zuvor ihr Sohn, das Pornolager entdeckt und hielt angewidert eine DVD von Sindbadine zwischen den Fingerspitzen. »Das geht aber nicht!«, wiederholte sie und schob Hansi, der einen langen Hals machte, zur Seite mit der sinnlosen Anweisung: »Wegschaun sollst!«

Das blonde Ding hatte begonnen zu kichern und sah mich komplizenhaft an, Roman war zur Salzsäule erstarrt. Bevor ich irgendetwas erklären konnte, raffte die Frau alle DVDs zusammen – ein stolzer Haufen von mindestens zwanzig Filmchen – und wollte ihn mir nach hinten reichen:

»Schauns, dass das ganz schnell vom Tisch verschwindet, das hat hier nichts zu suchen!«

Da kam Miguel um die Ecke und rief fröhlich: »Ja wunderbar, alles auf einen Schlag weggekauft, na solche Kunden hat man gern!«

Er tätschelte Hansis Mutter freundschaftlich die Schulter und nahm ihr den Stapel Filme ab, um sie sorgfältig durchzuzählen: »Sechzehn, siebzehn, achtzehn Stück für jeweils drei Euro, das macht …« Er kniff die Augen zusammen, rechnete murmelnd vor sich hin und unterbrach die Frau, die entsetzt zur Gegenwehr anhob: »Na, sagen wir achtzig Euro, den Rest schenke ich Ihnen.«

Er wollte der Frau den Stapel in die Hand drücken, doch die hatte wie ein Fisch an Land schnappend endlich ihre Sprache wiedergefunden und zeterte: »Was glauben Sie eigentlich? Als würde ich so einen Dreck kaufen!« Entrüstet stieß sie Miguel zurück und rief: »Verschwinden lassen sollten Sie das, ganz schnell, sonst hole ich die Polizei!«

Der Lederwarenverkäufer von nebenan und hatte inzwischen Wind bekommen von der Auseinandersetzung und lauschte mit offenem Mund; ein paar Passanten waren ebenfalls stehen geblieben. Ich hatte nur Augen für Roman, brannte ihm mit meinem Blick Speere in die Brust. Seine Begleitung gab ihm ein Küsschen auf die Wange, schmiegte sich an ihn und amüsierte sich prächtig über das Dargebotene.

Miguel ließ sich nicht aus der Ruhe bringen und hielt Hansi einen der Filmchen unter die Nase: »Und du, du dürftest im richtigen Alter dafür sein – dir geb' ich's für drei Euro das Stück.«

Hansi wollte nach dem Film greifen, da fiel ihm seine Mutter in den Arm: »Untersteh dich!« Sie zerrte Hansi von unserem Stand weg und rief aus sicherer Entfernung Miguel zu: »Das wird Konsequenzen haben, da können Sie Gift drauf nehmen!« Leiser werdend hörte ich sie weiterkeifen: »Gibt's denn so was, meinem Hansi so einen Mist andrehen zu wollen.«

Sowohl Lulu als auch ihr Wechselgeld hatte sie vergessen, daher blieb mir nichts anderes übrig, als ihr mit dem Fünfziger in der Hand hinterherzueilen, bevor sie in der Menge verschwand. Aus meinem Verkaufsraum herausgequält stieß ich wie aus Versehen an Roman und zischte ihm ein »Arschloch!« zu, was auch seine blonde Freundin hörte.

Ich sah noch ihr überraschtes, dummes Gesicht, dann musste ich mich sputen, um die Mutter zu erwischen. »Entschuldigen Sie«, sagte ich, »hier ist ihr Geld.« Sie war mitten in einer Tirade von Schimpfwörtern und nahm wie nebenbei den Schein an, um ihn achtlos in die Jackentasche zu schieben. Hansi sah mich aus traurigen Augen an, und ich schaute traurig zurück. Innerlich tobte ich vor Wut, vor allem auf mich selbst, aber natürlich auch auf diesen Dreckskerl, der mir erst vor zwei Tagen – vorgestern! – ins Ohr geflüstert hatte, ich sei die schönste Frau, die er kenne.

Als ich zurück an den Stand kam, waren Roman und sein Vögelchen verschwunden. Miguel fläzte auf seinem Klappstuhl und schmökerte durch seine Pornos. Zur Begrüßung hielt er mir eine DVD entgegen, auf der ein Typ mit der Behaarung und Statur eines Affen sich mit einem anderen, nicht auszumachenden Tierchen paarte: »Das waren noch Zeiten, hier: Die Waffen der Affen!«

Wie man es auch drehen und wenden will, ich habe mir keinen Gefallen damit getan, keinen Schlussstrich zu ziehen, keine Demarkationslinie, hinter der kein Schritt mehr geduldet wird. Roman schaffte es immer wieder, die Grenzen einzureißen. So enttäuscht ich von ihm war, so gerne ließ ich mich nach meinem emotionalen Aufruhr von ihm in den Arm nehmen und beruhigen.

In der Zeit mit Roman entfernte ich mich von meinen Freunden, weil ich ihnen nicht die Wahrheit über ihn erzählen konnte, ohne als komplette Vollidiotin dazustehen. Weder Josy noch Anna hatte ich von dem Vorfall auf dem Flohmarkt erzählt, und so waren beide überrascht, als am nächsten Tag ein breit grinsender Kurier mir einen riesigen Blumenstrauß überreichte, der versehen war mit einem Kärtchen: *Für die schönste Frau der Welt.*

»Ach wie süß …«, schmolz Josy dahin, und Anna, der jede Romantik fremd war, verdrehte leicht angewidert die Augen. Ich fühlte mich hilflos und überwältigt zugleich, hätte am liebsten den Kurier gepackt, umgedreht und mit einem Tritt in den Hintern samt Blumen nach unten befördert. Stattdessen bedankte ich mich artig, wiederholte den Mädels gegenüber, dass alles in Ordnung sei, ich fände die Aktion nur übertrieben.

Den Abend über war ich abgelenkt und unkonzentriert, und während Anna von ihrem neuen Chefarzt erzählte, der seinen Mitarbeitern die Hand zum Kuss hinhielt nach einer gelungenen Operation, drifteten meine Gedanken in düstere Gegenden ab. Die Blumen hatte ich als reumütige Entschuldigung registriert, doch die Verletzung saß zu tief, als dass sie mich komplett ruhig gestellt hätten. Die Frage war nicht: Wie wurde ich meine Gefühle los? Denn die hatten – davon war ich damals noch fest überzeugt – immer Recht. Die Frage lautete: Was kann ich tun, um ihn von meiner Einzigartigkeit zu überzeugen? Anna wurde meine Abwesenheit bald zu blöd, sie verabschiedete sich schnell und zog Josy hinter sich her.

Ein schlechtes Gewissen überkam mich kurzzeitig, bis ich mir klarmachte, dass ich mich um wichtigere Dinge kümmern musste. Rauchend ging ich auf dem Balkon auf und ab und überlegte. Ich konnte die Furie mimen, leidenschaftlich und wütend, und das zwischen uns beenden. Das wäre die einleuchtende Variante gewesen. Ich befürchtete jedoch, er würde es achselzuckend hinnehmen, und ich würde nie wieder eng an ihn gekuschelt aufwachen, ihm morgens einen Kuss auf die Nasenspitze drücken und durch seine weichen Haare streichen. Beim bloßen Gedanken daran, dass dies alles vorbei sein konnte, wurde mir schlecht.

Ich konnte auch sein Spielchen mitspielen, mich offen gegenüber anderen Formen des Zusammenseins präsentieren – vielleicht wusste ich nur noch nicht, dass ich es eigentlich wollte? Roman ersparte mir weitere Gedankengänge: Automatisch zog ich mein läutendes Handy aus der Tasche und hob ab. »Na, schöne Frau, hast du meine Blumen bekommen?«, hörte ich ihn am anderen Ende der Leitung.

Ich drückte den Hörer an mein Ohr und bemühte mich, normal zu klingen: »Die sind angekommen. Danke.«

Kurzzeitig herrschte Stille, dann hörte ich ihn einatmen: »Hör zu, Lis. Ich habe das gestern noch beendet.« Ich schwieg überrascht. »Ich …«, seine Stimme klang seltsam leer, »ich wollte dich nicht verletzen. Das war eine alte Geschichte, und jetzt ist sie vorbei.«

Meine Knie wurden weich, ich musste mich mit einer Hand am Geländer abstützen. »Ach so«, brachte ich heraus, mehr nicht.

Wir schwiegen eine Weile.

»Ist es in Ordnung … also, ich würde jetzt gerne vorbei kommen«, fragte Roman. »Ich will dich sehen.«

Gespanntes Schweigen. Knisterte es? Am liebsten hätte ich »Ja! Ja!« in den Hörer geschrien. Ich kam mir vor wie Rene Zellweger in dem Film *Jerry Maguire*, als ihr Ex, Tom Cruise, vor die Selbsthilfegruppe für geschiedene Frauen tritt, zu der sie nach dem Beziehungsaus geflohen ist, und zu einer herzerweichenden Liebeserklärung ausholt. Rene unterbricht ihn und sagt: »Du hattest mich schon beim Hallo.«

Weil mir nichts Besseres einfiel, sagte ich ähnlich pathetisch: »Ich muss morgen aber früh raus.«

Roman schien das nicht zu stören; erleichtert versprach er, gleich bei mir zu sein, und während ich auf ihn wartete, rauchte ich vier Zigaretten, schminkte mich zweimal, putzte vier Minuten die Zähne und war mir sicher, dass alles gut werden würde.

Natürlich hätte noch alles gut werden können. Natürlich passiert es, dass alte Geschichten und neue sich überlappen, dass es dauert, bis man sich seiner Gefühle sicher ist und eine Entscheidung treffen kann und will. Und natürlich wollte ich nichts lieber glauben, als dass er sich für mich entschieden hatte. Von diesem Abend an erzählte ich meinen Freundinnen, Roman und ich seien zusammen. Ich verschwieg die Blonde, ich verschwieg den Flohmarkt, und trotzdem lag von Anfang an ein Schatten über uns beiden, der sich bald in unanfechtbarer Sichtbarkeit zurückmelden sollte.

Den urigsten Nebenjob der Saison hatte in diesem Sommer Josy ergattert.

Ich stand an einem lauen Nachmittag hinter meinem Eistresen bei *May-Lugscher*, meine neue Kollegin Sinem war kurzfristig erkrankt, und so hatte Frau Koslewski mich in der Früh aus dem Bett geklingelt und in den Hörer gebellt, ich solle mich sputen. Bitte.

Ein Teenie-Pärchen, beide mit Zahnspange, hatte sich gerade die neueste Sorte bestellt, Pfirsich-Melba; eine Geschmacksrichtung, mit der ich nicht viel anfangen konnte: zu süß, kein Mut zur Frucht und vor allem megamilchig. Meiner Meinung nach eindeutig was für Weicheier. Und Verliebte.

Seit Neuestem mussten wir Verkäuferinnen das Logo *Eisfee* sowohl am Käppchen als auch als an der Schürze tragen, und mein Bruder nannte mich mittlerweile nur noch so. Plötzlich hopste auf meinem Tresen ein Pumuckl herum. Etwa einen Viertelmeter groß, kreuz und quer stoben die roten Haare nach links und rechts, mit einem diebischen Grinsen zwischen Zahnlücke und riesigen Sommersprossen. »Schwupps, schon ist die Feile weg – wer hat sie wohl weggesteckt?«, quakte es aus der Tiefe, und hinter der Stoffpuppe tauchte Josy mit lachenden Augen auf. Wie lange hatte ich den Refrain dieses Kinderlieds nicht gehört! Fünfzehn Jahre trennten mich von dieser Melodie, und doch stimmte ich mit ein.

»Hurra! Hurra! Der Kobold mit dem roten Haar!«, quakten wir beide mit verstellter Stimme. Kurzzeitig verspürte ich eine Woge von Wehmut nach vergangenen Zeiten, nach einer Lis, die mit ihrem Bruder Pumuckl-Kassetten gehört und über Meister Eders Gutmütigkeit gelacht hatte, aus der Küche Geräusche der Geschäftigkeit, nach dem Essen wartete das kuschlige Bett und leise geflüsterte Gutenachtgeschichten, eine in sich geschlossene Welt.

Bevor ich in Erinnerungen versank, riss Josy mich aus meinen Gedanken und quakte in Pumucklstimme weiter: »Hallo Eisfee! Was hast du denn für ein Eis für den Pumuckl?«

Ich linste über die Schulter, um sicherzugehen, dass Frau Koslewski nicht in Hörweite war. Einmal hatte sie mich dabei erwischt, wie ich Josy eine Kugel umsonst in die Waffel gedrückt hatte, und das Donnerwetter danach brauchte keine Wiederholung. Sie schien gerade in ein Gespräch vertieft mit einem älteren Kunden, der sich über die neuesten Praliné-Variationen beugte.

»Da schlage ich mal ganz unverblümt die feuerrote Variante vor«, sagte ich mit gesenkter Stimme, »Himbeer-Wildpflaume.« Das war eine neue Sorte, die sich Frau Koslewski eingebildet hatte. Sie war vehement gegen das knallblaue Schlumpfeis gewesen, das in diesen Monaten in allen anderen Eistheken grassierte. »Viel zu ungesund, dem sieht man an, dass da nur Farbstoff drin ist!«

Also hatte sie sich für die jüngeren Kunden eine andere Signalfarbe ausgesucht, fruchtig und mit so vielen Zusätzen, dass sie bestimmt nicht viel gesünder war. Die Kinder, die vorbeikamen, fuhren mäßig darauf ab, und auch mir wollte die unmotivierte Fruchtmischung nicht richtig schmecken. Fade, obwohl nach außen hin ein anderes Konzept mit dieser Kugel verkauft wurde, nichts für Feinschmecker, identifizierte ich sie gleich als Eintagsfliege und sollte recht behalten – Himbeer-Wildpflaume gab es nur in diesem einen Sommer.

Bei Josy jedoch wirkte die Signalfarbe, sie machte große Augen und antwortete als Pumuckl: »Ooooh! Oh, das wird mir aber schmecken, mir kleinem Kobold!« Sie leckte sich schon die Lippen, bevor sie das erste Mal ihre Zunge in das farbstoffrote Eis senkte, um dann mit geschlossenen Augen theatralisch ein lautes »Mmmmmm« von sich zu geben. Zwischen weiteren Mmmms und »Ist lecker« erzählte sie mir: »Du glaubst nicht, was ich die nächsten drei Wochen machen werde … Ich bin offizielle Pumuckl-Delegierte … Schade, dass der Meister Eder nicht mehr lebt, das wäre bestimmt witzig geworden.«

Nach und nach kam heraus, dass Josy über einen Kommilitonen einen weiteren Studenten kennengelernt hatte, der noch Mitarbeiter für ein ambitioniertes Projekt suchte. Er wollte das erste Pumuckl-Fantreffen in München initiieren. Begonnen hatte alles als kleine Spielerei, mit ein paar Freunden hatte er beschlossen, eine nostalgische Reise zu den Orten der Kinderserie zu veranstalten, allerdings hatte er nicht mit dem Andrang gerechnet. Via Internet wurden Fans des Rotschopfs deutschlandweit auf das Happening aufmerksam, sogar aus der Schweiz kamen Anmeldungen. Beinahe siebzig Menschen wollten anreisen, um an der Tour um den Kobold teilzunehmen, und so brauchte der Initiator dringend Hilfe bei der Organisation.

»Und tata! Wer könnte das besser als ich«, schloss Josy ihre Erklärungen und vernaschte das letzte Stückchen knisternder Waffel.

Ich schnappte mir die Pumuckl-Puppe und wurstelte ihr forschend durch die Haare, die dicken, wollenen Fäden, die sich langsam in Auflösung begriffen. »Und das heißt?«, fragte ich, weil Josy auf eine Reaktion wartete.

»Das heißt, ich werde eine der Führungen durch die Werkstatt leiten und …« In einer Kunstpause wirbelte sie ihre Hände durch die Luft und deutete schließlich mit beiden Zeigefingern auf sich: »… und ich werde auch ein-, zweimal den Pumuckl geben!« Während ich innerlich zusammenzuckte ob dieser Vorstellung, stieß Josy ein quakendes Lachen aus, das der Kobold nicht besser hinbekommen hätte.

In den nächsten Tagen bekam ich mehrfach seltsame Anrufe von Josy. Einmal wollte sie wissen, ob sie meinen gelben Joggingpullover zerschneiden durfte, ein andermal wollte sie, dass ich sie zum Ausverkauf eines Theater-Fundus begleitete. »Ist alles für mein Pumuckl-Kostüm«, erklärte sie und lachte. Wäre es nicht Josy gewesen, ich hätte langsam an ihrer Zurechnungsfähigkeit gezweifelt. Anna schüttelte über ihren neuen Job den Kopf und seufzte: »Die eine verkauft Eis, die andere macht den Pumuckl – na, eure Eltern werden sich bedanken.«

Das wurde tatsächlich immer mehr zum Problem. Meine Eltern hielten sich zum Glück zurück mit detaillierteren Nachfragen, was ich denn mit meinem Studium anfangen wolle, und ob ich nicht langsam einen Plan habe. Wir hatten das stille Abkommen getroffen, ich erledigte mein Studium und brachte gute Noten mit nach Hause, dafür bekam ich alle paar Monate einen finanziellen Zuschuss von meinen Eltern, um mir neue Klamotten oder teurere Bücher anschaffen zu können.

Meine Mutter machte sich mehr Sorgen als mein Vater, der bei jedem Besuch zu Hause fröhlich prognostizierte: »Lis ist gern auf der Suche. Aber irgendwann weiß sie schon, wohin sie will.«

Einerseits ärgerte mich das, andererseits hoffte ich, dass er recht behalten sollte. Denn wenn ich über die nächsten Semesterferien hinausdachte, war ich total blank. Meine Kommilitonen entschieden sich für das Lehramt oder die Lehre an der Universität als späteren Lebensweg, ich konnte mir beides nicht vorstellen. Nach dem Abi war ich heilfroh gewesen, die Schule verlassen zu können, nun brachten mich selbst Existenzängste und Fantasielosigkeit in der

Berufswahl nicht dorthin zurück. Lehrerin würde ich unter keinen Umständen werden. Und die Universität war Utopie: Nur wenige schafften es, die beliebten und grausam schlecht bezahlten Stellen als wissenschaftliche Mitarbeiter, geschweige denn einen fortführenden Forschungsauftrag zu ergattern. Zudem erschien mir das Stöbern in Büchern und Zusammensetzen von bereits bekanntem Wissen zu einem neuen Puzzle aus akademischen Wortfetzen als lebensfern; ich wollte die Arbeit spüren und nicht nur einen Krampf im Hirn bekommen, wie Josy das so nett formulierte.

Josys Planung verlief mehr ins Leere als meine – zudem mit sehr viel mehr Druck. Josys Vater ging mit jedem Semester, das wir uns neu in Kurse über französische Kunstformen des 18. Jahrhunderts oder rätoromanische Liebeslieder einschrieben, mehr auf die Barrikaden. Sein einziges Kind Josy, die schulisch bereits eine einzige Enttäuschung gewesen war, hatte weder eine Jura-Laufbahn wie er noch ein Medizinstudium wie seine Frau gewählt und planschte stattdessen ziellos zwischen Vorlesungen und Studentenpartys. Er wollte endlich Ergebnisse sehen. Seine Frau erklärte zwar in geduldiger Sanftmut, das würde sich alles schon finden, aber er fuchste sich immer mehr in seine Wut.

Den Höhepunkt erreichte seine Unzufriedenheit in der Forderung an Josy, ihm jedes Semester neu ihren Stundenplan vorzulegen und ihm aufzuzeigen, inwieweit dieser zielführend angelegt sei. Josy war resistent, was die Belehrungen ihres Vaters anging, und überließ ihm achselzuckend die Übersicht über ihre Kurse.

»Dann hat er seinen Frieden«, sagte sie und setzte grinsend nach: »Und ich mein Geld.«

Daran hatte Josy tatsächlich nie zu knapsen, denn absurderweise überwies der Vater trotz Protest gegen das schöngeistige Studium ihr monatlich einen Batzen Geld, mit dem sie sich eine eigene Wohnung in Schwabing, eine Unmenge an Zigaretten und die Teilnahme an diversen Tanzkursen leistete. Wir sprachen selten darüber, deswegen hatte es schon heftige Diskussionen gegeben. Anna ging allein die Vorstellung gegen den Strich, sich von den Eltern finanziell aushalten zu lassen, und sie hatte in den ersten Monaten unserer Freundschaft auf Josy eingeredet, sich loszulösen von dem väterlichen Geldbeutel oder zumindest einen Teil der Miete selbst zu verdienen. Bei Josy war sie auf taube Ohren gestoßen.

»Warum sollte ich?«, hielt sie ungerührt dagegen. »Ich trage keinen Schaden davon.«

Gleichzeitig sah man Josy ihren Kontostand nicht an. Jeden Winter fror sie in denselben abgerockten schwarzen Stiefeln, jeden Sommer trug sie denselben ausgeleierten gelben Bikini. Sie machte sich nicht viel aus Äußerlichkeiten. Wenn sie sich jedoch für etwas begeisterte, war ihr alles andere egal, das Gleiche galt für ihre Jobs. Niemals musste Josy des Geldes wegen eine Arbeit annehmen, lediglich der Spaß an der Freude stand im Vordergrund. So hatte sie zum Beispiel einem Hutmacher Modell gestanden, der sie auf der Straße ob ihrer Prachtmähne angesprochen hatte. Stunden- und tagelang hatte sie Kopf und Haar ausmessen lassen, Filz und Hutkrempen gefühlt und Probe getragen und die Sturmtauglichkeit eines Kopfschmucks im schlimmsten Regen getestet.

Ein andermal hatte sie einem städtischen Imker beim Honigschleudern geholfen, hatte die Gerätschaften gereinigt und später liebevoll die Etiketten beschriftet. Für Josy ergab Sinn, was sie beschäftigte, was ihr das Versenken in eine

Tätigkeit ermöglichte, auch wenn das Sich-Verlieren – genau wie bei den Männern – nie lange vorhielt. Und ebenso verlief es auch beim Pumuckl.

Ein paar Tage, nachdem sie mich mit der Stoffpuppe an der Eistheke überrascht hatte, backte ich zuhause mit Hannes Pizza. Schon am Vortag hatte Hannes mit den Vorbereitungen dafür begonnen, er wollte ein neues Rezept probieren und zog nun den wuchtig auseinandergegangenen Hefeteig aus der Plastikschüssel. Ich wischte die Tischplatte sauber und verteilte gerade Mehl darauf, als es an der Tür Sturm klingelte.

»Ist jemand zuhause?«, hörte ich Josy vom Flur her rufen. Hannes seufzte, wie immer, wenn er Josy hörte oder sah, und kämpfte mit dem Fäden ziehenden Hefeteig.

Ich klatschte meine Hände über dem Waschbecken ab und wischte das restliche Mehl an meiner Jeans ab, da klingelte es schon wieder. »Ich komm ja schon!«, rief ich ungeduldig, und Hannes schüttelte den Kopf. Seine Genervtheit gehörte zum groben Umgangston mit Josy, denn hinter den zotigen Schlagabtauschen, die sich die beiden lieferten, verstanden sie sich im Grunde prächtig. Die letzten Meter spurtete ich zur Tür, und ich hatte sie noch nicht richtig geöffnet, da fiel mir eine tränenüberströmte Josy in die Arme.

»Um Himmels Willen, wie siehst du denn aus?!«, entfuhr es mir, und Josy vergrub ihr Gesicht an meinen Schultern, um noch hemmungsloser zu heulen. Hilflos strich ich ihr über den Rücken und bugsierte sie in den Flur, bevor die neugierigen Nachbarn aufmerksam wurden.

»Alles in Ordnung?« Hannes war aufgeschreckt mit dem Teigball in der Hand auf den Flur gekommen. Doch ich schleppte Josy in mein Zimmer, wo sie sich erst einmal auf den alten Sessel fallen ließ und nach Luft rang. Ihr Anblick war atemberaubend. Sie sah aus wie ein explodierter Kobold, der sich auf dem Weg zur Erotikmesse hierher verlaufen hatte. Ihre Füße steckten in viel zu großen, grasgrünen Gummischuhen, die bei jedem Schritt quietschten. Ich musste zweimal hinschauen, um zu erkennen, dass sie eine ultrakurze Hose in demselben Grasgrün trug, und darüber ein tief ausgeschnittenes, gelbes Hemdchen. Auf ihre Wangen hatte sie sich mit rotem Stift großzügig Sommersprossen gezaubert, aber am aufregendsten waren ihre Haare. Ihre krausen Zotteln hatte sie gefärbt. In den verschiedensten Rottönen, feuerrot wie ein Herbstwald, blinkten sie mir nun entgegen. Hannes musste sich ein Lachen verkneifen und verzog sich vorsorglich wieder in die Küche. Hätte Josy nicht so jämmerlich geschluchzt, ich wäre auch in lautes Lachen ausgebrochen. Nun hockte ich mich neben ihren Sessel und nahm sie nochmals in den Arm.

»Ich sehe schrecklich aus«, murmelte sie, und ich nickte zustimmend: »Ja, das tust du.«

Nachdem ich ihr ein Taschentuch gereicht und sie sich ordentlich geschnäuzt hatte, drückte sie mir ihr Handy in die Hand und sagte: »Lis, du musst mir helfen. Du musst da anrufen und sagen, dass ich krank bin.«

Verwirrt fragte ich nach: »Wen anrufen? Meister Eder?«, und musste kichern. Josy sah mich böse an und schob die Unterlippe vor. »Sorry«, wimmerte ich zwischen zwei Prustern.

»Du musst da anrufen und sagen, dass ich nicht kommen kann«, beharrte sie, »wir haben heute Generalprobe.«

Ich verstand immer noch nicht und schaffte es zudem nicht, das Grinsen aus dem Gesicht zu bekommen. Nach einer missglückten Halloweenparty hätte Josy nicht schlimmer aussehen können, durch ihre Tränen hatten sich die Sommersprossen zu verschwommenen Flecken auf ihren Wangen gekräuselt. Eigentlich sollte sie heute als Pumuckl auftreten, erklärte sie mit verheulter Stimme, gemeinsam mit den anderen drei Darstellern waren sie verabredet in den Original-Kulissen, einer Hinterhofwerkstatt im tiefsten Schwabing.

Josy hatte sich so sehr in ihre Kostümierung vertieft, dass sie sich immer mehr in den Details verfranzt hatte. Wieso sollte Pumuckl nicht weiblich und sexy sein? Das konnte dem altbayerischen Biedermeier einen frischen Wind verpassen. Also hatte sie ihre Lieblingshotpants grün- und ihr Seidenunterhemd gelb gefärbt. Nur ihre Haare, die waren ein Problem: Keine Perücke hatte drüber gepasst. Jedes Mal, wenn sie die drüberziehen wollte, waren ihre Locken wie hungrige Schafe wieder hervorgekrochen.

»Das sah einfach megascheiße aus«, jammerte Josy und ließ sich wieder zurück in den Sessel fallen. »Und jetzt sehe ich so aus.« Mutlos hob sie eine Strähne ihres roten Gefledders hoch und ließ sie wieder fallen.

Das alles hatte Josy nicht davon abgehalten, in die Tram zu steigen und in Richtung Generalprobe zu düsen. Gut gelaunt war sie in die Bahn gestiegen, und nach wenigen Minuten war ihr klar geworden, dass sie total overdressed war, sogar für einen Pumuckl. Etliche Männer in der Bahn hatten gepfiffen und anzügliche Geräusche von sich gegeben, eine Gruppe von jungen Mädchen war in schallendes Lachen ausgebrochen. Ein besonders forscher Junge im Teeniealter hatte sich vom Gekicher der Mädchen angespornt gefühlt und war lässig auf Josy zumarschiert, um ihr unverhohlen in den Ausschnitt zu starren.

Josy bluffte ihn an: »Das kennste wohl bisher nur aus dem Fernsehen, Kleiner«, woraufhin der Junge zurückgab: »Nee, Koboldpornos guck ich nicht.«

Das ganze Abteil hatte gejohlt, Josy hatte den Kopf hochgehalten und war puterrot geworden. Schließlich kam ihr eine alte Frau zu Hilfe, die ihre Handtasche vor den knapp bedeckten Hintern hielt und ihr zuraunte: »Ich kann Ihnen ein Tuch für die Haare leihen, wenn Sie wollen.«

Bei der nächsten Station war Josy ausgestiegen und wollte ihren Weg zu Fuß fortsetzen, da entdeckte sie einen zweiten Pumuckl, der gerade den Fahrplan studierte. Einigermaßen erleichtert sprang Josy auf einen der anderen beiden Darsteller des Revivals zu, und begrüßte ihn fröhlich von der Seite mit einem: »Hurra! Hurra!«

Der zweite Pumuckl drehte sich langsam zu ihr um, und das Erschreckende an seinem Erscheinen war nicht der graue Bart und das verrunzelte Gesicht unter der roten Perücke, sondern sein missmutiger Gesichtsausdruck, mit dem er Josy von oben bis unten musterte.

So schnell ließ Josy sich nicht entmutigen. »Hallo, ich bin auf dem Weg zur selben Veranstaltung!«, rief sie und hopste vor dem älteren Kobold herum. Der zog seine buschigen, grauen Augenbrauen zusammen und wandte sich wieder in demselben Tempo dem Fahrplan zu, nicht ohne herablassend aus den Mundwinkeln zu zischen: »Das glaube ich nicht.«

Wieder stieg Josy die Röte ins Gesicht. Tapfer und trotz aufkeimender Zweifel baute sie sich vor ihm auf und fragte: »Warum glauben Sie das nicht?«

Der Mann seufzte tief und trat drei Schritte zurück, um Josy nochmals mit derselben Eindringlichkeit zu mustern. »Ich glaube das nicht, dass Sie in diesem Aufzug tatsächlich vor eine Meute pubertierender Jugendlicher treten wollen«, sagte er.

Die Worte drangen sehr wohl durch zu Josy, aber um der Aufmüpfigkeit willen fragte sie weiter: »Und wieso nicht?«

Den feuerroten Kopf hielt sie dabei hoch erhoben, und weil eine rote Locke ihr immer wieder ins Gesicht fiel und sie diese auch mit nachdrücklichem Pusten nicht zurückhalten konnte, zwirbelte sie sich diese kampfeswütig auf den Finger. Der ältere Kobold hob leicht die Augenbraue an und wendete sich dann kopfschüttelnd ab. Selbst da war Josys Mut – wenn auch schon beträchtlich gesunken – noch nicht gebrochen.

Die nächste Tram rappelte ein, hielt vor den zwei Kobolden. In dem Moment, als Josy sich hinter ihrem grummeligen Lookalike in einen Waggon gequetscht hatte, in dem sie schon eine Horde grölender Jungs empfing, spürte sie eine Hand an ihrem Hintern. Zuerst glaubte sie, es sei eine zufällige Berührung; doch der Druck an ihrem Po wurde stärker, und die Hand wanderte weiter nach vorne in Richtung Schritt. Josy wollte erbost dem Grapscher eine klatschen. Als sie herumwirbelte, stierten sie vier besoffene Jungs an, von denen sie den Täter nicht ausmachen konnte.

Wütend schrie sie gegen das Grölen der Gruppe an: »Sag mal, geht's noch, ihr Vollidioten?!« Kurzerhand knallte sie dem nächstbesten eine. Der rieb sich die Wange, während zwei seiner Kumpels Josy nun an den Armen festhielten und ein dritter ihr unverfroren an die Brust fasste.

»Mann, was für Titten!«, rief er dabei, und seine Freunde feuerten ihn an: »Lass mal sehen!«

Josy, die sich nach Leibeskräften wehrte und doch keinen Zentimeter von ihren Peinigern loskam, rief den anderen Passanten zu: »Hilfe! Helfen Sie mir bitte!«

Der ältere Kobold drehte sich nicht einmal um, ein junges Mädchen rief ungehört »Ey, lasst sie los!«, und endlich schritt ein Mann mittleren Alters ein, stellte sich zwischen Josy und ihre Angreifer. »Lasst sofort das Mädchen los, oder ich rufe die Polizei«, drohte er.

Die Griffe an Josys Armen lockerten sich, mit zwei Tritten nach links und rechts schob sie sich endgültig frei. Dabei brüllte sie wie am Spieß, ohne es zu merken, immer wieder die wüstesten Beschimpfungen. »Ihr verdammten Pisser ihr! Ihr kleinen Schlappschwänze!«

Bei der nächsten Station stieg sie aus, immer noch außer Atem und der Puls auf Hochtouren. Als Letztes blieb ihr der Kommentar des Alt-Pumuckls in den Ohren, der sie nur tadelnd ansah und wenig mitleidig sagte: »Mei, kein Wunder, wennst so rumläufst.«

Die Geschichte brachte Josy stückchenweise zwischen Schluchzern und Schnappatmern hervor, und je länger sie erzählte, umso wütender wurde ich. »Und keiner hat dir geholfen? Und das hat der alte Sack echt gesagt?«

Hannes hatte sich unbemerkt in den Türrahmen gestellt und sagte, als Josy zum Abschluss gekommen war: »Kannst du dich an die Gesichter erinnern? Die musst du anzeigen.«

Josy schniefte, überlegte kurz und schüttelte den Kopf: »Ich weiß nicht, was das bringen soll. Ich hab nicht mal einen Zeugen. Mein Kollege wird bestimmt nicht zu meinen Gunsten aussagen.«

Ich reichte ihr weitere Taschentücher und ein Glas Wasser und schimpfte auf die mangelnde Zivilcourage und die Scheißschweine. Josy nickte still vor sich hin, lehnte sich an mich und schloss die Augen, als wollte sie am liebsten alles so schnell wie möglich vergessen.

Schließlich überzeugten wir sie, dass sie trotzdem zur Polizei gehen und Anzeige gegen unbekannt erstatten sollte; vielleicht hatte sie Glück.

An diesem Abend beschloss Josy, ihr Leben zu ändern. Interessanterweise in die Richtung, die auch ihr Vater für sie ausgewählt hätte. Sie besuchte nach sechs Semestern zum ersten Mal die Studienberatung und erkundigte sich nach Möglichkeiten, die Inhalte ihrer Fächer sinnvoll aufzugliedern.

»Ich hab keine Lust mehr, so rumzuschludern«, erklärte sie mir. »Jetzt bin ich soweit für ein festes Ziel.«

Es schien, als ob die Belästigung in der Tram sie derart aus dem Konzept gebracht hatte, dass sie plötzlich nach einem suchte. Nach einem Halt, einer Perspektive, die sie in einen sicheren, festen Rahmen setzte. Anna und ich schmunzelten heimlich über die plötzliche Tatkraft, die sie bisher nur für Männer und Feiern bereit gehalten hatte.

Sie wechselte ihr Nebenfach von irgendwas mit Sprachen auf Volkswirtschaftslehre, um später auch etwas Handfestes zu haben, wie sie sagte. Anna rollte die Augen, als Josy das in einem harmlosen Plauderton erzählte, und fragte: »Ist das Josy, die da spricht, oder hat sich der Geist deines Vaters deiner bemächtigt?«

Josy ließ sich nicht beirren. »Nur, weil es bei dir immer schnurgerade läuft, ist das nicht der Königsweg.« Zu mir sagte sie später noch leise, sodass Anna sie nicht hörte: »Ich hatte wenigstens die letzten Jahre Spaß und nicht nur mit Halbtoten zu tun.«

Zu Josys neuer Studienoffensive gehörte auch, dass sie jeden Morgen vor der Uni Laufen ging, um den Kopf frei zu bekommen, und weil ihr das Atmen schwerfiel, beschloss sie, mit dem Rauchen aufzuhören.

Jetzt war ich es, die den Kopf schüttelte. »Josy, meinst du nicht, du übertreibst es? So schnell musst du nicht erwachsen werden.«

Josy ließ sich von meinen Einwürfen nicht abbringen: »Wenn schon, denn schon. Halbe Sachen machen auch nur halb Sinn.«

Dieser unbestechlichen Logik folgend ließ sie sich von Anna massenweise Nikotinkaugummis verschaffen, die diese bei einem befreundeten Pharmaziestudenten sehr viel billiger bekam als in der Apotheke. In den nächsten Wochen war Josy nur noch kauend anzutreffen, sie kaute ganze Seminare durch, knisterte zwischendrin mit dem Papier, um sich daraus einen neuen Kaugummi auszuwickeln und den alten zu einer matschigen Kugel zusammen gerollt in das Zellophan zu packen. Sie kaute, während wir telefonierten, sodass ich sie kaum verstand; sie kaute beim Laufen, vor der Mensa, in der Mensa, nach der Mensa. Nach dem Essen war es besonders schlimm. »Da brauch ich doch immer meine Verdauungszigarette.«

Sie kaute, wenn wir über unserem Unikram saßen und sie mich Vokabeln und die Zeitmarken der Lautverschiebung abfragte, sie kaute, wenn sie fremde Jungs im Englischen Garten anlächelte oder einen Kaffee im *Cadu*, im Café an der Uni in der Ludwigsstraße, bestellte.

Am schlimmsten war es jedoch abends, wenn wir bei einem Bier oder einem Wein saßen und den Tag Revue passieren ließen. Ich gewöhnte mich fast daran, dass Josy sich nach jedem Schluck einen Kaugummi reinschob und dabei ständig mit ihren Fingern auf der Tischplatte trommelte. Anna, die aus medizinischer und olfaktorischer Sicht ihren Nikotin-Entzug gut hieß, ertrug das Kaugeräusch, das uns wörtlich auf Schritt und Tritt begleitete, stoisch. Mich machte es wahnsinnig. Nicht nur, dass das ständige Rascheln mich in Gesprächen ablenkte, sondern die fortwährende Bewegung der Kaumuskeln in Josys eher feinen Gesichtszügen empfand ich als äußerst unästhetisch.

Außerdem fühlte ich mich in Josys Anwesenheit gehemmt, selbst eine Zigarette zu rauchen, geschweige denn zu genießen. Ich sah ja, wie sehr sie gegen ihr Verlangen ankämpfte und wie neidisch sie auf meine Zigarette starrte, wenn ich einen tiefen Zug machte. Ab und zu musste ich sie anpusten, und wie andere mit voller Lunge frische Bergluft genießen, inhalierte Josy den Zigarettenqualm. »Das riecht sooo gut«, stöhnte sie und lehnte sich weiter vor, »noch mal!«

Ich gewöhnte mir an, mich nach der Mensa mit einem Vorwand schnell von ihr zu verabschieden, um eilig um die Ecke zu huschen und mir dort außer Sichtweite eine Zigarette anzuzünden. Dieses neue Rauchen, das wir sonst nach dem Essen immer gemeinsam zelebriert hatten, bevor es wieder in die heiligen Hallen der Uni ging, hatte auch seine Vorteile: Ich lernte neue Raucher kennen. Nikotinfreunde, die sich täglich um die gleiche Uhrzeit eine Kippe nach der Mahlzeit gönnten und sich in dem kleinen Park an dem schweinsrosa Mensagebäude in der Giselastraße scharten.

Anfangs stellte ich mich noch schüchtern neben die qualmende Horde, lächelte nach einiger Zeit zurück, wenn wir uns erkannten, und fragte eines Tages nach Feuer. So kamen wir ins Gespräch, und ich genoss die kurzweiligen Plaudereien, die mir zum ersten Mal das Gefühl gaben, ein wenig zu dieser heterogenen Masse an Studenten zu gehören, die sich alle untereinander zu kennen schienen.

Da war Willi, der Jurist mit den brandroten Haaren und der schiefen Nase, der beinahe jeden Tag über seine gegelten

Kommilitonen lästerte. Oder Sandra und Marcin, die zusammen Philosophie studierten und sich regelmäßig über die Heideggersche Nazivergangenheit in die Haare kamen. Am besten verstand ich mich mit Kludel, einem dicklichen angehenden Mathelehrer aus dem Rheinland, der die dünnsten Zigaretten aus Black Hawk stopfte und mir, nachdem ich aus Kostengründen von Filter auf selbst gedreht umstieg, geduldig ein ums andere Mal das Selbstdrehen erklärte.

Kludel, das entlockte ich ihm schon bei einem unserer ersten Treffen, mochte lieber Eiskaffee als Eis, doch ab und zu gönnte er sich eine Kugel Melone. Meloneneisesser haben es grundsätzlich nicht leicht, denn kaum eine Sorte ist derart verbrämt und unter ihrem Wert beachtet. Kaum ein Eis-Hersteller schafft es nämlich, den Eigengeschmack dieser sehr wässrigen Frucht einzufangen und kugelweise zu portionieren. Melonentypen umgeben sich mit einem riesigen Nimbus – sei es, durch viel Geschwätz oder auch das Gegenteil, beharrliches Schweigen. Erst wenn diese Begleiterscheinung sich auflöst, wird eine sehr schmackhafte, interessante Essenz freilegt. Denn Melonen-Esser, sofern sie ihre erst einmal schwammige Wirkung auf andere selbst reflektieren, sind nicht nur äußerst unterhaltsam und gebildet, sondern haben auch oft weise Ratschläge parat.

Dass Josy nicht mehr rauchte, ich jedoch den Tabak immer noch genoss, brachte mich ab und zu in die Bredouille. Nach einer fettigen Currywurst und geschmacksverstärktem Krautsalat hatte ich mich von ihr losgeeist mit der Begründung, ich müsse dringend ein Buch in der Bibliothek abgeben. Kurz darauf entdeckte sie mich im Vorbeigehen, als ich unter Kludels Anweisung eine besonders schöne Zigarette gedreht hatte und mich freute wie eine Schneekönigin.

Kludel lobte gutmütig mein Geschick und freute sich mit mir, als plötzlich Josy sich vor uns aufbaute, heftiger kauend denn je. »Ach, hier steckst du also«, sagte sie mit betonter Gleichgültigkeit, »wie willst du es denn zur Bibliothek schaffen, wenn dein Kurs vor drei Minuten angefangen hat?«

Bis auf die sich auf und ab bewegenden Wangen war ihre Miene erstarrt, aber ihre Augen funkelten angriffslustig. Ich versuchte gar nicht erst, den Faden aufzunehmen, und stellte stattdessen Kludel vor: »Josy, das ist Kludel, Kludel, das ist Josy.«

Nebenbei ließ ich meine Zigarette in der Tasche meiner Sommerjacke verschwinden und erklärte, zu Kludel gewandt: »Josy hört gerade auf zu rauchen.«

Josy hatte mit Argusaugen meine Bewegungen verfolgt und kaute nun, fast triumphierend: »Und deswegen rauchst du heimlich.«

Mir blieb nichts anderes, als ergeben zu nicken. »Ich komm mir schäbig vor, wenn ich vor dir rauche«, setzte ich zur Erklärung an. »Ich seh' doch, wie schwer das für dich ist.«

Tatsächlich fühlte ich mich wie eine untreue Ehefrau, die gerade in flagranti erwischt worden war und nun schamhaft versuchte, ihre Nacktheit zu verbergen. Josy blieb einen Moment lang still stehen und vergaß sogar zu kauen. Dann setzte sie nach: »Also lieber lügen als mich leiden sehen?«

Kludel starrte betroffen nach rechts und wollte sich am liebsten der undankbaren Runde entziehen, doch weil ich halb zu ihm gedreht war und Josy keinen Zentimeter wich, blieb ihm nichts anderes übrig, als Zeuge unserer Auseinandersetzung zu sein. Mir wurde sehr unwohl unter Josys Blick, und ich suchte Bestätigung bei Kludel. »Na, ich hätte auch keine Lust, anderen dabei zuzusehen, wenn ich selbst unglaublich Bock darauf hätte und nicht dürfte«, plapperte ich vage vor mich hin und stieß Kludel leicht in die Seite, in der Hoffnung, er würde für mich in die Bresche springen.

Kludel nickte halbherzig und zog hektisch an seiner Zigarette. Er begann, von einem Freund zu erzählen, der das Aufhören nur geschafft hatte, weil er sich tagtäglich als Erinnerung für sein Vorhaben zwei Haushaltsgummis um den Zeige- und den Ringfinger gebunden habe; später hatte er sich mit Kugelschreiber und auf einen Finger »Stopp« und auf den anderen »Dying« gekritzelt.

Josy hörte nur halb zu, taxierte mich weiter mit ihrem Blick und kaute heftiger als sonst, in ihrem Kopf schien es zu rattern, und dann löste sich die Spannung plötzlich. »Gute Idee«, sagte sie zu Kludel. »Aber wie soll man auf die Hand schreiben, mit der man raucht?«

Einigermaßen erleichtert löste ich mich aus der angestrengten Körperhaltung, in die ich in der Verteidigung gefallen war, und beschloss, nicht nach der stilecht gedrehten Zigarette zu wühlen, die wie ein brennendes Geheimnis in meiner Jackentasche auf mich wartete.

Kludel suchte stockend nach einer Erklärung: »Ich glaube, der konnte mit links und rechts schreiben. Ansonsten kannst du's jemand anderen machen lassen.«

»Ist schon okay, Lis«, sagte Josy nach einer kurzen Pause. »Das nächste Mal kannst du ehrlich zu mir sein.«

Gerne hätte ich sie in diesem Moment umarmt, eine derart vernünftige Reaktion kannte ich nicht von ihr, stattdessen lächelte ich sie dankbar an. Josy lächelte zurück, verabschiedete sich mit Blick auf die Uhr – »Nun muss ich wirklich los, mein Seminar hat vor zehn Minuten angefangen« – und rief mir im Weggehen noch zu: »Vergiss deine Zigarette nicht!«

Ich seufzte leicht auf, zog die Selbstgedrehte heraus, zündete sie an und nahm endlich einen tiefen Zug.

Josys Tatendrang hielt an. Sie joggte jeden zweiten Morgen einige Kilometer, kam zu jeder Vorlesung und jedem Seminar pünktlich und schrieb sich zu mehreren Veranstaltungen in VWL ein. Und sie kaute, kaute, kaute. Langsam, aber sicher wurden ihre Haare wieder dunkler, das Rot wusch sich mit den Wochen heraus, und nur noch vereinzelt glänzte es feuernd im Sommerlicht. Sogar meinem Bruder fiel die Veränderung auf. »Sag mal, ist die auf Ritalin oder so?«, fragte er eines Abends, als wir mit Anna gemeinsam kochten.

Anna lachte grell auf, und ich wiegelte die Frage bloß ab. »Ich bin mal gespannt, wie lange das anhält.«

Es dauerte nicht lange, da wurde Josys Veränderung auch in ihrem Beuteschema sichtbar. Eines Abends brachte Josy einen Kommilitonen mit, der uns alle nachhaltig verschrecken sollte. Klaus hieß er, von gedrungener Statur, bullige Schultern und ein vorstehendes Kinn. Es war nicht einmal seine Kastenbrille und der angedeutete Seitenscheitel, der ihn sofort als VWLer identifizierte, noch bevor Josy erklärte, sie habe ihn in einem Seminar zum demografischen Wandel in Süddeutschland kennengelernt.

Ich für meinen Teil empfand ihn schon, bevor er den ersten Satz sagte, als unausstehlich. Vielleicht lag es an der Art, wie er mich von oben bis unten musterte, sein Blick an meinen ausgefransten Jeans hängenblieb, gefolgt von einem herablassenden Lächeln. Anna sagte später, er habe ihr in den Ausschnitt gestarrt, ohne sie weiter zu beachten, erst als Hannes sie »Frau Doktor« genannt hatte und auf ihr Medizinstudium zu sprechen gekommen war, hatte er aufgehorcht.

Roman, der nur selten mit mir und meinen Freunden etwas unternahm und an diesem Abend ausnahmsweise auch dabei war, hielt sich raus aus den Gesprächen. Mein Bruder war noch nicht richtig warm geworden mit Roman, und vor Josy schien er heiligen Respekt zu haben. Höflich pflichtete er ihr an mehreren Stellen bei, machte ab und an einen auflockernden Kommentar und tätschelte sonst selbstvergessen meine Hand. Wir saßen zu sechst an der Isar in der Nähe der Corneliusbrücke auf großen karierten Picknickdecken, Hannes hatte einen Träger Radler im Wasser kalt gestellt, das gleichmäßig an uns vorbei schwappte, und der Mond zeichnete sich schwer in der einsetzenden Dämmerung ab.

Um Roman mehr zu integrieren, küsste ich ihn regelmäßig auf die Wange, doch bald rückte er von mir ab und gab mir zu verstehen, dass er das Abseits genieße. Hannes schrieb nebenbei mit seiner Mexikanerin, die demnächst in München verweilen würde, und mischte sich dann wieder gut gelaunt in unsere Gespräche. Anna, die einen anstrengenden Tag an der Uni hinter sich hatte und sich auf der Decke lang machte, erzählte fröhlich von ihrer Anatomie-Vorlesung, in der ein Student nach vorne gerufen worden war und mit einem affigen Grinsen seinen durchtrainierten Bizeps für eine Untersuchung zur Verfügung gestellte hatte.

»Und, was kam raus?«, fragte ich neugierig. »Anabolika?«

Josy lachte auf, und Klaus ließ einen verstimmten Laut von sich. Ich ignorierte das weitestgehend und versuchte stattdessen, etwas über ihn zu erfahren – mehr aus Höflichkeit und Selbstverteidigung denn Interesse.

»Und was hast du heute gelernt?«, leitete ich über, und Klaus setzte sich räuspernd auf: »Ähnlich Wichtiges. Über die Langzeitfolgen von Hartz IV.«

Das unübersichtliche Reformchaos schien uns Studenten zu fern, um uns zu betreffen. Wir hielten uns mit BAföG und Nebenjobs über Wasser, und München schien in seinen zentralen Vierteln wie eine goldene Schimäre, die seine Bürger mit prall gefüllten Taschen vom Büro nach Hause komplimentierte. Trotzdem fragte ich nach, was denn die Professorenwelt für Berechnungen über die Langzeitauswirkungen habe. Ein Fehler meinerseits. Klaus holte weit aus und erklärte uns zuerst Schröders Agenda 2010, die staatlichen Vorteile, Arbeitslosengeld und Sozialhilfe zusammen zulegen. »Die Richtung stimmt, aber die Schlagkraft nicht. Da müssten die Richtigen in der Regierung sitzen«, schloss er.

»Das ist ja alles sehr interessant«, fasste Anna zusammen, als Klaus fertig war, und es klang überhaupt nicht so, als ob sie das ernst meinte: »Willkommen in der Welt des Neoliberalismus – jetzt ist sie also auch in unserem Sozialstaat angekommen. Wer wäre denn deiner Meinung nach der Richtige in der Regierung? Irgendein Heini von der FDP? Oder noch besser, von der AfD?«

Die Stimmung schwang spürbar für alle Anwesenden um, Anna legte eine überraschende Aggressivität an den Tag, und Klaus sagte steif: »Das wäre nicht die schlechteste Option.«

Anna prustete los. Sich wieder in die Horizontale begebend, sagte sie: »Das war ja klar.«

Roman schob in diesem Moment meine Hand zur Seite und stand auf: »Ich geh jetzt mal besser.« Erstaunt schaute ich auf. »Ich muss noch was für die Uni tun«, fügte er wenig glaubwürdig hinzu und wischte sich an der Hose herum.

Während ich mit Roman ein paar Schritte ging, um mich von ihm zu verabschieden, hörte ich Klaus mit gepresster Stimme fragen: »In welcher Schublade hättest du mich denn gerne?« Die nächsten Sätze bekam ich nur mit halbem Ohr mit, da Roman mich ungewohnt fest in den Arm nahm und mir ins Ohr flüsterte: »Kommst du danach noch zu mir? Ich bin gerade total heiß auf dich.«

Kichernd fragte ich zurück: »Sag bloß, dich hat das Geschwafel angemacht?«

»Komm bald, ja?«, sagte er und drückte mir noch einen Kuss auf den Hals. Er verließ mich, ohne sich von den anderen zu verabschieden.

Als ich zu der kleinen Gruppe zurückkehrte, stritten Anna und Klaus hitzig.

Anna ereiferte sich über Klaus' Arroganz, und Klaus warf Anna Weltfremdheit vor. Irgendwann hatte Anna genug. Sie schnappte sich ihren Kapuzenpulli und ihre Tasche, schlüpfte in ihre Flipflops und zischte Josy zu: »Ich mochte deine Bekanntschaften vor deiner großen Verwandlung lieber.« Dann verschwand sie wortlos in der Dämmerung.

Schweigend rätselte ich herum, was in sie gefahren war. Anna war bisher nicht durch extreme politische Meinungen aufgefallen, auch wenn sie einen untrüglichen Gerechtigkeitssinn besaß und sich nachdrücklich dafür einsetzte – sei es nur ein anzüglicher Witz des Professors in der Vorlesung gewesen, er konnte sicher sein, dass Anna danach auf der Matte stand und ihm anklagend vorrechnete, wie viel Prozent Sexismus in seinem Bonmot steckte. Doch in dieser Heftigkeit und derart aufgebracht hatte ich sie noch nie erlebt. Einmal vielleicht, als ein Chefarzt bei einer OP, bei der sie lediglich das Operationsbesteck reichen und die Nadeln halten musste, bei seinen Anweisungen so schlimm genuschelt hatte, dass sie kein Wort verstand, von ihm aber derart angeblafft wurde, dass sie sich nicht mehr nachzufragen traute. Da war sie wütend gewesen. Aber nicht so furios wie gerade eben. Seltsam auch, dass Josy kein Wort darüber verlor, sondern versonnen vor sich hin grübelte.

In das Schweigen hinein meldete sich mein Bruder zurück, er hatte endlich das Telefonat beendet und fragte: »Wo sind denn die anderen? Anna und Roman?«

Ich winkte ab. »Es gab unterschiedliche politische Meinungen.«

Klaus besaß nicht die Größe, das einfach stehen zu lassen, sondern setzte hinterher: »Es gab eine politische und eine populistische Meinung.« Er war, das wurde mir jetzt klar, bestimmt ein typischer Marshmallow-Eisesser. Fan von allem, was irgendwie aus den USA stammte, labberig und schwer greifbar, dafür leicht angreifbar. Marshmallow-Eis ist extrem cremig, schwer verdaulich und bedarf meist der Zugabe einer geschmackvollen Frucht, um nach etwas zu schmecken. Ich hatte Marshmallow-Eis ein einziges Mal probiert und es danach tagelang bereut. Zu sehr hatte der Bauch gedrückt, zu wenig war dabei rumgekommen.

Ich für meinen Teil giftete ihn an: »Du weißt genau, wie man in kürzester Zeit eine nette Runde vergrätzt.«

Mir wurde die Unterredung zu blöd, Klaus langweilte mich und außerdem hatte ich nichts anderes mehr im Sinn, als zu Roman zu radeln und mich einem wilden Abenteuer hinzugeben. Wortkarg verabschiedete ich mich, ließ Hannes wissen, ich würde erst am nächsten Tag wieder zu Hause erscheinen, und schwang mich aufs Fahrrad.

Am nächsten Morgen – ich lag noch verträumt in Romans Bett, der gerade unter der Dusche stand, nachdem er mir ins Ohr geflüstert hatte, wie toll er mich fände – klingelte mein Handy. Eine unbekannte Nummer leuchtete auf dem Display, und ich hob ab. Klaus war dran, er wollte sich entschuldigen für sein unhöfliches Verhalten.

Ich war derart gerührt, dass ich sofort einlenkte und mich ebenfalls entschuldigte: »Ich hätte auch freundlicher sein können.«

Wir beschlossen, uns wieder zu vertragen, und beim nächsten gemeinsamen Bier keine politischen Themen mehr anzusprechen, sondern lieber das Wetter oder die neuen Münchner Clubs durchzugehen. Klaus stellte sich als absoluter Elektrofan heraus und schlug einen gemeinsamen Abend in der *Roten Sonne* vor, einen verranzten Elektroschuppen an der Sonnenstraße.

Wenige Tage vor dem Treffen rief ich Anna an, um sie zum Mitkommen zu überreden. »Der Gnom kommt auch mit?«, sagte sie verächtlich. »Nee, danke, habt viel Spaß.«

Hannes war mit Freunden zum Kegeln verabredet, Roman fragte ich gar nicht erst. Also traf ich mich mit Klaus zum Vorglühen in Josys Wohnung, gegen elf machte ich mich auf den Weg. Als ich ihre sonst kunterbunte Studentenbude betrat, traf mich fast der Schlag. Auch hier hatte Josy ihren neuen Lifestyle walten lassen, die Poster von *Bush*, *Seeed* und *The Fugees* hatte sie durch eingerahmte Bilder von Pippi Langstrumpf und sterilen Gemüsefotos ersetzt, der Sofabezug glänzte in frischem Grau, und die Häkeldecke, die das gemütliche Ungetüm sonst bedeckte, war spurlos verschwunden.

»Josy«, rief ich aus, und bevor ich mehr sagen konnte, warf sie mir einen beschwörenden Blick zu, der mich abrupt abbrechen ließ.

Klaus hatte sich fein gemacht und saß bei einem Aperitif auf dem Küchenstuhl. Ich schluckte eine bissige Bemerkung herunter und ließ mir ebenfalls einen Aperol einschenken.

»Na, wie isset?«, wollte Klaus wissen, um Heiterkeit bemüht.

»Jo«, sagte ich. »Alles gut soweit. Und selbst?« Hastig tranken wir einen und noch einen Aperitif, um die seltsam blutleere Stimmung in Wallung zu bringen.

Josy hatte sich ebenfalls schick gemacht, trug ein enges schwarzes Kleid und rote Schuhe mit Absätzen, ich hätte am liebsten ein Foto von ihr gemacht und postwendend an Anna geschickt mit dem Kommentar: *Liebling, ich habe meine Freundin geschlumpft!*

Sie tat ihr Bestes, um die Situation aufzulockern, die trotz guten Willens beider Seiten unangenehm war. Also drehte Josy die Musik ein wenig lauter, irgendwas Jazziges, Klaus wippte beschwingt zu dem Gedudel, Josy summte und knisterte mit ihrem Nikotin-Kaugummipapier. Ich zwickte mich heimlich, um sicherzugehen, dass dies die Realität und kein schlechter Scherz war.

Zwischen den beiden lief nichts, dazu kannte ich Josy gut genug, aber ich fragte mich, ob Klaus das auch wusste. Nach einer verklemmten Stunde fühlte ich mich endlich betrunken genug, um feiern zu gehen, und so machten wir uns aufbruchsbereit. Während Klaus kurz auf die Toilette ging, zog ich Josy in ihr Schlafzimmer – ebenfalls erschreckend kahle Wände und strahlend weiße Bettwäsche mit silbernen Borten – und flüsterte ihr zu: »Alles okay, Josy?«

Josy tat verwundert. »Ja, wieso?«

»Ich weiß auch nicht, ich … ich erkenne dich nicht wieder?«

Josy lachte auf, etwas zu laut, und schob mich weg. »Nur weil ich mal ein bisschen aufgeräumt habe? Komm schon

Lis, jetzt übertreib mal nicht.« Sie zwängte sich an mir vorbei zum Spiegel und legte sich Rouge auf. »Zu viel?«, fragte sie, und ich nickte: »Viel zu viel.«

Rouge hatte ich noch nie verstanden, und bei Josy erinnerte es mich allzu sehr an die Pumuckl-Aktion. Josy stieß ein unwilliges Seufzen aus, wischte mit einem Tüchlein darüber und puderte nach. »Sei nicht unfair. Ich bin immer noch ich, nur ein bisschen ernsthafter eben.«

»Zwischen ernsthaft und spießig gibt's einen großen Unterschied«, sagte ich gerade, da hörten wir die Klospülung und kurz darauf das Klacken an der Tür.

»Toleranz hat immer zwei Seiten«, konnte Josy weise anbringen, bevor Klaus in der Tür stand und den Kragen seines Shirts richtete.

»Ladys«, sagte er mit einem munteren Zungenschnalzen, »ready to rock the streets.«

Ich musste mich wegdrehen, um nicht wieder unhöflich zu werden, und lächelte ihm im Vorbeigehen gequält zu.

Die *Rote Sonne* war ein dampfendes, katakombenartiges Stück Clubkultur. Verschwitzte, in Trance verfallene Menschen strampelten sich auf der Tanzfläche ab. Gegen zwei kam noch einmal ein Schwall neuer Gäste nach, und es war so gerammelt voll, dass ich zum Luftholen und Rauchen alle Viertelstunde nach draußen ging und mich jedes Mal zwang, einzutauchen in das Gewirr aus Schweiß, Minimal und abgestumpfter guter Laune. Josy wippte auf ihren roten Hacken in der Nähe der Bar auf und ab und vermied es, viel zu trinken. In einer Tanzpause lehnte ich mich an sie und wies sie, wie wir es so oft getan hatten, auf einen besonders hübschen Tänzer direkt vor uns hin.

Josy musterte ihn kurz und meinte knapp: »Ganz süß.«

Noch vor ein paar Wochen hätte sie ihn mit einem dunklen Blick taxiert und Körperkontakt gesucht oder zumindest einen verfänglichen Spruch abgelassen. Jetzt versenkte sie wieder ihren Blick ins Unbestimmte und hüpfte weiter vor sich hin. Seufzend kaufte ich mir noch ein Bier, das ich halb austrank, ohne Josy machte das Feiern keinen Spaß. Klaus tat sein Bestes, mir den Abend amüsant zu gestalten, tanzte mich immer wieder an – er hatte sich vorhin etwas eingeschmissen – und schrie mir aus nächster Entfernung ein ums andere Mal ins Ohr: »Is geil, oder?«

Bis um vier fand ich es einigermaßen geil, dann verließ ich die beiden und sagte Josy zum Abschied, sie solle mich auf jeden Fall anrufen, wenn sie nicht nach Hause komme. Josy freute sich, dass ich besorgt war, und gab mir einen Kuss auf die Wange. »Alles gut, Lis«, sagte sie, und weil ich zum Grübeln zu müde war, stiefelte ich nach Hause, wo ich todmüde in mein Bett fiel.

Der Abend hatte wohl geholfen, dass ich Klaus nicht mehr mit einkalkuliertem Grausen begegnete; aber keiner von uns dreien machte je wieder Anstalten, eine Aktion zu dritt zu wiederholen.

»Was ist denn mit Josy los?«, wollte Hannes eines Nachmittags wissen, und ich konnte es ihm nicht so recht beantworten. »Hat das alles noch mit der Pumucklgeschichte zu tun?«

Ich zuckte mit der Schulter. »Vermutlich.«

Hannes machte ein nachdenkliches Geräusch. Auch Anna kam darauf zu sprechen, nicht ohne die vermeidbare Nebenwirkung ihres Wandels, den unsäglichen Zwerg – gemeint war Klaus – mit einer galligen Bemerkung abzukanzeln. »Hast du mal mit ihr darüber gesprochen?«, fragte

Anna, und ich entgegnete: »Ich hab's versucht. Aber sie für sie scheint alles in Ordnung zu sein.«

Anna erzählte mir, dass Josy sich für ein Erasmus-Semester in Lyon beworben habe, um dort an einem deutsch-französischen Exzellenzstudiengang teilzunehmen. Ich war gekränkt, es aus zweiter Hand zu erfahren. Außerdem konnte ich mir nicht vorstellen, dass sie problemlos eine Zusage bekommen würde, ihre Noten in Französisch waren bescheiden.

Ich versuchte auch, mit Roman darüber zu reden, doch der zeigte sich wenig gesprächsbereit. »Na, ist doch toll«, war sein Kommentar. »Manchmal muss man mit alten Gewohnheiten brechen, um weitermachen zu können.«

Josy zog in Siebenmeilenstiefeln mit dem plötzlichen Ehrgeiz, den sie an den Tag legte, an mir vorbei. Wie nebenbei erfuhr ich von ihr, dass sie ein Stipendium bekommen hatte und ab August für zwei Semester nach Lyon gehen würde. In dem einzigen Kurs, den wir in diesem Semester noch gemeinsam besuchten, legte sie kurz vor Vorlesungsende einen Zahn zu, sie hatte – zum ersten Mal, seit ich sie kannte – die Texte zum Thema schon vor dem Seminar gelesen und nicht wie sonst erst währenddessen oder hinterher.

Eine wissenschaftliche Assistentin namens Monique Rauscher leitete den kleinen Kurs, in dem wir uns mit Flaubert und dem 19. Jahrhundert beschäftigten. Nicht nur, wenn wir den Originaltext lasen, zeigte Josy fingerschnippend auf, um in lupenreinem Hochfranzösisch die erste der *trois contes* vorzutragen. Anfangs musste ich mir ein Grinsen verbeißen, in der Meinung, sie würde ihre angespannte Haltung mit einem frechen Kommentar auflösen. Auch die anderen Kommilitonen sahen uns erwartungsfroh von der Seite an und dachten, diese kleine Studentin mit dem voluminösen Lockenkopf würde einen ihrer Späßchen machen. Doch Josy las konzentriert zu Ende und hatte Monique noch nicht ihre folgende Frage zu Ende stellen lassen, da zeigte sie wieder auf und erklärte mit gestochenem Hochdeutsch, warum Flaubert trotz Fehlens eines eigenen Stils ein typischer Vertreter des Realismus war.

Nach dem Seminar packte sie rasch ihre sorgfältig niedergeschriebenen Notizen in ihren neuen, ledernen Rucksack und beeilte sich, Monique beim Verlassen des Raumes zu erwischen, um mit ihr den langen Flur entlang zu laufen und das Thema ihrer Seminararbeit zu besprechen. Was ich anfangs für einen Scherz hielt, regte nach wenigen Wochen mein schlechtes Gewissen an und das Vorhaben, meinerseits auch mehr für die Uni zu tun. Doch weil bisher für gute Noten das Nötigste gereicht hatte, schlief dieser Vorsatz bei mir schnell wieder ein. Ich nahm Josys Einsatz nicht für voll, und gleichzeitig fühlte ich mich allein gelassen und verraten, denn so sehr ich in mich hinein hörte, ich fühlte keinen Impuls, nach einem neuen Lebenskonzept zu suchen. Ich war zufrieden, wie es war. Jedoch fühlte ich mich infrage gestellt, weil Josy das plötzlich nicht mehr zu reichen schien.

Weil Josy sich mit ihren neuen Hobbys – Joggen, Lernen und Nichtrauchen – und ihren häufigen Treffen mit Klaus und dessen Kumpanen immer weiter von mir entfernte, suchte ich mehr Kontakt zu Anna, die anfangs abweisend reagierte, sich aber schließlich über meine Annäherungen freute.

Ich mochte ihre Medizinfreunde zwar genauso wenig wie sie selbst es tat, doch weil Anna viel Zeit mit ihnen verbrachte, nach den Seminaren gemeinsam mit ihnen lernte und oft ein Feierabendbier trank, gesellte ich mich des Öfteren zu ihnen. Meistens konnte ich nicht viel zu den Gesprächen beitragen, denn obwohl sie es nicht beabsichtigten, landeten die angehenden Doktorinnen und Doktoren beim Fachsimpeln, erzählten von völlig vergeistigten Professorinnen und seltenen Krankheiten, wie etwa einem vierzigjährigen Mann, dem ein faustgroßer Tumor aus dem Hals wuchs.

Ich versuchte, an den richtigen Stellen zu lachen und in ernsten Momenten ernst zu schauen. Anna, die meine Anstrengungen, mich einzubringen, bemerkte, zog mich manchmal zur Seite und erzählte mir fachfremde Sachen, etwa dass Dani, die Blonde mit der Brille, etwas mit Mischa, dem verstrubbelten Sohn eines Chefarztes, gehabt habe und daher besonders hübsch zum Arbeiten komme. Oder dass ihre Sitznachbarin Almut zum zweiten Mal schwanger sei und mit Abstand immer die besten Noten in den Klausuren erzielte. Dieser Klatsch und Tratsch unterhielt mich eine Zeit lang, auf Dauer wurde es auch Anna zu anstrengend, sich um meine Laune zu kümmern, und ich setzte mich immer seltener zu der palavernden Runde dazu.

Auf Hannes' Frage, warum ich nicht mehr Zeit mit Roman verbrachte, wusste ich keine rechte Antwort. Seit ich ihn kannte, musste er viel arbeiten, zweimal in der Woche ging er zum Volleyballtraining, und dienstags traf er sich mit seinen Kumpels zum Stammtisch. Wir hatten ein tolles Sexleben, mochten dieselben Filme und hatten das Kochen für uns entdeckt. Und doch verliefen unsere Wege getrennt. Roman arbeitete hart für die Uni und sein geografisches Projekt, für das er zum wissenschaftlichen Mitarbeiter erhoben worden war. Mit seinem Fachgebiet – geografische Fernerkundung – konnte ich noch weniger anfangen als mit Medizin, und so vermied ich es, ihn darüber auszufragen.

Umgekehrt interessierte Roman sich nicht übermäßig für mein Studium, zu abgehoben und wenig realitätsbezogen fand er es, und Lesen hatte ihm noch nie Spaß bereitet. Beim Eiswagen besuchte er mich genau einmal, da er Eis generell nicht mochte. Ich hatte ihm damals eine Kugel Heidelbeere überreicht, die er kommentarlos verspeiste. Heidelbeeren standen für Abenteurer, schlecht einzunehmende Einzelgänger, die das Neue und Unbekannte suchten und sich schlecht auf Routine und einen geregelten Alltag einlassen konnten. Heidelbeeren waren verführerisch, der fruchtige Geschmack und die Verheißung eines archaischen Naturerlebnisses fanden hier in einer sündhaft anmutenden Symbiose zusammen. Als ich wissen wollte, ob ich richtig gelegen habe mit seinen Vorlieben, sah Roman mich irritiert an und antwortete: »Na, war halt ein Eis.«

Nun schaute ich meinerseits irritiert zurück – sollte ich wirklich den größten Banausen in Sachen Eisgenuss an Land gezogen haben? Doch dann schob er, sich die Finger ableckend und die leere Waffel in den Abfalleimer versenkend, hinterher: »Aber du hast recht. Wenn, dann lieber was Fruchtiges.«

Zu seinen Freunden nahm er mich zweimal mit. Auf den ersten Blick eine Horde bärtiger Männer, die sich für unwiderstehlich hielten und mit ihren Reisen durch den brasilianischen Urwald oder Bungeespringen in Südneuseeland prahlten. Ich erschrak, denn er schien wie die Faust aufs Auge zu ihnen zu passen, nur dass er sehr viel subtiler angab.

Das erste Mal traf ich die Jungs beim Volleyballspiel, einer von ihnen mit nacktem Oberkörper, braun gebrannt und durchtrainiert, Material, wie es Josy in ihren besten Zeiten nicht hätte ungenutzt vorüberziehen lassen. Sie hießen Jörg, Michi und Batzl – eine Abwandlung von Basti.

Das zweite Mal, ein paar Wochen später, sah ich die Truppe im Biergarten an der Hackerbrücke, ich hatte schrecklichen Hunger nach einem langen Tag im Eisverkauf und preschte sofort zum Essensstand. Als ich zurückkam zum Tisch, mit dem Tablett voller Obatzda und Breze, verstummten die Jungs kurz und grinsten verlegen. Ich hatte scheinbar einen wichtigen Kommentar verpasst und sah argwöhnisch Roman an, doch da beugte sich Michi – sonnenbebrillt und mit einem strahlend weißen Lächeln – nach vorne und sagte betont aufmerksam: »Die Prinzessin hat ganz schön Hunger.«

»Magst auch was?«, fragte ich betont höflich zurück und biss, ohne eine Antwort abzuwarten, in die Breze.

»Basst scho«, sagte Michi und lehnte sich wieder zurück, um ein anderes Thema aufzugreifen: die Manu, die mit den riesigen Brüsten, die sich geradezu hündisch an ihn heranwalze. »Jetzt will sie ein Wochenende mit mir in die Berge fahren«, erzählte Michi und bleckte die Zähne zu einem zufriedenen Grinsen. »Aber was soll ich mit der in den Bergen?«

Jörg, ein schöner Mann mit sonnengebleichten Haaren und einem Teint wie frisch von Strandurlaub, pulte unentwegt mit einem Zahnstocher zwischen seinen Zähnen und gab hin und wieder grunzend amüsierte Laute von sich. »Na was schon«, druckste Batzl. »Aber musst du dafür extra mit ihr in die Berge fahren?«

Michi lachte rau auf, und auch Roman ließ einen erheiterten Schnaufer fahren. »Ihr habt das doch alles schon durch«, führte er fort. »Sie muss langsam mal verstanden haben, dass das für dich nix weiter ist.«

Michi leckte sich die Lippen und erklärte, bevor er einen großen Schluck von seinem Bier nahm: »Ja, des schon, aber die scheint mir nicht die Hellste. Wenn die nicht zwei so gute Argumente hätte, hätt' ich schon lange keine Lust mehr.«

Ich stutzte bei meinem gierigen Essen, dann spürte ich einen langen Blick von Batzl auf mir, den ich überrascht erwiderte. Weil plötzliches Schweigen am Tisch eingetreten war, fühlte ich mich zu einem Beitrag zu der Unterhaltung gezwungen und fragte, nachdem ich die trockene Breze mit einem Schluck Spezi hinunter gespült hatte: »Wie lange läuft das mit euch beiden?«

Michi zog eine Schnute und überlegte: »So zwei bis drei Monate, Pi mal Daumen.«

Ich wusste nicht, was ich sonst beitragen konnte außer einen Kommentar, den hier sicher keiner gerne hören würde, und vertiefte ich mich wieder in mein Essen. Roman nahm den Gesprächsfaden wieder auf.

Nachdem Manu vom Tisch war, ging es um den Eins-A-Stunt, den Michi vor Kurzem beim Surfen an der Welle im Eisbach hingelegt hatte, die Gehaltsforderungen, die Jörg an seinen Chef stellen wollte, und die Zwillinge Hilly und Maxi, mit denen Batzl gerne einen Dreier hätte. Ich sah Roman fragend an, der meinem Blick auswich, wenig sagte und es während des Abends vermied, mich zu berühren. Fraglos war ich in ein Männergespräch geplatzt, das mich nichts anging, die Jungs schien das nicht zu stören. Natürlich hatte ich auch mit meinen Mädels nicht anders über unsere Abenteuer gesprochen, aber selten in einem derart verächtlichen Tonfall. Nach ein paar Bier häuften sich die Kommentare um Romans Liebesleben, eine Ex-Freundin namens Susi und eine andere namens Lope, eine schöne Griechin, die ihm ordentlich die Leviten gelesen hatte, nachdem sie ihn mit einer anderen erwischt hatte – mit ihrer Mitbewohnerin.

»Auf so eine Idee muss man erst mal kommen«, grinste Michi, »im Zimmer nebenan!«

Stumm hörte ich zu, meine Wangen brannten. Roman schien ein notorischer Fremdgänger zu sein. Seine Seitensprünge genossen bei seinen Freunden größten Unterhaltungswert, und es war ihnen nicht unangenehm, das vor mir auszubreiten. Das passte in keiner Weise zu dem anhänglichen, zärtlich verschmusten Typen, neben dem ich seit zwei Monaten regelmäßig aufwachte, und der mir letztens sogar ein riesiges Schokoladenherz zum Frühstück mitgebracht hatte.

Nur Jörg versuchte ab und an mit einem Seitenblick auf mich, das Thema in eine andere Richtung zu lenken, was ich dankbar quittierte. In mir brodelte es, als ich eine halbe Stunde später aufstand, mein Zeug packte und zum Abschied sagte: »Schaut doch, dass ihr eure Männergespräche das nächste Mal wirklich unter Männern führt.«

Michi lachte wieder, Jörg nickte und Roman sah mich hilflos an. Aufs Tiefste beschämt folgte er mir zum Ausgang, und erst sehr viel später ging mir auf, dass nicht die großmäuligen Geschichten seiner Freunde der Grund für seine Scham waren, sondern dass es ihm umgekehrt vor ihnen peinlich war, mir nachzulaufen. Ich hätte ihm am liebsten eine gewischt, um meine Wut und meine Verletztheit auszulassen, stattdessen sagte ich mit zitternder Stimme: »Hier ein geiler Arsch und dort tolle Titten und du mittendrin. Ich will gar nicht wissen, was ihr über mich redet, wenn ich weg bin. Bin ich die dumme Tussi, die dich zurücknimmt, obwohl du sie beschissen hast?«

Roman sagte, was er immer sagte, wenn wir über dieses

Thema sprachen: »Ich habe dich nicht beschissen. Wir waren nicht zusammen.«

Ich musste ein paar Mal tief Luft holen, um meine Wut im Zaum zu halten. »Wissen die Typen überhaupt, dass wir jetzt zusammen sind?«

Roman schien wie vor den Kopf gestoßen. »Klar!« Schnell fügte er hinzu: »Was denkst du denn?«

Er versuchte, mich in den Arm zu nehmen, doch ich schüttelte ihn heftig ab und fühlte mich wie Lope, die rassige Griechin: »Andere Typen sind wenigstens so höflich, dass sie Exgeschichten vor der Freundin verstecken!«

»So sind sie halt, das darfst du nicht so ernst nehmen«, sagte Roman und seufzte.

Ich biss mir auf die Lippen und sah ihn prüfend an. Sein Freundeskreis rückte ihn – und vor allem uns – in ein völlig anderes Licht. Sollten reihenweise die Frauen auf diesen sanften, schönen Mann hereinfallen – und ich genauso blöd sein wie alle anderen?

Von diesem Tag an hörte ich von Michi, Batzl und Jörg lediglich, wenn sie anriefen, während ich mit Roman unterwegs war, und selten quälte sich Roman danach, mir schöne Grüße auszurichten, die wahrscheinlich nie ausgesprochen worden waren. In dunklen Momenten stieg wieder das Gefühl in mir auf, das ich beim Zusammensitzen mit den Jungs bekommen hatte. Eine Ohnmacht gegen das Vergangene, eine Zeit, auf die ich keinen Zugriff hatte, und die Furcht davor, dass sich der Mensch von damals gar nicht verändert hatte.

Manchmal schaffte ich es, dieses Gefühl von mir wegzudrücken und stattdessen an die schönen Momente zwischen uns zu denken, meiner Verliebtheit nachzuspüren und alles als großspurige Jungenfantasien abzutun. Oft aber schaffte dieses Gefühl es, mir den Tag zu versauen, weil es eine Unruhe in mir auslöste, die nur zu stillen war, wenn ich Roman in die Augen schauen und mich von der Echtheit seiner Gefühle überzeugen konnte.

Das Eisverkaufen machte mir zum ersten Mal, seit ich diesen Job begonnen hatte, nur mäßig Spaß. Ich betrachtete mich durch Romans Augen, sah plötzlich eine junge Frau, die sich zu klein machte mit dem, was sie konnte, und sich stattdessen mit einem anspruchslosen Job zufrieden gab.

Wo sind deine Visionen? Hast du keine Träume?, fragte ich mich und merkte erschreckt, dass da tatsächlich nichts war. Kein größeres Ziel als gute Noten am Semesterende, keine andere Perspektive als von Sommer bis Sommer, den ich jedes Jahr wieder mit einem freudigen Juchzen begrüßte. War ich fantasielos? Oder einfach nur leicht zufriedenzustellen?

Bisher hatte mich das nicht gestört. Was andere sich wünschten, eine stabile Karriere, eigene vier Wände, eine langfristige Partnerschaft mit möglicher Ehe und Kind – das machte mir Angst. Doch langsam versetzte mich meine Ziellosigkeit in Unruhe. Vielleicht lag es daran, dass sich alles um mich herum veränderte. Vielleicht lag es aber auch daran, dass ich mich veränderte.

Ich konnte nachvollziehen, warum Anna sich so in ihr Studium hängte und von einer eigenen Praxis auf dem Land träumte, mit einem netten Mann und vielleicht einem Hund; das mit den Kindern wollte sie sich überlegen, wenn der Mann dazu gefunden war. Ich konnte verstehen, warum Josy plötzlich einen Rappel bekommen hatte und sich nun reinhängte ins Studium. Und ich hatte Verständnis für meinen Bruder, der von seiner eigenen Segelschule träumte und bei schönem Wetter schon im März unterwegs war auf einem der Seen in der Umgebung. Aber für mich selbst hatte ich kein Bild vor Augen, ich wusste nicht, wo ich mich sehen sollte und wollte.

Als ich mit Anna darüber sprach, zuckte die mit den Schultern und meinte: »Vielleicht solltest du dich ein bisschen mehr ausprobieren. Wie wär's, in den Semesterferien bei einem sozialen Projekt im Ausland mitzuhelfen? Das würde dir bestimmt gut tun.«

Ich musste ihr beipflichten, dass das plausibel klang, doch konnte mich mit der Idee nicht anfreunden. Größtenteils lag das daran, dass ich Roman nicht allein in München lassen wollte, aber ich konnte nicht einmal vor mir selbst zugeben, dass ich ihm trotz regelmäßiger Liebesschwüre nicht traute. Lustlos klickte ich mich durch einige Angebote von NGOs im Internet, versuchte mir vorzustellen, wie ich in Honduras half, ein Wassersystem für ein Dorf mitzuentwickeln oder in einem kambodschanischen Waisenhaus mit Kindern Verstecken spielte. Ich gefiel mir in der Vorstellung, selbstlos und mit viel Liebe meine Freizeit zu opfern, um anderen zu helfen.

Nach ein paar Träumereien fühlte ich mich wieder gut genug, klappte meinen Laptop zu und vergaß im nächsten Moment die Idee, den Sommer im Ausland zu verbringen.

Des Öfteren gähnte ich nun am Eisstand, starrte unmotiviert auf die Kunden vor dem Tresen und konnte mich immer seltener zu einem freundlichen Lächeln aufraffen. Julius Schüllers Zählereien brachten mich eher auf die Palme als zum Lachen, und zweimal pampte ich ihn sogar an, ob er das nicht lassen könnte, meine Klogänge seien meine persönliche Sache. Immer seltener lächelten die Kunden zurück, und so sank meine Motivation mit jedem Arbeitstag. Frau Koslewski trumpfte auch diese Saison wieder mit neuen Sorten auf, die sie bei einem italienischen Gastronom in der Nähe eigens für uns anfertigen ließ. Besonders fein schmeckte die Hausmarke *Eis-Lugscher* – eine Sahnebombe mit karamelliger Ummantelung und zarten Schokoletten, das perfekte Eis für Träge und solche, die es werden wollten. Ich empfahl es wider besseren Wissens auch Kindern, denen der Geschmack meist einen Tick zu süß-herb war und die beim Schlecken das Gefühl haben mussten, als wären sie in die Pralinenschachtel ihrer Großmutter gefallen. Zwei-, dreimal verrechnete ich mich, es war keine Absicht, besonders Mühe gegeben hatte ich mir auch nicht.

Sogar Frau Koslewski bemerkte meine wachsende innere Abneigung und stellte mich eines Tages, nachdem ich alle Kästen in den Kühlschrank geräumt und die Theke sauber geschrubbt hatte, zur Rede. »Fräulein Jeschenbäumer«, flötete sie, und ich erwartete ein Donnerwetter, »wissen Sie noch, als Sie vor einem Jahr hier angefangen haben?« Ich schluckte – ein Jahr sollte das schon sein? Frau Koslewski fuhr fort: »Ich habe Ihnen anfangs nicht viel zugetraut, ganz ohne Erfahrung in der Gastro und mit dem Kopf so oft woanders.«

Ich bezweifelte, dass die dickliche Frau hinter ihrer Kuchentheke viel von meinem Innenleben mitbekommen haben sollte, und sah sie unverwandt an. Zu meiner Überraschung entdeckte ich ein Lächeln in ihren Augen, gutmütig und fast nachsichtig. »Und tatsächlich hat es einige Zeit gedauert, bis Sie kundenorientiert gearbeitet und sich mit dem Prozedere vertraut gemacht haben.«

Vor meinem inneren Auge ließ ich meinen ersten Tag im Schnelldurchlauf Revue passieren. Ich hatte in der Nervosität des Neulings die meisten Bestellungen nicht verstanden, und wenn ich nicht mit viel Anstrengung die falsche Sorte aus dem Kasten gepult und in die Waffel geschmiert hatte, fragte ich gestresst nach – bis Frau Koslewski mich zur Seite nahm und bat, ich solle bitte dezenter Nachfragen und vor allem »Wie bitte?« statt »Was war das noch mal?« sagen. Einmal hatte ich eine Kugel Schokolade nicht fest genug in die Waffel gepresst, und sie war der Käuferin – einer Frau mittleren Alters mit hochgesteckten graublonden Locken – mitten auf die helle Bluse gefallen. Bei dem Gedanken daran musste ich unwillkürlich grinsen.

»Aber Sie haben die Kurve bekommen, Sie haben sich eingearbeitet und einen Draht zu den Kunden gefunden. Sie sind fröhlich und offen und kennen sich mit Eis besser aus als jede andere meiner Angestellten. Die Kunden kommen gerne zu ihnen, und ich vertraue Ihrem Geschmack, wenn es um neue Sorten geht.« Ich wurde ein wenig rot, weil ich am allerwenigsten Lob erwartet hatte. Und es freute mich. Frau Koslewski sah mich prüfend an und beugte sich ein wenig vor, sodass ich ihr süßliches Parfüm riechen konnte. Sie setzte mit gedämpfter Stimme fort, ich kam mir unter ihrem Lehrerinnen-Blick vor wie eine Drittklässlerin: »Aber in letzter Zeit haben Sie stark nachgelassen. Ich habe das Gefühl, Sie nehmen die Arbeit hier nicht mehr ernst. Sie stehen hier mit einer derart finsteren Miene, dass sich kaum jemand traut, Sie überhaupt anzusprechen. Vorherige Woche erst habe ich mitbekommen, wie Sie sich verrechnet und von einem kleinen Mädchen einen Euro zu viel abkassiert haben.«

Ich zuckte zusammen. An diese Aktion wollte ich lieber nicht erinnert werden. Noch dazu, weil das Mädchen, etwa neun Jahre alt und neunmalklug, noch einmal zurückgekommen war und den Euro eingefordert hatte. Weil ich nicht zugeben wollte, dass sie recht hatte, gab ich ihr 50 Cent mit der Bemerkung, sie solle mich gefälligst meine Arbeit weitermachen lassen. Mit Tränen der Wut in den Augen räumte das Mädchen schließlich das Feld.

Abends hatte ich ein schlechtes Gewissen gehabt, und ich konnte Frau Koslewski nicht mehr in die Augen schauen. Ich fühlte mich wie bei einer Standpauke vom Nikolaus, der aus dem Goldenen Buch die guten und die schlechten Taten vorlas und später dementsprechend Schokolade und Nüsse verteilte oder eben nicht. So unsympathisch sie mir manchmal war und so wenig ich ihr in vielem anderen zustimmte, Frau Koslewski hatte recht: Ich war eine schlechte Eisverkäuferin geworden. Obwohl ich meine Tätigkeit hinter dem Tresen immer als witziges Hobby abgetan hatte, war ich nun zutiefst enttäuscht über mich und meine Leistungen.

»Sie haben recht«, gab ich zu, und die Worte kamen mir kaum über die Lippen. »Ich bin gerade sehr unzufrieden.«

Frau Koslewski nickte und seufzte tief auf. Nach einer Weile sagte sie – und ich merkte, dass sie sich überwinden musste: »Machen Sie Urlaub, Fräulein Jeschenbäumer. Urlaub vom Eisverkaufen. Kommen Sie zurück, wenn Sie wieder Lust darauf haben.« Ich wagte einen Blick nach oben und merkte, dass sie versuchte, aufmunternd zu sein. Knapp fügte sie hinzu: »Sie werden bei mir immer einen Job bekommen.«

Eine kurze Zeit wusste ich nicht, was ich sagen sollte, und wir sahen uns stumm an. Dann nickte ich, packte meinen Rucksack, gab ihr die Hand und rief Julius Schüller ein kurzes Wort des Abschieds zu – »Ade, heute waren es nur zwei«, bevor ich die Konditorei und meinen Eistresen für eine lange Zeit hinter mir ließ.

Nun war ich also meinen Job los. Es rumorte in mir, ich schlief schlecht und rauchte mehr als sonst. Etwas musste geschehen. Ich musste raus aus meinem Leben, das sich nach grauer Einöde anfühlte, und wartete auf ein Zeichen, eine Begegnung, eine Aufforderung, doch nichts kam auf mich zu, keine Tür öffnete sich, und so sehr ich in mich hinein horchte, es wollte sich keine innere Stimme melden, die mir meinen Weg wies.

Die Semesterferien standen vor der Tür, und weil ich eine Seminararbeit von nur zehn Seiten schreiben musste, hatte ich voraussichtlich die nächsten zwei Monate nichts zu tun. Ich versuchte, meine Beziehung auszubauen, um wenigstens dort Sicherheit zu spüren oder das, was man zu spüren glaubt, wenn man sich eine Zukunft vorstellen kann. Abends überraschte ich Roman mit tollen Gerichten, kaufte ausgefallene Zutaten auf dem Viktualienmarkt und guckte mir in Kochshows im Internet Kniffe und Tricks für die richtige Soße ab. Roman nahm mein kulinarisches Umgarnen mit einer hochgezogenen Augenbraue zur Kenntnis, aß gerne und ließ sich danach mit einem vollen Bauch ins Bett fallen.

»Gut war's, Prinzessin«, war das höchste der Gefühle, das ich erwarten konnte, daher gab ich auch das schnell wieder auf. Gerne wäre ich mit ihm übers Wochenende raus gefahren, an einen See zelten oder in die Berge – wenn es nicht allzu weit weg und anstrengend war – aber in meinem Hinterkopf spukte der herablassende Gesichtsausdruck von Michi herum, als er von Manus Vorschlag erzählt hatte, mit ihm Wandern zu gehen.

Das ist dein Freund, du darfst ihn fragen, sagte ich mir immer wieder vor, und eines Abends wagte ich einen Vorstoß. »Lass uns doch nächstes Wochenende raus ins Grüne fahren«, schlug ich gespielt munter vor, »ein bisschen raus aus der Stadt, nur Natur und Ruhe.«

Roman verzog sein Gesicht, als hätte er in eine Zitrone gebissen. »Oh nee, da hab ich keine Lust drauf. Das kannste mit deinen Mädels machen.« Als er die Enttäuschung in meinem Gesicht sah, stand er auf und zog mich an sich heran. »Prinzessin. Ich bin hier eingespannt, es geht vorwärts in meinem Projekt, und vielleicht stehe ich vor dem ganz großen Wurf.« Ich zog eine Schnute. Er wühlte sich durch meine Haare, küsste mich auf den Hals, und als hätte er meine Gedanken gelesen, sagte er: »Sei nicht böse. Aber ich habe gerade wirklich viel zu tun. Mit Urlaub sieht's bei mir in nächster Zeit eher mau aus.«

Die Tage, an denen ich missmutig aufwachte und noch missmutiger ins Bett ging, häuften sich, Hannes mied mich, und auch Anna bemerkte, dass ich nicht die angenehmste Gesellschaft sei. »Deine Krankengeschichten sind auch nicht sonderlich witzig, und ich höre sie mir trotzdem geduldig an«, blaffte ich sie eines Abends an. Anna ließ sich nicht kränken, sondern mich stattdessen mit dem Kommentar stehen, ich könne mich melden, wenn ich sozialfähig sei.

Als wir uns das nächste Mal trafen und meine Laune auf einem Tiefpunkt sondergleichen angelangt war, platzte der sonst so einfühlsamen Anna der Kragen: »Wenn dir was stinkt, dann tu was dagegen – nur mach nicht alle Welt für deine Langeweile verantwortlich! Du bist jung, gesund und nagst nicht am Hungertuch. Geh mir nicht mit deiner latent negativen Einstellung auf die Nerven, es gibt deutlich Schlimmeres, als zu viel Zeit zu haben!« Ich war so überrascht über ihren Ausbruch, dass ich sie nur anstarrte, dann wie betäubt meine Sachen zusammenpackte und das Weite suchte.

Halbherzig beschloss ich, von meinen mühsam ersparten Eiseinkünften in den Norden Spaniens zu fahren. Kommilitonen hatten mir von der grünen Weite und dem endlosen Rauschen des Meeres Galiziens erzählt, von den Wanderwegen durch üppige Wälder und kilometerweite Felder, und weil mir nichts Besseres einfiel und der Flug günstig war, buchte ich von München nach Vigo und zurück. Zweieinhalb Wochen wollte ich bleiben, in der Hoffnung, meinen Freunden und besonders Roman zu fehlen, und vielleicht mich selbst auf dieser Reise wiederzufinden.

Als ich Roman davon erzählte, grinste er und nahm mich in den Arm: »Das wird bestimmt toll, Prinzessin. Finde ich cool.«

Auch Anna freute sich, dass ich endlich einen Vorstoß in Richtung irgendwo gemacht hatte, nur Josy wurde melancholisch: »Dann sehen wir uns nicht mehr. Ich fliege, bevor du zurückkommst.« Mit einem leichten Stich in der Magengegend merkte ich, dass ich sie vermisst hatte in der letzten Zeit.

Josy umarmte mich beherzt. »Eins weiß ich sicher«, sagte sie mit belegter Stimme. »Wir werden zusammen noch so einiges erleben.« Und sie sollte recht damit behalten.

Eine Woche vor meinem Abflug hatte ich ein Essen mit Anna, Josy und Hannes anberaumt, Klaus war ausdrücklich nicht eingeladen, was Josy gleichmütig hinnahm, und Roman wollte später dazu stoßen. Wie in alten Zeiten saßen wir auf dem Balkon und tranken unser erstes Bier, die Sonne blinzelte mit ihren letzten Strahlen auf uns herunter, und die Zigarette schmeckte besser denn je. Josy rauchte immer noch nicht, hatte dafür ihren Kaugummikonsum reduziert und trank massenhaft Colabier, das sie alle paar Minuten aufstoßen ließ.

Zufällig sah ich, wie Anna mit dem Kopf an Hannes' Schulter lehnte und er sie gewähren ließ. Perplex zog ich ein bisschen zu tief an meiner Zigarette, bekam zu viel Rauch ab und musste husten. Im nächsten Moment klingelte es an der Tür, und während Josy eilig ein Glas Wasser aus der Küche für mich holte, öffnete Hannes. Roman kam mit einer Flasche Rotwein und einer Packung Goldbären herein, küsste mich ausgiebig und umarmte danach Anna und Josy zur Begrüßung. Er war ungewohnt gut gelaunt, lachte viel und machte Scherze mit Hannes, der bereitwillig einstieg.

Beim Kochen, als wir zu fünft in der engen Küche Gemüse klein schnitten und Pastateig ausrollten, nahm er mich mehrere Male in den Arm und gab mir lautstarke Küsse auf die Wange. Erstaunt fragte ich ihn, was los sei, und er antwortete lachend: »Ist doch ein schöner Tag heute.«

Josy sah mich verschmitzt an und raunte mir zu: »Wenn du Hilfe brauchst, sag Bescheid. Ich kümmer' mich gerne um ihn.«

Roman flirtete mit Anna, die ihm sonst suspekt war – »Die hat, glaub ich, ganz schön Haare auf den Zähnen« – und lachte über Josys Witze, die er sonst einen Tick zu derb fand – »Ist die wirklich so krass drauf oder blufft die nur?«

»Na, da freut sich aber einer, dass er bald auf den Tischen tanzen kann, wenn er sturmfrei hat«, murmelte Hannes. Es sollte lustig sein, alle anderen lachten freundlich mit, doch mir verging mit einem Schlag der Appetit.

Als ob ich auf diesen Dolchstoß gewartet hätte, sackte meine heitere Stimmung unter den Nullpunkt. Hannes strich mir über die Schulter und bemerkte leise, das sei nicht ernst gemeint gewesen. Ich schluckte. Den Abend wollte ich mir nicht von diesem bitter-galligen Gefühl vermiesen lassen, das sich wieder seinen Weg in meine Kommentare bahnte, und ich holte tief Luft. »Ich muss mal schnell auf Klo«, nuschelte ich und drückte mich an den anderen, die sonst nichts von meinem Stimmungsumschwung mitbekommen hatten und fröhlich weiter plauderten, vorbei ins Bad.

Hinter mir schloss ich die Tür ab, ließ erst einmal kaltes Wasser über Hände und Gesicht laufen, um klarer denken zu können. Hannes' Bemerkung war harmlos gewesen, und doch löste sie eine in mir schlummernde Welle der Eifersucht und des Misstrauens aus. Gebetsmühlenartig versuchte ich es mit gutem Zureden: Er ist dein Freund. Seit fast drei Monaten läuft es super mit euch beiden. Er erwähnt keine anderen Frauen.

Verzweifelt wollte ich jegliche Bilder, die sich unweigerlich in meinem Kopf abspulten, ausschalten. Vergebens. Roman mit der blonden Tussi und meiner Pizza. Roman mit der blonden Tussi auf dem Flohmarkt. Den Slip der anderen, den ich Wochen später unter Romans Bett herausgezogen hatte – »Das ist doch albern, Lis. Natürlich liegt der schon lange da. Ich mach hier nur nicht so oft sauber.« Ihr Duschgel, das immer noch auf der Ablage in seinem Badezimmer stand. Selbst nachdem ich es eigenhändig in den Mülleimer befördert hatte, hatte es seinen Weg dorthin zurückgefunden – »Das ist doch noch fast voll, das schmeißen wir nicht weg.«

Die Fotos auf seinem Handy, die er aus Versehen vor mir geöffnet und rasch wieder geschlossen hatte; doch ich hatte einen Blick auf sie werfen können, wie sie in aufreizender Pose in Bikini bekleidet in die Kamera grinste. Nach den Fotos hatte ich ihm eine Szene hingelegt, da konnte er noch so oft seine Unschuld beteuern. Ich hatte darauf bestanden, dass er sie löschte. Doch bevor er das vor meinen Augen tun konnte, hatte er einen Anruf bekommen, und als ich ihn das nächste Mal fragte, ob er die Fotos entfernt habe, reagierte er bloß genervt.

Gefangen in meinem Kopfkino stieg eine unbändige Übelkeit in mir auf; ich hatte nicht gewusst, dass Eifersucht sich körperlich auswirken kann. Ich öffnete das Fenster und wollte ein wenig frische Luft einatmen, doch draußen war es warm und stickig, kein Lüftchen wehte herein. Ich beschloss, meiner Eifersucht ein Ende zu setzen, indem ich mich davon überzeugte, dass er die Fotos gelöscht hatte. Ein einziges Mal.

Vorsichtig öffnete ich die Tür und schlich auf den engen Flur. Roman, der gerade von einem Meeting an der Uni gekommen war, hatte seine Tasche dort abgestellt. Ich ging in die Hocke, traute mich kaum zu atmen und zog sein Handy aus dem kleinen Fach an der Vorderseite der Tasche. Aus der Küche hörte ich weiterhin fröhliches Geplapper. Roman erzählte von seinem letzten Paddelurlaub in Brandenburg und den wunderschönen Flussläufen im Spreewald, und Josy summte vor sich hin. Mit schwitzigen Fingern tippte ich mich durch seine Fotogalerie, Bilder von Volleyballturnieren poppten auf, einmal ein glühend roter Sonnenuntergang irgendwo im Nichts, Besoffski-Fotos der Jungs. Die Blonde war tatsächlich gelöscht.

Ich atmete erleichtert auf und wollte das Handy schon zurückstecken, da kam mir der Gedanke, er könnte ihr ja trotzdem schreiben. Ich wusste, dass ich ein Tabu brach, das ich bisher selbst als ein Sakrileg erachtet hatte. Im Handy des anderen zu schnüffeln, war fast so schlimm wie ein Treuebruch. Eher aus Versehen öffnete ich dabei den letzten Chat. 19.06 Uhr an Jörg: *Ey J, ruf ma zurück! Hamburg klappt! Ab Oktober bin ich ein Fischkopp.* Mehr nicht. Ich hatte das Gefühl, jemand schnürte mir die Luft ab, und las die drei Sätze wieder und wieder.

Benommen ließ ich das Handy in die Tasche rutschen und versuchte aufzustehen. Meine Beine sackten weg, ich war wohl zu lange in der Hocke gewesen, und ich konnte mich gerade noch an der Wand abstützen.

»Lis? Alles okay?« Anna kam auf den Flur und sah mich besorgt an: »Was ist denn los? Du bist ja käseweiß!« Sie hakte mich unter und brachte mich in mein Zimmer, wo ich mich auf mein Bett fallen ließ.

»Kreislauf?«, fragte sie, setzte sich neben mich und strich mir über den Rücken. Ich war kurz vorm Heulen und brachte kein Wort heraus. Da war sie plötzlich, meine Befürchtung, welche von Anfang an über uns beiden wie ein Damoklesschwert gehangen war und mir jegliches unbeschwerte Verliebtsein geraubt hatte, nur in völlig anderer Ausformung. Er würde mich verlassen, nicht für eine andere, sondern für seinen Job, er würde Hunderte von Kilometer weg von mir sein und dort tausend andere Frauen kennenlernen, er würde …

Anna schüttelte mich. »Lis, jetzt sag was! Liiis!«

Ich kaute an meiner Unterlippe, die gefährlich bebte. Das Schlimmste war, er hatte mir nicht Bescheid gegeben. Es war ihm egal, was aus uns wurde. Ich war nur eine temporäre Lösung gewesen, die sich spätestens auflöste, wenn er in ein paar Monaten nach Hamburg abdüste.

Schniefend wandte ich mich an Anna. »Ich hab Angst, dass Roman mich betrügt.«

Das war nicht gelogen. Ich konnte ihr nicht die Wahrheit

sagen, nämlich dass erstens dieser Verdacht begründet war. Und dass ich zweitens in seinem Handy gefuhrwerkt hatte – Anna war die Moralpolizei und hätte mir eine Riesenszene gemacht.

»Das ist doch Quatsch«, sagte sie nach einer Weile. »Da hat Hannes einen blöden Witz gemacht, das darfst du auf keinen Fall ernst nehmen.«

Ich nickte, obwohl ich ihr nur halb zuhörte. In meinem Kopf ratterte es. Wie lange würde er dort bleiben? Ein Jahr, zwei Jahre? Ich wusste, dass geografische Forschungsprojekte längere Angelegenheiten waren, vor allem, wenn man wie Roman seine Doktorarbeit darüber schreiben wollte. War das der Grund für seine gute Laune? Ich konnte keinen klaren Gedanken fassen. Wie sollte ich ihn darauf ansprechen? Direkt nach seinen Plänen in den nächsten Monaten fragen? Dann würde er Verdacht schöpfen.

»… benimmt sich sehr verliebt. Ich glaube nicht, dass du dir Sorgen machen musst«, sagte Anna gerade, »und wenn er das wirklich tut, dann ziehe ich ihm das Fell ab und kastriere ihn eigenhändig.« Ich musste ein wenig lächeln. Nur wenige Wochen später würde ich blindlings auf diese Vorstellung zurückgreifen wollen.

»Jetzt komm, die Nudeln sind schon im Kochtopf«, sagte Anna und zog mich hoch. Sie umarmte mich fest. »Lass den Kopf nicht hängen, Lis. Am Ende wird alles gut, und wenn's noch nicht gut ist, ist es nicht das Ende.«

Ich riss mich den Rest des Abends zusammen, schließlich sollte es eine kleine Abschiedsfeier sein. Anna schenkte mir ein, zwei lange Seitenblicke, als ich Romans Berührungen auswich. Roman selbst ließ sich nicht aus der Ruhe bringen und genoss sichtlich seine gute Laune. Ich verschluckte meine bissigen Bemerkungen, die ihn blöd hingestellt und mich womöglich verraten hätten, und trank lieber schnell und viel Alkohol.

Josy wurde nach ein paar weiteren Sekt und Bier sehr anhänglich. Als ich nach dem Essen draußen eine rauchte, Roman zum Telefonieren in mein Zimmer gegangen war und Hannes mit Anna den Abwasch machte, stellte sie sich neben mich. »Soll ich dich anpusten?«, fragte ich und nahm einen tiefen Zug.

»Nee, danke«, antwortete Josy und lehnte sich an mich. »Ich glaube, das Schlimmste in Sachen Entzug habe ich hinter mir.« Sie knisterte in ihren Taschen, ließ den Kaugummi aber eingepackt. »Langsam schmeckt mir dieser Kaudings auch nicht mehr.«

Wir betrachteten eine Weile schweigend den Abendhimmel, ich war in Gedanken damit beschäftigt, Romans Pläne zu verarbeiten. Mit Josy hätte ich gerne darüber gesprochen, sie hätte mich verstanden und es wahrscheinlich sogar gut geheißen, dass ich heimlich in Romans Handy spioniert hatte. Doch Josy war in einer wehmütigen Stimmung. Alles befand sich in Auflösung für sie, in einer Woche würde sie ihre Sachen für Frankreich packen und musste ein ganzes Jahr von ihrem Leben in München Abschied nehmen. Nicht mehr lange, und auch wir zwei würden Abschied nehmen müssen für einige Monate.

»Ich vermisse uns«, sagte sie.

Ich legte den Arm um sie. »Nächstes Jahr machen wir einfach genau hier weiter«, sagte ich.

»Genau hier?«

»Ungefähr hier. Vielleicht höre ich bis dahin auch auf zu rauchen, und du hast wieder rote Haare.«

Wir grinsten uns an und besiegelten mit einem einvernehmlichen Schweigen, dass sich zwischen uns nichts ändern würde.

Was zuerst kam, mein Plan oder die Überraschung darüber, wie gut alles zusammen passte, ich kann es im Nachhinein nicht mehr genau rekonstruieren. Fest steht, dass ich am nächsten Tag mit einem fürchterlichen Kater und einer schrecklich guten Idee aufwachte. Dachte ich. Roman war schon früh aufgestanden und hatte sich mit einem zärtlichen Kuss verabschiedet. Nach dem Frühstück radelte ich mit frischem Tatendrang an die Uni. Ich hatte die Lösung, sie war so einfach wie genial, und in mir frohlockte und tirilierte es. Als ob eine zentnerschwere Last von meinem Herzen abgewendet worden war, grüßte ich auf den Unifluren fröhlich Seminarkollegen, mit denen ich bisher kaum ein Wort gewechselt hatte, und klopfte übermütig an die Tür unserer Studienfachberatung.

Ein hagerer junger Mann mit durchscheinender Haut öffnete mir, ich fragte mich kurz, ob er jemals Sonnenlicht gesehen hatte. Über die Gläser seiner randlosen Brille hinweg sah er mich an und sagte: »Wollen Sie zu mir?«

»Wenn Sie mein Studienfachberater sind, dann schon«, entgegnete ich.

Er blinzelte zweimal und sagte: »Sie sind reichlich spät.«

Ich runzelte die Stirn. »Es ist gerade mal halb zehn Uhr morgens!«

Er kratzte sich verlegen am Hinterkopf. »Ich meine, semesterzeitlich gesehen. Eigentlich habe ich längst geschlossen.«

»Aber eigentlich sind Sie doch hier?«

»Ich mache sozusagen Überstunden.« Er seufzte tief, als ob ich etwas Unverantwortliches von ihm verlangt hätte, ging dann einen Schritt zur Seite und bat mich mit einer Handbewegung herein. »Da haben Sie noch einmal Glück gehabt. Dass ich zufällig hier bin.«

Ich folgte ihm in den Raum, eine helles, akkurat aufgeräumtes Bürozimmer mit einem kleinen Kaktus auf der sonst weißen Fensterbank. Als ich mein Anliegen vorgebracht hatte, schob der Mann nochmals seine Brille nach unten und sah mich streng an: »Ist das Ihr Ernst? Und damit kommen Sie jetzt, eine Woche nach Semesterschluss?«

Ich nickte und versuchte auszuloten, ob es hilfreich war, eine kleine oder eine große Klappe aufzufahren. Da mein Gegenüber bereits die kleine gewählt zu haben schien, entschied ich mich für die große. Ich log das Blaue vom Himmel, hob mein studentisches Engagement hervor – ich hatte genau dreimal Bibliotheksdienst übernommen, und das nur, weil sich kein anderer Depp für die Feiertage vor den Prüfungszeiten hatte finden lassen und ich sonst nichts anderes an freiwilliger Tätigkeit an der Uni vorzuweisen hatte – und stand zum Schluss meiner Rede sogar auf, um die Dringlichkeit meines Vorhabens zu unterstreichen.

Der Hagere wich zurück und schob seinen Stuhl ein Stück nach hinten. Ein paar Sekunden sah er mir fest in die Augen, und ich starrte entschlossen zurück. Wieder wich er aus und seufzte.

»Na gut«, sagte er beim Aufstehen und begab sich an seinen Computer, »mal sehen, was sich machen lässt.«

Eine Stunde zwanzig und Hunderte von Klicks später drückte er mir ein Zertifikat in die Hand und eine To-do-Liste: Anlaufstationen, mit denen ich Kontakt aufnehmen müsse. Vor allem an der Uni in München. Alles, was Hamburg und mein Interesse an den Sondervorlesungen zum Thema »frühkindliche Entwicklung bei einem bilingualen Elternhaus« bei einer international bekannten Koryphäe auf diesem Gebiet anging, wollte er selbst in die Hand nehmen.

Im Laufe unseres Gesprächs hatte ich meinen Studienberater angesteckt mit meinem Enthusiasmus, und in seinen Augen konnte ich ein Glühen erkennen, als er sich eine Schweißperle von der Stirn tupfte und mir zuversichtlich zuraunte: »Das kriegen wir hin. Da müssen Sie sich keine Sorgen machen. Alles null-komma-null Problemo.«

Ich grinste ihn aufmunternd an und ließ ein paar bewundernde »Aah« und »Ooh« fallen, während er wie ein Berserker auf die Tastatur eindrosch und für mich recherchierte. Am Schluss schien alles wirklich kein Problemo, die Vorlesungen über frühkindliche Sprachentwicklung waren besonders unter den Romanisten nicht sehr beliebt, und ich hatte sogar Aussicht auf ein Forschungsstipendium, das mich finanziell zumindest in den ersten Monaten im Norden über Wasser halten würde.

»Dann bleibt mir nichts anderes, als alles Gute zu wünschen in Hamburch«, sagte der Hagere, einigermaßen erschöpft, und lehnte sich in seinem Stuhl zufrieden seufzend zurück. »Und kommen Sie wieder gesund zurück!«

Ich war im Himmel. »Vielen, vielen, vielen Dank«, zwitscherte ich und umarmte ihn stürmisch. Bevor mein Gegenüber irgendwie darauf reagieren konnte, schnappte ich mir meine To-do-Liste und den übrigen Aktenkram und verließ mit einem leichten Herzen das stickige Büro.

Auf dem Heimweg grinste ich ganz Schwabing zusammen.

Die nächsten Tage waren stressig. Ich musste mich bei einigen Professoren abmelden und die Semestergebühr für Hamburg eintreiben; um ein Zimmer wollte ich mich kümmern, wenn ich wieder aus Spanien zurück war. Außerdem musste ich die große Nachricht auch einigen Menschen überbringen, die überhaupt nicht damit gerechnet hatten: meinem Bruder, bei dem ich weiterhin wohnte und die Hälfte der Miete berappelte, meinen Eltern, Anna und Josy und natürlich Roman. Der würde Augen machen.

Daran dachte ich erst mal lieber noch nicht. Denn, das muss ich zugeben, am meisten befürchtete ich, dass er sich ärgern würde, dass seine Freundin die nächsten Monate in derselben Stadt wie er verbringen würde. Oder noch schlimmer, dass es ihm egal war. Aber das schob ich schön zur Seite, denn im Zur-Seite-Schieben war ich große Klasse. Wichtig war nur, dass ich meine Bombe platzen ließ, bevor er es tat. Denn mir gegenüber hatte er immer noch keinen Ton über seine Pläne verlauten lassen.

Josy erfuhr als Erste von meinem Semester im hohen Norden. Wir waren an diesem Abend mit ihren Eltern zum Abendessen verabredet gewesen. Josys Vater wollte, großzügig, wie er war, auch die Freunde seiner Tochter einladen. Schließlich würden sie seine Tochter ein Jahr lang schmerzlich vermissen. Anna hatte unter dem Vorwand abgesagt, sie müsse eine Schicht im Krankenhaus übernehmen. Sowohl Josy als auch ich wussten, dass sie Josys Vater und seine engstirnigen Ansichten nicht leiden konnte.

Und Klaus war über die Semesterferien nach Liechtenstein gefahren, wo er im Betrieb seines Onkels ein Praktikum absolvierte.

Wir trafen uns in einem afghanischen Edelrestaurant

am Isartor, in dem mir der Kellner schon beim Eintreten das Jäckchen vom Leib reißen wollte, wogegen ich mich mit Händen und Füßen wehrte, denn es gehörte zu meinem schicken Outfit, in das ich mich extra geschmissen hatte.

»W – o – w«, machte Josy zur Begrüßung und zupfte an meinem etwas kurzen Röckchen aus Leinenstoff. »So heiß hab ich dich lange nicht mehr gesehen«, flüsterte sie mit Blick auf meine roten Slipper und den dazu passenden Lippenstift, der anscheinend ein bisschen verrutscht war, denn Josy wischte sogleich daran herum.

Ich schubste sie leicht weg und krallte mir, bevor ich in Sichtweite der Eltern kam, eine Serviette von einem der gedeckten Tische, um den Lippenstift zu entfernen. Dem Blick des Kellners nach zu urteilen hatte ich damit deftig an der Etikette des Hauses gekratzt.

»Wie schön, dich zu sehen!«, rief Josys Vater und drückte mir zwei fliegende Küsschen auf die Wangen. Ich versuchte noch, unkoordiniert zurückzuküsschen, da flog mir die nächste um den Hals, Josys Mutter. Sie war kleiner, als ich sie in Erinnerung gehabt hatte, und es war kaum zu glauben, dass Josy mit ihrer gern zur Schau gestellten Weiblichkeit von diesem dünnen Gestell abstammen sollte.

Wir setzten uns, und nachdem der Kellner erneut erfolglos an meinem Jäckchen gezerrt und ich ihn störrisch zurückgewiesen hatte, versenkten wir unsere Nasen in die Speisekarten. Die Bestellung übernahm schließlich Josys Vater für uns, als Mann von Welt kannte er natürlich die besten Kombinationen und ließ uns nicht zu Wort kommen, als der Kellner sein Notizblöckchen zückte.

»Papa!«, rief Josy genervt. »Mann, lass uns doch selbst bestellen!«

Josys Vater warf ihr einen durchdringenden Blick zu und sagte in Admiralston: »Josefine.« Mehr nicht. Und Josefine schwieg. Wahnsinn, das musste ich mir merken.

Als der Aperitif aufgetragen wurde und der Kellner ein letztes Mal verzweifelt darauf hinwies, dass eine ganz hervorragende Garderobe um die Ecke wie gemacht sei für mein Jäckchen, sagte Josy: »Jetzt lassen Sie ihr bitte um Himmels Willen ihre Jacke! Vielleicht friert sie ja!«

Weil der Kellner eisig lächelte und sich mit einem »Wie Sie meinen« entfernte, kicherte ich los und sagte entrüstet: »Josefine!«

Josys Mutter lächelte und beobachtete uns beide amüsiert. Schließlich wandte sie sich aufmunternd an mich: »Und, wie läufts bei dir, Lis? Was machst du denn jetzt, wo Josy das Land verlässt?« Ich sah Josy an und erwiderte: »Also, das habe ich Josy noch gar nicht erzählt … ich werde auch ein Auslandssemester machen. Spontan.«

Josy riss die Augen weit auf und rief, etwas zu laut: »Wirklich? Wo denn?«

Ich musste wieder kichern. »In Hamburg.«

Sogar Josys Vater fand das amüsant; in Bayern findet man kaum jemanden, der eine Region außerhalb der weißblauen Gebietsgrenze nicht als Ausland bezeichnen würde. »Soso«, sagte er und zwirbelte durch seinen Bart, »dann hat München ein bisschen Verschnaufpause von euch zwei Damen.«

Josy nahm es gelassen und klopfte mir liebevoll den Rücken. »Baby, dann sehen wir uns im Sommer wieder in München! Das ist sowieso die beste Zeit, um zurückzukommen. Und dann feiern wir ein Semester lang Wiedersehen!« Obwohl der Vater noch dreimal das Zauberwort anwendete und der Kellner, wenn ich das aus den Augenwinkeln richtig gesehen hatte, seinem Kollegen gegenüber ein Zeichen machte, dass ich einen Vogel hätte, wurde der Abend noch gemütlich.

Anna lauerte ich vor ihrer Wohnung auf, um ihr von meinen Plänen zu erzählen. Als ich Schritte hörte, stand ich auf und versteckte mich in einem Anfall von Übermut eine halbe Treppe weiter oben hinter dem Geländer. Weil sich aber weder eine Tür öffnete noch Schritte sich die Stufen hochquälten, riskierte ich einen Blick um die Ecke. Verblüfft starrte ich Hannes an und stolperte ihm langsam die Treppenstufen entgegen. Mit einem Strauß Wiesenblümchen stand er vor Annas Wohnung und schien hin- und hergerissen, ob er klingeln sollte. Ich war so überrascht, dass ich herausplatzte: »Was willst du denn hier?«

Hannes zuckte zusammen und hätte vor lauter Schreck fast die Blümchen fallen lassen. »Ähm … ich …«, stotterte er, und in diesem Moment vervollständigte sich das Puzzle vor meinen Augen. Die eifersüchtigen Anwandlungen Annas ›Hannes‹ lange Nächte mit den Kumpels und zuletzt ihr Kopf an seiner Schulter – und mir hatte keiner was erzählt! Okay, ich hatte auch anderes im Kopf gehabt, aber das waren bahnbrechende Neuigkeiten!

»Wie krass!«, rief ich deswegen aus und fügte, als ich mich ein wenig gefangen hatte, hinzu: »Wie krass!«

Mir fiel wirklich nichts Gescheiteres ein, und im nächsten Moment stand Anna wie aus dem Nichts neben mir – wir hatten gar nicht bemerkt, dass sie das Haus betreten und die Treppenstufen erklommen hatte. Sie erfasste die Situation mit einem Blick und riss Hannes unsanft die Blümchen aus der Hand.

»Krieg dich wieder ein«, schnauzte sie mich an. »Nichts

ist da krass. Wir schnackseln nur ab und zu.« Dann wandte sie sich an Hannes und fauchte ihn an: »Und für alles andere brauch ich keine Blumen.« Sprach sie, versenkte den Strauß in den Untiefen des Treppenhauses und wetzte an uns vorbei in ihre Wohnung.

Hannes und ich sahen den Blumen hinterher, dann trafen sich unsere Blicke.

»Nur schnackseln also«, wagte ich mich vor und konnte mir ein Grinsen nicht verkneifen. »Ich wusste gar nicht, dass Anna so was im Wortschatz hat.«

Hannes konnte ein Lachen nicht unterdrücken, während ich ihn zu uns in die Wohnung bugsierte. So sehr ich ihn auch zu löchern versuchte, aus Hannes war nicht viel herauszubringen an diesem Abend. Er wirkte ob Annas Abfuhr immer noch bedröppelt, und so erzählte ich ihm zur Aufheiterung von meinem baldigen Auszug.

»Dann hast du endlich ein paar Monate Platz in deiner Bude«, schloss ich, »so, wie du es immer gewollt hast.« Richtig froh stimmte Hannes die Nachricht nicht. Stattdessen legte er den Arm um mich und sagte: »Ach Lis, du wirst mir fehlen.«

Ein bisschen wehmütig zog es mir das Herz zusammen, doch ich stellte mir vor, wie ich mit Roman frühmorgens auf dem Hamburger Fischmarkt Garnelen essen würde, und wie wir nach einem Jahr Händchen haltend aus dem Zug nach München aussteigen würden, um allen zu verkünden, dass wir verliebter waren als je zuvor.

Am nächsten Vormittag trieben mich die Neugier und die freundschaftliche Fürsorge zu Anna. Letztendlich hatte Hannes behauptet, es sei kaum was gelaufen zwischen den beiden, deswegen habe er mir davon nicht erzählt. Woher hätte er wissen können, dass auch Anna kein Sterbenswörtchen verraten würde. Ein, zwei gemeinsame Nächte, ein paar Knutschereien. Anna habe das wohl anders gesehen, besonders, als raus kam, dass Hannes gleichzeitig etwas mit einer Segelfreundin am Laufen hatte.

»Aha«, sagte ich und eilte mit dem, was ich wusste, zu meiner Freundin. Anna hatte verquollene Augen und wollte mich im ersten Moment gar nicht in die Wohnung lassen. Ich winkte mit der Tüte Brezen, die ich vorher beim Bäcker besorgt hatte, und weil Anna Brezen nie ablehnt, seufzte sie, und ich drängelte mich an ihr vorbei in die Küche. Dort setzte ich erst einmal Teewasser und Kaffee auf, um mit einem schnellen Blick die Lage zu checken: Eine fast leere Weinflasche stand auf dem Tisch, daneben ein halb volles Glas und ein paar zerknautschte Taschentücher. In einer viel zu kleinen Vase steckte der demolierte Wiesenblumenstrauß, Anna musste ihn zusammengesucht und aufgehoben haben.

Zielstrebig steckte ich die Stereoanlage ein und drückte auf Play. Schon sausten *The Supremes* los; Annas Allheilmittel gegen Liebeskummer.

»Aha.« Ich schaltete wieder auf Stopp und begann, die Taschentücher wegzuräumen, während Anna sich willenlos auf den Küchenstuhl fallen ließ. Als wir Kaffee und Tee vor uns hatten, sagte ich: »Nur Schnackseln stell ich mir aber anders vor.«

Anna musste ein bisschen lachen, und dann fing sie umgehend an, bitterlich zu weinen. Ich rutschte mit meinem Stuhl neben sie, legte den Arm um sie und hätte am liebsten mitgeweint, aus solchen Untiefen holte sie die Schluchzer. Minutenlang strich ich ihr über den Rücken. Ab und zu reichte ich ihr ein neues Taschentuch, bis sie sich ausgeweint hatte. Dann stand sie auf und hielt ihr Gesicht unter den Wasserhahn. Nahm einen tiefen Schluck und trocknete ihre Wangen mit einem Geschirrtuch ab.

Mit einem entschuldigenden Blick auf den Strauß meinte sie: »Die Blumen können doch nichts dafür.«

Während Josy und ich in jedes kleinste Detail, jeden Satz, den ein potenzieller Bettgenosse gesagt hatte, Unmengen an Wünsche hineinprojizierten und nicht eher aufhörten zu hoffen, bevor das Nein eindeutig und glasklar im Raum stand, schloss Anna jedes Träumen kategorisch aus.

Als ich sie fragte, was genau passiert sei, winkte sie nur ab und sagte müde, das sei Schnee von gestern. Und daran gab es nichts zu rütteln. Anna setzte neues Teewasser auf, und ich erzählte ihr von Hamburg. Ein kleines Zucken um den Mund herum, ein kurzer Schatten, der über Annas Gesicht wanderte, dann erwiderte sie: »Das ist gut, Lis. Das ist gut, dass du mal eine Auszeit nimmst von dem Chaos hier.«

Einen Abend vor meinem Abflug nach Spanien sollte die Bombe vor Roman platzen. So hatte ich mir das zumindest vorgenommen. Doch es kam ganz anders. Ich wartete am Gärtnerplatz zwischen schnatternden Studenten und trinkenden Münchnern, genoss auf meiner Decke mein kühles Radler und steckte der Pfandflaschenfrau, die emsig das Leergut zusammenschnorrte, ein paar Münzen zu.

Roman hatte sein Kommen gegen neun angekündigt, er hatte zwar Volleyballtraining, wollte mich aber unbedingt treffen, bevor wir uns so lange nicht sehen würden. Ich genoss den Trumpf, den ich im Ärmel hatte, da stand plötzlich Jakob vor mir. Seit unserem letzten Telefonat im vorherigen Sommer hatte ich ihn nicht mehr gesehen, nur ab und zu in der Mensa aus der Ferne erahnt, was eher verwunderlich war, denn so groß war der Campus der LMU nicht. Und Josy hatte mir vor Monaten einmal schöne Grüße ausgerichtet, als sie ihn zufällig an den Spinds der Bibliothek getroffen hatte.

»Hey«, sagte ich und musterte ihn lächelnd. Jakob. Ein schöner Mann, das musste man zugeben.

Er lächelte unbefangen zurück. »Das ist ja eine Zeit her mit uns beiden«, sagte er, und ich nickte grinsend.

»Das stimmt«, fiel mir ein. »Wie die Zeit vergeht.«

Wir lächelten uns doof an, da quakte es: »Jaakob!«

In einer Gruppe von Leuten ein paar Meter weiter machte ein Mädchen mit ausholenden Winkbewegungen auf sich aufmerksam. »Dein Bier wird warm!«

Jakob nickte in ihre Richtung und wandte sich wieder an mich.

»Deine Freundin?«, fragte ich, und Jakob nickte.

In dem Moment stürmte Roman auf mich zu, mit weit aufgerissenen Augen: »Sag mal, wann hattest du denn vor, mir Bescheid zu geben?«, schäumte er schon von Weitem. Ich konnte noch knapp Jakob aufklären, wer da angespurtet kam, da erreichte uns Roman schwer atmend. Er musste den ganzen Weg hergelaufen sein. »Alle Welt weiß Bescheid, nur ich nicht, oder was?!«, rief er unter heftigem Keuchen.

»Ich geh dann mal«, sagte Jakob und nickte Roman freundlich zu, bevor er sich zu seiner Quakente bewegte.

Roman nahm keinerlei Notiz von ihm, sondern plusterte sich wie ein Ganter in der Mauser auf und schüttelte ein ums andere Mal den Kopf. Er hatte wohl von jemand anderem von meinem Auslandsaufenthalt erfahren, und ich genoss seine Aufgebrachtheit. Endlich kam so was wie Leidenschaft in unsere Beziehung! Endlich waren sie da, diese starken Gefühle für mich, die er nun nicht mehr verbergen konnte – jetzt, wo ich mein eigenes Ding machte.

Gespielt erschrocken fragte ich: »Was meinst du denn?«

Romans Kopf färbte sich puterrot. »Jetzt stell dich nicht so an!«, rief er. »Du weißt genau, was ich meine!« Unkoordiniert fuchtelte er mit seinen Armen vor meiner Nase herum, und eine kurze Sekunde fiel seine Anziehungskraft von ihm ab. Ein schwitzender, knallroter Brüllaffe, der sich vor Aufregung kaum artikulieren konnte: »... treffe deinen Bruder an der U-Bahn ... fragt mich, wie es mir damit geht, wenn du nach Hamburg gehst ... steh ich da wie der letzte Depp und weiß von nix!«

Etwas mitleidig beobachtete ich ihn, schon im nächsten Moment fing mich der Zauber wieder ein und ließ mich in mein Schauspiel eintauchen. Und wie ich schauspielerte! Eine Göttin, lobte ich mich insgeheim, eine unschuldige Göttin. Tief seufzend nickte ich ein paar Mal, rückte dann schweren Herzens auf meiner Decke zur Seite und klopfte mit der Hand auf den freien Platz. »Okay. Das ist es also. Wir müssen reden, Roman«, sagte ich mit Grabesstimme und sah ihm so fest in die Augen, dass er gar nicht anders konnte, als mir zu gehorchen.

Er ließ sich neben mich auf die Decke fallen, und bevor er wieder ansetzen konnte, erzählte ich ihm die Story vom tanzenden Hund. Wie sehr ich auf diese Chance gehofft hatte. Dass ich mich schon zweimal auf das Stipendium beworben hatte, davon einmal ohne Rückmeldung und einmal eine Absage. Dass ich diesmal niemandem von meinen Plänen erzählt hatte, denn das hätte mich noch mehr unter Druck gesetzt. Und dass ich ihm spätestens nach Spanien davon erzählt hätte. Denn das sei bestimmt für ihn eine große

Sache, wenn die Freundin in eine andere Stadt zieht und eine Fernbeziehung ansteht.

»Aber das können wir ja jetzt besprechen, wie das mit uns weitergehen soll – und ob.«

Bedeutungsschwanger ließ ich den letzten Teil des Satzes nachwirken, bevor ich mich zu ihm drehte und in ein komplett eingefallenes Gesicht schaute, das mich selbst erschütterte. Von Dunkelrot war er zu Schneeweiß gewechselt und starrte apathisch vor sich hin. Ich stupste ihn an: »Roman, alles gut?«

Er starrte weiter vor sich hin, was hätte ich gegeben, um seine ratternden Gedanken zu lesen. Nach einer halben Ewigkeit riss er sich aus seiner Starre – hätte ich es nicht besser gewusst, ich hätte tatsächlich geglaubt, er habe in diesem Moment Angst gehabt, mich zu verlieren. Innerlich schubste ich ihn schon: *Nun sag's doch endlich! Dass du auch nach Hamburg gehst! Dass wir zusammen bleiben werden! Dass das ein genialer Zufall ist!*

Doch Roman seufzte plötzlich tief, raffte sich dazu auf, mir den Arm um die Schultern zu legen und zu sagen: »Lis, wenn das dein Weg ist, musst du ihn gehen.«

Erst langsam drangen die Worte zu mir durch. Dass er mich ziehen lassen würde, wenn mir die frühkindliche Entwicklung bei bilingualem Elternhaus so wichtig sei. Klar, eine einmalige Chance für mich! Das verstehe er vollkommen. »Ich finde es wunderbar, dass du für etwas brennst, ganz wunderbar, so engagiert kenne ich dich ja noch gar nicht.«

In mir herrschte Eiseskälte. Ich wusste, dass er bluffte. Erst drei Tage zuvor hatte ich sein Handy kontrolliert – es ging schließlich auch um meine Zukunft, und da musste ich auf Nummer Sicher gehen, was seine Hamburgpläne anging. Und tatsächlich wussten alle – alle seine Freunde von seinem

Weggang, seine Schwester hatte ihm unzählige Nachrichten mit »Fischkopp, du kleiner« und Jörg einige mit mehrdeutigen Meerjungfrauen-Witzen gesendet.

Im September hatte er seine Abfahrt geplant, sogar ein Zimmer besaß er schon. Das alles wusste ich, und deswegen brach es mir schier das Herz, dass er mich weiterhin belog. Ich lächelte stoisch, bis ich einen Seitenblick von ihm bemerkte. Er testete mich! Es war zum Ausflippen. Ahnte er, dass ich mehr wusste, als ich angab? Also spielte ich das Spielchen mit. Wir gaben uns beide sehr vernünftig, küssten uns am Schluss unseres sehr erwachsenen Gesprächs noch einmal. »Wenn es hält, dann hält's – wenn nicht, dann nicht«, beschlossen wir und beeilten uns dann, zu ihm nach Hause zu kommen, um dort emotional angefacht übereinander herzufallen.

Und so flog ich mit einer total verqueren Vorstellung zehn Tage nach Spanien. Anstatt mich auf meine wunderschönen Wanderungen durch die spektakulären galizischen Küstendörfer und die Ausflüge an die dramatischen Schluchten zu konzentrieren, erzählte ich brühwarm jedem Backpacker, mit dem ich abends im Hostel zusammen saß, von der seltsamen Situation und meiner vermeintlichen Fernbeziehung und suchte verzweifelt nach einer Reaktion in meinem Gegenüber, die das Glasklare in erträglichem Licht erscheinen ließ.

Doch niemand hatte die Güte, mir zu versichern, Roman liebe mich eigentlich, das sei alles nur ein Missverständnis. Stattdessen erhielt ich ein halbes Dutzend Ratschläge, wie ich den Vollidioten am besten verlassen könne, und zwei Jungs aus Birmingham zeigten mir sogar einen Vogel: »You are the crazy one!«

Eine Frau aus Österreich brachte es auf den Punkt. »Also, du findest heraus, dass dein Freund nach Hamburg geht. Er erzählt dir kein Sterbenswörtchen davon. Jetzt gehst du nach Hamburg. Und er tut so, als würde er in München bleiben.« Ich lauschte ihren – zugegebenermaßen etwas wirr wirkenden – Schilderungen und nickte angeregt. Die Österreicherin schüttelte bloß den Kopf. »Also, wennst mich fragst: Ihr seids beide deppert. Aber du noch viel mehr. Dass du den Deppen nicht längst abgschossen hast, so ein saublöder Kerl.«

Ich nickte zustimmend und sagte mir insgeheim, die Frau habe einen Komplettschuss, kein Wunder – nach zwei Wochen Wandern unter der heißen Sonne Spaniens, was soll man da auch erwarten.

Trotz Tapetenwechsels und meiner angestrengten Versuche, mich unter Menschen zu mischen, Neues zu erfahren und mich mit der spanischen Kultur auseinanderzusetzen, brachte die Reise nicht die erhoffte Klarsicht, die ich in Bezug auf Roman dringend nötig gehabt hätte. Zu groß schien die Abhängigkeit von diesem Mann, der mir Albträume bescherte und gleichzeitig ein Hoch an Gefühlen, als dass ich zugeben hätte können: Das mit Roman konnte nur katastrophal enden. Natürlich wusste ich es, und natürlich spürte ich, dass ich aus gutem Grund meinen Freundinnen meine echten Gründe, nach Hamburg zu gehen, verschwieg. Ich konnte aber Romans und meine Lügen besser ertragen als die Wahrheit, die schlicht war: Er liebte mich nicht. Das festzustellen und mir einzugestehen, sollte das Durchschreiten weiterer innerlicher Abgründe einfordern.

Für meine Unentschlossenheit und die Unehrlichkeit mir gegenüber kassierte ich in Spanien schnell die Rechnung. Ich konnte das herrliche Wetter nicht genießen, die Offenheit der Menschen, die mir begegneten oder die Gelegenheiten der fröhlichen Ausgelassenheit, die sich mir allabendlich in den Hostels boten. Meine Gedanken kreisten um ein Thema, das mich schließlich selbst verrückt zu machen drohte. In meiner Unstetigkeit suchte ich händeringend nach einem Halt – und das ausgerechnet in Roman, der sich selbst der Nächste war und wenig mit tiefen emotionalen Bindungen anfangen konnte. Selbst von seinen Eltern sprach er wie von Fremden. Und wenn, sprach er sie mit Vornamen an und wechselte nach wenigen Sätzen gelangweilt das Thema.

Wie es ausgehen würde, das hatte ich von Anfang an gewusst, doch ein blinder, sturer Teil in mir forderte wie ein Süchtiger nach mehr Stoff, nach mehr Verletzungen, nach einem eindeutigen Zeichen, das mir das Gegenteil seiner Liebe bewies.

Zurück in München ging alles einigermaßen schnell. Ich suchte mir ein günstiges Hostel in Hamburg, in dem ich für die erste Zeit unterkommen konnte, und fuhr noch zweimal mit einem geliehenen Auto zu meinen Eltern aufs Land, um meine Habseligkeiten bei ihnen – verpackt in sechs Kisten – unterzubringen und mich zu verabschieden. Meine Eltern waren überrascht, aber auch irgendwie froh – endlich schien ihre Tochter einen Plan zu haben, eine Leidenschaft für etwas anderes als ihre Partywochenenden und das Eisverkaufen.

Wenn sie geahnt hätten, welch niedere Beweggründe mich wirklich antrieben, Hals über Kopf die Stadt zu verlassen, dann hätte die Verabschiedung anders ausgesehen. Mein Vater drückte mir sogar ein paar große Scheine in die Hand – eine Geste, die ich nicht von ihm kannte, denn er fand, wir sollten unseren Lebensunterhalt autark bestreiten – und sagte mir, er sei stolz auf mich. Ich war auch ein bisschen stolz auf mich, gleichzeitig wütete innerlich der schlimmste Kampf der Gefühle in mir, den ich seit der Pizzastory mit Roman erlebt hatte.

Roman hatte mir gegenüber mit keinem Sterbenswörtchen erwähnt, dass er auch in den Norden zog, zufällig ebenso nach Hamburg, und ich konnte keine Silbe darüber fallen lassen. Mit niemandem aus meinem Umfeld konnte ich darüber sprechen, und das war ganz allein meine eigene Schuld: Mit meinen Lügen und Ausreden hatte ich mich in eine einsame Ecke manövriert, aus der mich keine bloße Entschuldigung herausbringen würde.

Es war zum Aus-der-Haut-Fahren, aber ich lenkte mich mit der Hektik meines Schnellschusses ab. Mein Bruder schien abwesend in meinen letzten Tagen in München. Er murmelte etwas von Urlaubsplanung und Stress mit den Freunden, doch ich konnte ihm an der Nasenspitze ablesen, dass ihn etwas anderes beschäftigte. Ich packte gerade meinen Rollkoffer mit warmen Winterklamotten und Strumpfhosen – Hamburg sollte um einiges windiger sein als der milde Süden – und beobachtete aus dem Augenwinkel, wie er im Flur herumdruckste und offensichtlich nicht wagte, mich anzusprechen. Ich seufzte leise und klappte den Deckel auf den Rollkoffer.

»Hannes, was ist los?«, sagte ich und bemühte mich, ernsthaft interessiert zu klingen. Es dauerte einige Zeit, bis er zu mir ins Zimmer kam, mir beim Vorbeigehen über die Haare wuschelte und sich auf mein Bett fallen ließ.

»Ich weiß nicht, ob das albern ist«, begann er, »aber ich mache mir Sorgen um Anna.« Überraschung. Seit dem seltsamen Dreier auf der Treppe und dem Heulanfall von Anna am darauffolgenden Tag hatte keiner von beiden über das Geschehene gesprochen, und je mehr ich nachgefragt hatte, umso eisiger waren die Blicke auf beiden Seiten geworden. Nun also doch.

Ich kniete immer noch vor meinem Koffer und fragte ein wenig eingeschnappt: »Was ist denn passiert? Mir sagt ja keiner was.«

Hannes musterte mich, aber ich hatte das Gefühl, dass er mich dabei nicht ansah, sondern vielmehr in Gedanken versunken war. Schließlich erzählte er stockend, er habe ihr mehr aus Versehen eine deftige Abfuhr erteilt.

»Ich habe so was gesagt wie: Na, mehr als Schnackseln ist eh nicht bei uns«, beichtete er. Außerdem habe er das Ganze nicht ernst genommen, da er noch ein anderes Eisen im Feuer hatte. Daher wehte also der Wind. Anna habe sich seitdem wenig kooperativ verhalten, und obwohl dies von Anfang an – so sah es zumindest mein Bruder – keine erwähnenswerte Geschichte sein sollte, habe Anna doch sehr verletzt auf diesen Kommentar reagiert und sich seitdem nicht mehr durch Anrufe oder die Wiesenblumen erweichen lassen.

Ich sank zurück auf meine Fersen und sah ihn fest an. »Und«, fragte ich abwartend, »ist es denn mehr als Schnackseln für dich?«

Schnackseln sagte ich mit einigem Widerwillen, denn das Wort war mir unangenehm. Wer redete denn noch so? In irgendwelchen altbayerischen Seifenopern benutzte man das Wort vielleicht, aber kein normal kommunizierender Mensch in unserem Alter!

Hannes überlegte einige lange Sekunden, bis er den Blick auf mich richtete und seufzte. »Ich fürchte nicht.«

Ich fragte weiter: »Und triffst du dich weiterhin mit der anderen?«

Hannes nickte ergeben. Ich nickte ebenfalls, mehr als Bestätigung denn als Überraschung, und seufzte zurück:

»Na, dann lass sie am besten in Ruhe. Deine Entschuldigung ist bestimmt angekommen, und alles Weitere auch.«

Das war nicht das, was Hannes hatte hören wollen, aber einen Freispruch konnte ich ihm nicht schenken. Zu sehr hatte ich Verständnis für Annas Verletztheit, und zu überrascht war ich davon, wie unsensibel mein Bruder manchmal sein konnte.

Hannes nickte und stand zögernd auf. Bevor er das Zimmer verließ, hielt er noch mal kurz inne und fragte: »Denkst du, ich bin ein Idiot?«

Ich musste mir ein Grinsen verkneifen. »Ein kleiner Idiot.« Ich hörte ihn aufschnauben und rief ihm, bevor ich mich wieder ans Packen machte, hinterher: »Und vor allem ein altmodischer. Kein Schwein benutzt mehr das Wort Schnackseln!«

Nietzsche soll einmal gesagt haben: *Der Visionär lügt sich selbst an, der Lügner nur die anderen.* In diesem Fall muss ich mich als unglaublich weitsichtig bezeichnen. Denn ich glaubte tatsächlich auf einer bestimmten Ebene, dass Roman mir längst von allem hatte erzählen wollen. Der Tag des Abschieds rückte immer näher, und endlich, endlich zeigte er Erbarmen: »Lis, ich muss dir was sagen.«

Innerlich löste sich die ganze Anspannung und Nervosität, die mir zeitweise die Kehle zugeschnürt hatte, in grenzenlose Erleichterung, und ich musste mich bemühen, erstaunt nachzufragen, was denn los sei. Roman schien meine Pläne geschluckt zu haben, lange genug hatte ich meinen Anfall von studentischer Eifrigkeit und dem Interesse an der hamburgischen Koryphäe in Linguistik durchgezogen – so sehr, dass ich es selbst langsam glaubte und ab und zu googelte, was der Professor eigentlich konnte.

Ich beobachtete ihn, wie er nach Worten rang und sich sichtlich von einem unangenehmen Beigefühl freimachen musste.

»Ist alles gut bei dir?«, fragte ich unschuldig nach, und Roman ließ ein lautes »Pffff« fahren.

Er schluckte ein-, zweimal, dann sagte er: »Pass auf, es ist so. Ich habe auch einen Job woanders bekommen. Ein Forschungsstipendium bei einem Prof, der genau meinen Fachbereich betreut. Das wollte ich dir schon längst sagen. Es gab nur nicht den richtigen Zeitpunkt dafür.«

Ich heuchelte Freude und sagte munter: »Das ist ja toll – Wahnsinn!« Kurz umarmte ich ihn, doch er schob mich weg und schluckte wieder. »Wo soll's denn hingehen?«, hakte ich nach.

Das brachte Roman noch mehr aus dem Konzept, bevor er aussprach, worauf ich seit Wochen sehnlich gewartet hatte. Hamburg! Der Kleine würde auch nach Hamburg ziehen! Ich versuchte, erst einmal gar nicht zu reagieren, denn dieses Geständnis kostete Roman anscheinend so viel Mühe, dass binnen weniger Sekunden seine Gesichtsfarbe von Rot zu Blass und wieder Tiefrot wechselte.

In meinem Kopf ratterte es: Was hatte er für ein Problem? War doch toll, wenn wir zusammen sein würden! Stattdessen hörte ich nur Entschuldigungen, er wolle mir nicht mein Ding kaputtmachen. »Das Ganze hat absolut nichts mit dir zu tun, sondern sei ein ganz, ganz blöder Zufall, und …«

»Moment mal«, unterbrach ich ihn, »das ist doch toll, dass wir zusammen in derselben Stadt sind!«

Roman verzog das Gesicht zu einer schwer interpretierbaren Grimasse, und mein Magen krampfte sich zusammen.

»Ja?«, sagte er wenig überzeugt und fügte hinzu: »Na, ja

schon irgendwie, aber wollten wir nicht …« Erwartungsvoll sah ich ihn an. Er verstummte und nahm mich schließlich in den Arm. In meine Haare flüsterte er: »Keine Angst, Prinzessin, es bleibt dabei. Jeder macht seins.«

Ich ahnte zwar, dass er damit vielmehr seine als meine Unabhängigkeit in Gefahr sah, doch weil ich insgesamt unheimlich erleichtert war, beruhigte ich ihn und mich, dass wir dort auch nicht zusammen ziehen müssten – auch wenn das bestimmt keine so schlechte Idee war. Auf diesen Vorschlag ging er überhaupt nicht ein, sodass ich es erst mal dabei beließ.

Auf der Bahnfahrt von München nach Hamburg ein paar Tage später, die immerhin sechs Stunden dauerte und ein Vermögen kostete, starrte ich fast durchgängig aus dem Fenster und hörte unzählige Male »Such Great Heights« von *The Postal Service*. Ich wusste nicht, was mich erwartete, ich kannte weder die Stadt noch den von mir viel erwähnten Dozenten. Einzig die Hoffnung auf eine schöne Zeit mit meinem Freund, der erst in zwei Wochen nachkommen und sich dann melden wollte, hielt mich bei Laune.

Schnell fand ich eine WG in Barmbek mit noch schneller wechselnden Mitbewohnern: Zuerst wohnten in den Zimmern neben mir Franky und Iowa, die sich so nannte, weil sie von dort stammte. Die beiden fingen was miteinander an, trennten sich und wollten dann so schnell wie möglich die Wohnung verlassen, die sie aneinander erinnerte. Kurz darauf kam Carly, eine ruhige, großbebrillte Norwegerin, die mich ein wenig an Anna erinnerte, vielleicht schloss ich sie deshalb so eilig ins Herz.

Carly war eine typische Gin-Tonic-Eisesserin. Im Spröden, Herben ähnelte sie sehr meiner Zitronen-Freundin Anna, doch konnte sie sich fallen lassen, die Führung auch mal anderen übergeben. Auf den ersten Blick wirkte sie, wie Gin-Tonic-Eis, harmlos und sogar unauffällig. Auf den zweiten Blick war sie eine Anarchistin. Sie ließ gerne anderen den Vortritt, wurde nicht laut, wenn sie in Diskussionen eine andere Meinung vertrat. Es war ihr egal. Jeder durfte so sein, wie er war, solange er sie nicht störte. Wenn man sie näher kennenlernte, warf sie gern mit spritzigen Kommentaren um sich. Carly hatte kein festes moralisches Gefüge, an dem sie sich orientierte, sondern nutzte dafür ihre Emotionen. Darin waren wir uns sehr ähnlich.

Wir betranken uns des Öfteren mit zwei Flaschen Wein und jeder Menge Schnaps, und ich erzählte ihr, wie langweilig die Seminare seien, in die ich mich eingetragen hatte, dass ich mit niemandem so richtig warm wurde, die Bahn zu teuer und schon zweimal mein Rad geklaut worden war. Ich erzählte ihr, wie toll es mit Roman lief, dass wir unsere gegenseitige Unabhängigkeit genossen, er mache seins, ich meins; dass es mich nicht störe, wenn er sich abends lieber mit seinen Kollegen aus der Uni und später mit dem neuen Volleyballverein traf, dass es in Ordnung war, wenn er nachts betrunken vor der Tür stand und sich nicht abwimmeln ließ; dass es völlig okay sei, wenn wir getrennt Urlaub machten, er mit seinen neuen Freunden und ich mit meinem Bruder, der mich besuchte.

Carly war es schließlich auch, die Roman mit einer anderen auf einer Party getroffen hatte. Er hatte sie nicht gleich erkannt, denn Carly trug an diesem Abend Kontaktlinsen, und so hatte er ungehemmt mit der Gastgeberin der Party rumgeknutscht und sich als ihr neuer Freund vorstellen lassen. Daraufhin schüttete Carly ihm, ohne mit der Wimper zu zucken, ihr Bier ins Gesicht und seiner Freundin, die nicht ich war, den Rest in den Ausschnitt.

Vor der erschrockenen Meute sagte sie in normalem Plauderfall und ihrem charmanten norwegischen Akzent: »Viel Spaß euch zwei Turtelbienchen, ich gehe jetzt nach Hause zu deiner Freundin.«

Roman und seine Neue starrten sie erschrocken an, die Neue – wieder blond, wieder klein, eine Volleyballspielerin, wie ich später herausfand – quietschte perplex: »Sag mal, spinnt die?« Im nächsten Moment, an Roman gewandt: »Die spinnt doch, oder?« Und dann, noch eine Oktave höher: »Wen meint die?«

Carly flüsterte der Blonden nur zu: »Dich meine ich bestimmt nicht.«

Tja, eines ergab das andere, Roman erreichte mich telefonisch, noch bevor Carly zu Hause war, und beschwor mich, nicht ein Wort von dieser verrückten skandinavischen Spinnerin zu glauben, die sei total besoffen, doch da wusste ich schon, was ich seit Monaten geahnt hatte: Er hatte es schon wieder getan.

Zartbitter

Warum Roman mich trotzdem nicht gehen lassen konnte, verstehe ich bis heute nicht ganz. Vielleicht war es die Verzweiflung über sich selbst. Oder ihm gefiel seine Macht über mich, das Wissen, mich immer wieder demütigen zu können und sich trotzdem meiner sicher zu sein. Und je mehr ich meine Würde und meinen Stolz aufgegeben hatte, um eine solch ungleiche Beziehung einzugehen, umso schwieriger war es für mich, diese zu beenden. Sollte alles bisher umsonst gewesen sein? Der Liebeskummer, die Schmetterlinge im Bauch und das gemeine, widerwärtige Hoffen, das einen dazu brachte, auch die dümmsten Ausreden in Kauf zu nehmen?

Es dauerte weitere düstere Monate, bis wir an dem Punkt angelangt waren, der mich wirklich scheiße aussehen ließ, weil ich mich scheiße fühlte, weil ich wusste, dass ich es beenden musste. Doch ich konnte es nicht. Stattdessen verbrachte ich meinen Frühling in Hamburg, schlief und aß kaum, verstand immer weniger, was ich je hier gewollt hatte. Das Studium war begrenzt interessant; während ich im ersten Semester mein Engagement geheuchelt und mich in die Lektüre der Sekundärliteratur zu den Seminaren gestürzt hatte, lag im angebrochenen zweiten Semester eine lange Liste von To-dos vor mir. Wollte ich die Hälfte der belegten Kurse mit Erfolg und einem Schein am Schluss zu Ende bringen, hätte ich vor drei Wochen mit Lernen und der Suche nach Themen für die Seminararbeit beginnen müssen.

Und so saß ich in meiner selbst geschaffenen Hamburger Hölle in einem Café und versuchte, Interesse am Leben und Lernen zu heucheln. Seufzend bestellte ich einen zweiten Eisbecher mit Karamell, bevor ich mich weiter durch meine düstere Gedankenwelt wühlte. Natürlich war mir klar, dass bloß ich selbst schuld an meiner erbärmlichen Situation war, und dass ich jegliche Möglichkeit, mir von meinen Freunden Hilfe oder Rat zu holen, mit meinem Lügengespinst vertan hatte.

Zurück wollte ich nicht, aber nach vorne ging es irgendwie auch nicht. Ich hing fest zwischen einem Gestern, das ich nicht loslassen wollte, weil es mich zu viel gekostet hatte, und einem Morgen, zu dem ich mich nicht aufraffen konnte. So schön in ihrer Fragilität manche Abende waren, an denen ich mich an Roman schmiegte, so mutterseelenallein fühlte ich mich jeden Morgen, an dem wir uns verabschiedeten und ich spürte, dass ich mir seiner niemals sicher sein würde.

Unser Streit in der vorherigen Nacht fußte auf meinem erneuten Verdacht einer Affäre, die er kaltschnäuzig abstritt. Doch wie sollte ich ihm glauben? Jemals wieder?

In Filmen wäre das der Moment, in dem die Hauptperson eine glänzende Idee hat und daraus so viel Energie und Optimismus gewinnt, dass sie ihr eigenes und das Leben vieler anderer nachhaltig zum Guten verändert. In dem die Protagonistin plötzlich so viel Eifer an den Tag legt, dass sie sich nebenbei in eine verführerische Amazone verwandelt und sich auch der Auslöser für ihren Liebeskummer wieder für sie interessiert – woraufhin sie ihm mit Verweis auf einen neuen, viel besseren Kandidaten eine Abfuhr erteilt.

Der zündende Gedanke, der neue Träume in mir weckte, kam nicht, der bessere Kandidat kam nicht, das Aufwachen aus dem Albtraum kam nicht. Dafür jemand, den ich fast vergessen hatte in meinem Selbstmitleid und meiner Verletztheit. Josy.

Wir hatten in diesen langen, nichtssagenden Wintermonaten kaum Kontakt gehabt, ab und zu eine Mail, in der Josy von ihren langweiligen Kommilitonen und den sehr witzigen Partys in der Erasmus-Szene erzählte, und es schien, als würde Josy in der Ferne wieder zu ihrer alten Form zurückfinden.

Josy war die Einzige, der ich nach langem Ringen mit mir selbst erzählt hatte, weswegen ich hierhergekommen war, und als ich ihr Monate später heulend gestand, dass Roman mich betrogen habe – und zwar *schon wieder* – entfuhr der sonst so sprachgewandten Josy nur »Ach du Scheiße«, und dann schwieg sie ein Weilchen. Schließlich riet sie mir, jeglichen Kontakt abzubrechen und sofort, aber sofort zu ihr nach Frankreich zu kommen. So verlockend das Angebot klang, ich musste ablehnen. Zumindest mit drei Scheinen im Gepäck musste ich nach Hause kommen, sonst hätten mich sowohl meine Eltern als auch meine Professoren in München gelyncht.

Außerdem war ich ein psychisches und physisches Wrack zu diesem Zeitpunkt, müdegetrauert und mit einem starken Hang zur Apathie. Melancholische Lieder, fallende Blätter und die Überschriften von den Boulevardzeitungen brachten mich zum Weinen, und wenn ich an der Uni aufgerufen wurde – was selten genug geschah, denn ich wurde immer grauer und unscheinbarer in meiner Weinerlichkeit – konnte ich nur piepsen und selten etwas Gehaltvolles zum Seminar beitragen.

Eine Dozentin, die mich in Altfranzösisch I einführen sollte, nahm mich sogar eines Tages zur Seite und sagte mir unverblümt, dass Studieren nicht jedermanns Sache sei. Und trotz der fortschreitenden Akademisierung halte sie Wissenschaft nicht für notwendig, um das persönliche Glück zu finden. Ich war keineswegs gekränkt, sondern heilfroh, als sie mich so maßregelte und mir von den Aufgaben einer Studierenden und der regelmäßigen Vorbereitung, der ich beileibe nicht nachkam, unterrichtete. Ich hing ihr gebannt an den Lippen, in der Hoffnung, sie würde mir endlich einen Tipp geben, was ich mit meinem Leben anfangen sollte, das immer mehr aus dem Ruder lief, weil es überhaupt keine Richtung mehr zu haben schien.

Doch leider zeigte auch diese Dozentin kein Erbarmen, sie schloss mit den Worten: »Versuchen Sie erst einmal, sich auf das Studium zu konzentrieren, und lesen Sie noch mal Kapitel drei bis fünf von Lothar Wolf, das wird Ihnen weiterhelfen.«

Ich vertiefte mich daraufhin in die Entstehung und Charakteristik des Altfranzösischen und fand letztlich in der Eulalia-Sequenz ein kleines bisschen Seelenruhe, dem ersten literarischen Sprachdenkmal des Französischen: Eulalia, ein spanisches Mädchen aus reichem Hause, versprach sich dem christlichen Glauben. Als der König, ein heidnischer Herrscher, sie foltern ließ, gab sie nicht nach, selbst nicht, als sie angezündet wurde. Letztlich wurde Eulalia enthauptet, und ihre Seele entwich in Form einer Taube in den Himmel.

Hatte ich sonst mit Religion nicht viel am Hut, berührte mich diese Geschichte tief. Nicht unbedingt der ungebrochene Eifer, mit dem sich das Mädchen einer Religion versprach, sondern ihre Hingabe, die ich so sehr an mir selbst vermisste.

Die Krise mit Roman hatte eine große Krise in mir selbst ausgelöst. Jeden Morgen fragte ich mich, wie ich den halben Meter, den die Welt verrutscht war, wieder gerade rücken könnte.

Und so fand ich mich in meinem Hamburger Grau in dem Café in der Schanze wieder. Kurz nachdem ich meinen zweiten Karamelleisbecher mit dem Strohhalm aufgesogen hatte, klingelte mein Telefon.

»Baby!«, rief Josy gut gelaunt, »ich habe gebucht!« Ich jubelte nur gedämpft zurück, doch das störte Josy nicht.

»Baby, ich habe gebucht!«, rief Josy noch einmal. »Ende Juli hol ich dich ab aus dieser Kackstadt, und dann machen wir schön Urlaub am Meer!« Ich ließ mich nach hinten in den Stuhl sinken und genoss es, mich von Josys altvertrautem Geplapper berieseln zu lassen.

»Mann, die Flüge sind dermaßen günstig, da hätte ich gleich noch meine zwei Freunde mitnehmen können«, sprudelte Josy weiter. »Aber die finden's gerade nicht so cool, dass ich immer noch mit ihnen beiden zusammen bin.« Sie erzählte von Mirko und Stefan, ihren derzeitigen Flammen, von Mirkos Eifersucht und Stefans seltsamen nächtlichen Einbruchsversuchen in ihr Zimmer. Obwohl ich schnell den Verästelungen ihrer Geschichte inhaltlich nicht mehr folgen konnte, stieg ein beruhigendes Gefühl in mir auf. Ich würde bald nicht mehr allein sein.

Mit der Aussicht, dass Josy in wenigen Wochen vor der Tür stehen würde, ging es mir merklich besser. Vielleicht würde ich endlich, endlich die endgültige Trennung von Roman schaffen. Denn in den nächsten Wochen stand er weiterhin unangekündigt vor meiner Haustür, mal mit einem Blumenstrauß, mal mit einem tränennassen Gesicht, und so sehr ich dieses Drama zwischen großer Liebe und herzbrechender Trennung früher gebraucht hatte, umso mehr merkte ich, dass es an meinen Nerven zehrte. Jeden Morgen, den ich neben ihm aufwachte und mich danach im Spiegel betrachtete, erkannte ich mich weniger.

Ich schien um Jahre gealtert, meine Haare hingen in Strähnen in mein Gesicht, und hatte ich früher meinen Bauchansatz manchmal mit Liegestützen und Sit-ups wegzutrainiern versucht, so wirkte mein ganzer Körper nun eingefallen und hager.

»Nix mit knackig«, murmelte ich, als ich an mir rumknetete und mir eingestehen musste, dass ein paar Kilo weniger auf den Rippen mich zu einem knöchrigen, unscheinbaren Gespenst gemacht hatten.

Mit Ach und Krach schaffte ich die drei Scheine, die ich ohne großen Stolz in meinen Hamburg-Ordner packte, und schrieb meinen Eltern einen langen Brief, wie sehr ich sie vermisste und dass ich nun genug von Hamburg habe. Das Fachgebiet sei nicht meines gewesen, so sehr ich mich auch in den frühkindlichen Spracherwerb hatte eindenken wollen. Ich verabschiedete mich ohne große Worte von meinen Kommilitonen, den Dozenten, von Altfranzösisch I und II und der Uni.

An dem Tag, an dem Josy ankommen sollte, wachte ich auf und fühlte mich seit Langem wieder frei. Ich hatte das schwere Karamell-Gefühl der vergangenen Wochen und Monate über Nacht in ein feines Zartbitter umgetauscht, das zwar ein leichtes Ziehen in der Magengegend hinterlässt und keine reine Süße, aber einen frischer und vielversprechender in die Zukunft blicken lässt. Zartbitter ist die erwachsen gewordene Variante der Milchschokolade, sie ist dunkler, herber, tiefer, schmeckt Kindern meistens überhaupt nicht und kann nur in geringen Dosen verzehrt werden.

Ohne dass ich mich entschieden hatte, wusste ich plötzlich, was zu tun war. Glasklar und ohne falsche Gefühle rief ich, noch im Bett liegend, Roman an. Er ging sofort ran, anscheinend war er schon im Büro.

»Hey«, sagte er leise, »gerade ist's schlecht.«

Meine Kehle schnürte sich zu, und ich strampelte die Decke von meinen Beinen weg, um meine Knie zu umfassen. War er bei der besagten Kommilitonin? Warum ging er dann überhaupt ans Telefon? Ich war vor den Kopf gestoßen und gleichzeitig so entschlossen, dass ich ohne Vorwarnung abspulte, was ich seit Monaten hatte sagen wollen. Ich wollte endlich dieses grauenhafte Gefühl abschütteln, das sich lange genug in mir breitgemacht hatte:

»Roman, ich muss dir was sagen. Das hätte ich dir schon längst sagen sollen. Ich hab's bisher nicht geschafft, aber jetzt … jetzt bin ich soweit.« Roman wirkte plötzlich nervös, er nestelte am Hörer herum. »Warte mal kurz.«

Ich war in Fahrt gekommen und wollte verhindern, mich nochmals umzuentscheiden, also schoss ich heraus: »Ich verlasse Hamburg, und ich verlasse dich.«

Ich stockte kurz und lauschte in den Hörer, um zu erahnen, wie Romans Reaktion war. In letzter Zeit hatte sein Handy des Öfteren ein Eigenleben entwickelt und uns beide mit seltsamen Funktionen überrascht. Doch ich konnte Roman weiterhin hören, er schnaufte laut, seltsam hallig, und irgendwie ärgerte mich das.

Immer lauter werdend redete ich weiter: »Ich wünsche dir viel Glück und alles Gute, und …« Ich stockte erneut. Wünschte ich ihm das wirklich? Dieses Blabla, meinte ich das ernsthaft? Als ob plötzlich Josy neben mir stehen würde, die mir den Stachel zeigte, den dieser Mistkerl mir über die Monate ins Herz getrieben hatte, sah ich mit einem Mal das ganze Leiden und die Leidenschaft im Leiden und meine eigene Dummheit so klar, dass ich mich in Rage redete und sein weiteres »Warte doch mal kurz« überging: »Du warst mir kein guter Freund, Roman. Du warst ein beschissener Kerl. Ich habe mich noch nie so beschissen gefühlt wie mit dir. Deine ganzen Lügen, dein ganzes Betrügen, und dann hast du noch nicht mal die Eier in der Hose, mich endlich gehen zu lassen.«

Ich war lauter geworden und aus dem Bett aufgesprungen, wanderte in meinem Zimmer herum und schrie alles aus mir heraus, was mich in den letzten Monaten in eine Lethargie hatte verfallen lassen. Alles Lähmende, alles Schmerzende brüllte ich jetzt in den Hörer. »Du bist ein verficktes Egoschwein, nimmst einfach alles, was dir in die Quere kommt, und ich war so bescheuert, so dämlich und bescheuert, dass ich tatsächlich mal an uns geglaubt habe.«

Ich zitterte am ganzen Körper, so sehr überrannten mich gerade meine Gefühle, und stützte mich mit einer Hand an der Wand ab, um konzentriert auf mögliche Antworten zu lauschen. Nebenan applaudierte Carly, und ich musste mich zusammennehmen, um nicht loszulachen. Ich fühlte mich herrlich, vollgepumpt mit Adrenalin, und endlich überschäumte die Wut, die sich über diesen grauen Hamburger Winter angestaut hatte, meine fassungslose Traurigkeit.

Auf einmal hörte ich eine mir völlig unbekannte Stimme – männlich – etwas weiter vom Hörer entfernt rufen: »Wollt ihr euren Beziehungsstress nicht in die Aula verlegen? Da ist's ein bisschen intimer.«

Und dann vernahm ich am anderen Ende der Leitung ein lautes Lachen. Ein Lachen, das nicht von einer Person herrührte. Es klang so, als würden zwanzig, dreißig, vielleicht fünfzig Menschen lachen. Sie brüllten vor Lachen.

»Haha, sehr witzig«, rief Roman zurück, es klang gehetzt, und sprach mit gedämpfter Stimme zu mir: »Ähm, ich … warte mal kurz, bitte leg nicht auf.«

»Hat das jemand aufgenommen?«, fragte eine mir fremde Stimme. »Das wird der Renner auf YouTube.«

Dann hörte ich eine Tür zuschlagen – eine dicke, wuchtige Tür musste es sein – und Roman deutlich seufzen. »Wo bist du denn?«, fragte ich entsetzt, und Roman rief noch entsetzter: »Scheiße Mann, in einer Vorlesung! Mein Handy spinnt mal wieder, und ich hab weder den Kacklautsprecher noch das Handy ausgekriegt!«

Ich ließ ein pflichtschuldiges »Upps« vernehmen und stellte mir vor, wie eine Meute von 50 Leuten meine Tiraden mitbekommen hatten. Dass alle nun wussten, was Roman für ein Mistkerl war, Jungs wie Mädchen. Dass ich ihn blamiert hatte vor den Menschen, mit denen er voraussichtlich die nächsten drei Jahre verbringen musste.

Ein riesiges Grinsen machte sich auf meinem Gesicht breit.

Roman schimpfte immer noch über sein Handy und sagte dann unvermittelt: »Wann fährst du?«

Vor einigen Wochen hätte ich mir insgeheim mehr Widerstand seinerseits erhofft, ein bisschen Kampf um mich, gerade wollte ich am liebsten auflegen und Carly von meinem Schlussplädoyer vor großem Publikum erzählen. Zwischen Roman und mir gab es schlicht nichts mehr zu sagen.

Also log ich. »Morgen«, antwortete ich, bevor ich auflegte. »Deine Sachen stelle ich nachher auf die Straße.«

Josy prustete ihren halben Daiquiri über die Theke, als ich am Abend in einer Kneipe in St. Pauli das Gespräch wiedergab.

»Du bist der Knaller!«, rief sie und rieb sich die Tränen aus den Augen. »Hast du wirklich verficktes Egoschwein gesagt? Und der ganze Hörsaal hat's mitbekommen? Das ist der Hammer!«

Sie hatte vor sechs Monaten wieder zu rauchen begonnen, und nun tranken und quatschten und qualmten wir wie die Weltmeister. »Endlich hast du ihn abgeschossen«, sagte Josy und bestellte uns noch zwei Klare, die wir ohne Zögern runterkippten, »gratuliere und auf in ein neues Leben!«

Ziemlich schnell hatten wir einen im Tee, und als läge kein ganzes Jahr zwischen uns, plapperten wir wie in alten Zeiten.

»Was ist eigentlich mit Klaus? Habt ihr noch Kontakt?«, wollte ich wissen, und Josy machte eine wegwerfende Handbewegung: »Ach, aus die Maus mit Klaus. Der ist ja der Spießer vor dem Herrn. Dass ihr mir nicht gleich den Vogel gezeigt habt, als ich ihn angebracht habe?«

Sie erzählte, dass er sie in Frankreich besucht und zwei Tage nur an ihr herumgemäkelt hatte. Warum sie denn nicht diesen und jenen Kurs belege. Ob sie wirklich noch keine Altstadtführung mit Zeitzeugen aus dem Zweiten Weltkrieg gemacht habe? Und dass ihr Zimmer versifft sei und stinke. Josy hatte alles mit einer stoischen Gelassenheit ertragen. »Ich hab mir gedacht: Ein paar Tage, dann ist er wieder weg. Außerdem war ich gerade irre verknallt in einen Panamero … mmm.« Bevor sie weiter erzählte, hielt

Josy einen Moment inne und blickte verträumt vor sich hin. »Am letzten Abend wollte Klaus mich schön ausführen. Schick Essen und so. Mit glänzenden Mokassins war er angerückt und hat einen teuren Champagner zum Aperitif mitgebracht.«

Josy, die eine heiße Nacht mit ihrem Panamero Josétito hinter sich hatte, hatte sich stattdessen ein Bier aufgemacht. Derweil musterte Klaus Josy entsetzt und fragte, ob sie wirklich in dem Aufzug mit ihm Essen gehen wollte. Josy sah an sich hinunter – sie trug ihr oranges Lieblingsshirt, ziemlich ausgeschnitten und eng, und einen Minirock, der zugegebenermaßen ziemlich beinfreundlich ausfiel.

»Was passt dir denn nicht?«, fragte sie harmlos und freundlich zurück.

»Na, da kannst du ja gleich nackt gehen«, antwortete Klaus.

Josy schaute erneut langsam an sich herunter. »Gute Idee!« Kurzerhand quälte sie sich aus Shirt und BH.

Klaus starrte mit großen Augen auf ihre Brüste. Gekonnt setzte er sein überhebliches Grinsen auf. »Okay, wie du willst! Ist ja deine Entscheidung.«

Josy hatte sich bei ihm untergehakt und erwiderte munter: »Klar, ist doch 'ne tolle Idee. Das ist eh ein bisschen eng gewesen.« Mit Verlassen des Zimmers war Klaus die Kinnlade heruntergefallen, dass Josy ernst machte, riss sich aber am Riemen und stellte weiterhin ein Pokerface zur Schau. Erst im Flur des Wohnheims, als ihnen zwei Studenten begegneten, die Josy ganz normal grüßten und keinerlei Aufhebens um ihre Nacktheit machten, wurde es Klaus zu viel, und er ergriff die Flucht.

»Wir haben uns am nächsten Tag noch mal getroffen und uns in Ruhe ausgesprochen«, schloss Josy die Erzählung. »Uns war plötzlich beiden klar, dass wir nicht so gut zusammen passen. Auch nicht freundschaftlich.«

Eine Sache wollte ich dennoch wissen. »Warum hat sich bitte keiner gewundert, dass du nackt rumgelaufen bist?«

Josy zuckte mit den Schultern und nahm einen großen Schluck von ihrem Astra: »Frankreich halt.«

Als wir morgens um halb fünf pünktlich mit den ersten Verkäufern auf dem Fischmarkt eintrafen, hatten wir uns durch das Jahr gequatscht und ordentlich einen sitzen. Josy lief gerader als ich, und ich hatte ein dringendes Bedürfnis nach etwas Deftigem. Die frische Meeresbrise machte mich statt munterer noch betrunkener, und ich konnte Josys Plappereien nur halb folgen.

Ich stützte mich am nächstbesten Stand ab und hätte schwören können, der Verkäufer zwinkerte mich an.

»Haben Sie was zu essen?«, brachte ich mühsam heraus und fummelte umständlich in meiner Jackentasche nach meinem Geldbeutel. Während sie fröhlich weiter parlierte, übernahm Josy das Ruder und half mir, einen Zehner hervor zu pfriemeln und mir ein Brötchen mit Hering und Zwiebeln zu bestellen. »... und jetzt haben wir alle Zeit der Welt und können tun und lassen, was wir wollen, Lis!«, sagte Josy gerade, als ich gierig in mein Brötchen biss und die Hälfte der Zwiebeln sich auf meiner Jacke verteilte.

Lächelte Josy dem Fischverkäufer zu? »Ey, der ist sackalt«, sagte ich mit vollem Mund und nicht gerade leise, und Josy schaute ihn noch mal an, winkte ihm zu und sagte zu mir: »Da hast du recht.«

Das hielt mich aber nicht davon ab, noch einmal ein

Brötchen bei ihm zu bestellen. Nachdem ich monatelang lustlos im Teller gestochert hatte, war nun ein riesiger, schier unstillbarer Hunger in mir erwacht. Das dritte Brötchen kaufte ich bei einer rosigen Fischverkäuferin, die mir mitleidig eine Serviette reichte, mit der ich meinen Shirt-Zwiebel-Fisch-Aufstrich schön verteilte. Nach einer weiteren Tüte mit frittierten Garnelen schaffte ich es gerade noch an die Wasserkante, bevor ich ausgiebig ins Wasser kotzte.

»Kannst du ... bitte kurz die Klappe halten?«, presste ich mir zwischen zwei Fuhren heraus, denn Josy hatte, wenn ich das in meinem Zustand richtig mitbekommen hatte, in den letzten anderthalb Stunden keine Atempause zwischen ihren Erzählungen gemacht, was wir im Sommer alles zusammen erleben würden.

Josy war keineswegs gekränkt. »Alles klar, Käpt'n Lis«, lachte sie und tätschelte meinen Rücken. Dann setzte sie sich ein paar Meter weiter an den Kai, ließ die Beine baumeln und sog tief die Meeresluft ein. »Hach, ich freu mich einfach, dich zu sehen.«

Benebelt schielte ich in ihre Richtung und versuchte zurück zu grinsen, beugte mich aber schnell wieder vornüber. Ich kotzte mir die Seele aus dem Leib und die Wut und die Trauer dieses Winters, alles, was mit dieser Stadt und meinen Träumen hier zu tun hatte, und dann ließ ich mir von Josy ein Taschentuch und eine Flasche Wasser reichen und schaffte es mehr oder weniger derangiert nach Hause.

Der Sommer konnte kommen.

Weil die Ausnüchterung andauerte und ich erst am späten Nachmittag wieder auf eigenen Beinen stehen konnte, bekam ich von unserer Reiseplanung nicht viel mit. Josy wollte ans Meer, aber wie wir das ohne viel Geld und Auto schaffen wollten, das war mir nicht klar.

»Hast du's schon gehört?«, begrüßte mich Josy, die fit und erholt am Küchentisch saß, sich in eine Zeitung vertieft hatte und so tat, als würde sie daraus vorlesen: »Hunderte von Möwen sind heute Morgen auf grausame Weise verendet, weil sie die Kotze einer Unbekannten gefressen haben.«

Ich verzog das Gesicht und überlegte kurz, ob ich mich wieder ins Bett legen sollte. Josy klatschte mit der Hand auf den Platz neben sich, und desorientiert, wie ich war, setzte ich mich dorthin.

»Ich hab Brötchen gekauft und sogar Brezeln – hätte nie gedacht, dass es die hier gibt«, sagte Josy und dann, nebenbei: »Und Roman war da, um sich zu verabschieden. Ich hab ihm gesagt, ich richt's aus.«

Auf einen Schlag war ich wach. »Wirklich? Wann?«

Es war eher ein alter Reflex, trotzdem zog Josy rügend eine Augenbraue hoch und sah mich forschend an: »Das war ein Witz, liebe Lis. Diesen Kerl lassen wir jetzt hinter uns.«

Ich nickte brav und ordnete meine Gedanken: Ich würde Roman nie mehr sehen. Tief durchatmend stand ich auf und machte mich daran, mir einen Kaffee zu brühen. Da musste ich durch, und da wollte ich auch durch; aber mit meinem Kater fühlte sich die Welt längst nicht mehr so gut und gerecht an wie gestern Abend.

Umso froher war ich, dass Josys Gehirnzellen funktionierten. Sie hatte beim Brötchenholen den Bäcker gefragt, wie man am besten ans Meer komme, raus aufs Land, und der hatte seine Tochter angerufen. Fazit: Meldorfer Hafen, direkt an der Nordsee. Das Mekka der Hamburger Surfer, die nicht ins überlaufene St. Peter Ording wollten. Eine Stunde Fahrzeit entfernt, mit der Bahn dauere es etwas länger.

Nachdem ich wach war, trieb Josy mich an, meinen Laptop zu holen und mitzurecherchieren. Das sah tatsächlich nett aus, ein Städtchen mitten im Nationalpark Wattenmeer mit einem eigenen, vom Meer abgetrennten Hafen – und komplett hügellos. »Das glaubt uns keiner«, pfiff Josy durch die Zähne, »als wäre der Bulldozer drüber und hätte alles platt gemacht.«

»Vielleicht können wir ein bisschen mit einem Boot auf dem Meer rumschippern«, sagte ich, und Josy klatschte in die Hände. Wir hatten einen Plan.

Es hatte ein halbes Jahr gedauert, bis ich mich in meiner WG eingelebt hatte, aber mein persönliches Hab und Gut hatte ich in zwei Stunden in einem Koffer und einem Rucksack verstaut. Romans Habseligkeiten – seine Zahnbürste, ein T-Shirt mit dem Aufdruck seines alten Volleyballvereins aus München und zwei abgegriffelte Zeitschriften über Astronomie – versenkte ich im Mülleimer im Hof.

Zwei Tage später umarmte ich Carly noch einmal fest und ließ mir den Ratschlag ins Ohr flüstern: »Next time no volleyball guy.«

Dann hetzten Josy und ich schwer bepackt los, um den günstigen Zug zu erwischen, den wir kurzfristig gebucht hatten. Aus dem Fenster sah ich die Stadt vorbeirasen, in der ich so wenig Schönes erlebt hatte, und ließ mich erleichtert in meinen Sitz sinken.

Frische Brise

Meldorf war ein kleines verschlafenes Örtchen. Der Bahnhof bestand aus einem schlichten roten Backsteinhäuschen, vor dem eine ältere Frau in zerschlissener Uniform stand. Gerade, als wir mit Sack und Pack aus unserem Zug stiegen, brach die Sonne zwischen den Wolken hervor. Es roch nach Meer, und ein paar Möwen am Himmel lachten.

Josy hatte sich ein plattdeutsches Wörterbuch besorgt und auf der Zugfahrt mit einer beängstigenden Ernsthaftigkeit Ausdrücke wie »Ackerschnacker« oder »Laat man loopen« vor sich hingemurmelt. Nun rief sie der Bahnhofsvorsteherin gut gelaunt »Moin Moin!« zu, die das mit einem stoischen Nicken quittierte.

Ein warmer Wind wehte meinen Panamahut vom Kopf, den ich mir in einem Secondhandladen in Hamburg gekauft hatte, und ich musste mich sputen, damit es ihn nicht unter den weiter fahrenden Zug zog. Josy wurstelte ihre übergroße Sonnenbrille aus ihrem Rucksack, hielt ihr Gesicht in die Sonnenstrahlen und rief: »Sommer, Baby!«

Als Unterkunft hatten wir, mit Blick auf unser Portemonnaie, ein Hostel ausgeguckt, das etwa dreißig Minuten Fußweg vom Bahnhof entfernt war. Tatsächlich hatten wir unser Gepäck unterschätzt. Mein Rucksack war viel zu schwer, und ich hatte Angst, jede Minute könne mein Kreuz brechen.

Josy ging es nicht besser: Sie schleifte einen riesigen Koffer hinter sich her, der auf dem holprigen Untergrund dröhnte und jede Kuh in zehn Kilometern Entfernung aufweckte, und schleppte ebenfalls einen überdimensionierten Rucksack, aus dem eine gefährlich schwankende Schreibtischlampe ragte – ein Mitbringsel aus Frankreich.

Die Straßen waren gähnend leer, ein einziges Auto tuckerte gemächlich an uns vorbei, von Taxis oder Bussen war nichts zu sehen. Nass geschwitzt machten wir nach zehn Minuten Halt und befreiten unsere Rücken von der Last. »Fuck, Mann, ich hab das Gefühl, ich trag einen französischen Weinkeller mit mir herum! Dabei sind's nur vier Flaschen!«, sagte Josy und machte Dehnübungen.

Ich hatte mich aus meinem Rucksack gegraben und ließ meine Nackenwirbel knacksen. »Ich befürchte, wir haben nicht mal die Hälfte«, sagte ich mit Blick auf mein Handy, und plötzlich hörten wir laute Rufe. »Aus der Bahn!«

Sogleich kam eine Kugel auf uns zugeschossen und landete direkt an Josys Kopf. Sie sprang hoch und schrie vor Schmerz auf. Dann rieb sie sich die Stirn, auf der sich bereits eine kleine Beule abzeichnete. Eine Gruppe von Kindern kam angerannt, darunter ein Mädchen, das sich die Hand vor den Mund hielt und aus sicherer Entfernung immer wieder rief: »Tschuldigung! Tschuldigung!«

Schon näherte sich eine Truppe von älteren Männern und Frauen, die aufgeregt aufeinander einredeten: »Da muss ein Stein gewesen sein, sonst fliegt der nicht so hoch.«, »Mensch Kalle, und ich sach noch, lass die Kinder lieber nicht mitboßeln!« und »Tut's weh?«.

Eine Frau Ende fünfzig trat auf Josy zu und untersuchte ihre Stirn: »Hui, dat jift ne Delle!«

Das Mädchen, das anscheinend die Kugel geworfen hatte,

sagte entschuldigend: »Ich hab euch nicht gesehen, plötzlich steht ihr da!«

Josy rückte ihre Sonnenbrille wieder zurecht. »Na sorry, aber hier geht nicht so sehr die Lucy ab, als dass man uns übersehen könnte!«

Kurzzeitig herrschte Stille, dann antwortete Kalle: »Dat is wohl wahr, aber deswegen rechnet man ja oock mit keinem.«

Während ich mir ein Grinsen nicht verkneifen konnte, seufzte Josy laut auf. »Zumindest mein Koffer war ja nicht zu überhören«, sagte sie, aber klang schon weniger sauer.

Die Frau, die eben ihre Stirn begutachtet hatte, schlug vor: »Wat meinstn, willstn Lütten aufn Schreck? Dann daid dat bestimmt oock nich mehr weh.«

Josy starrte sie an. »Nen Lütten? Was soll das sein?«

Nun war die Meute in ihrem Element. Laut lachend holte einer von ihnen einen Schnaps aus der Tasche, und jemand reichte zwei kleine Plastikbecher. »En Lütten halt, Deern«, sagte die Frau und schenkte auch mir eine ordentliche Portion ein. »Dat gehört zu jedem richtigen Boßeln dazu – einen Lütten nach jeder Runde.«

Mit einem kurzen Blick auf uns beide fügte sie hinzu: »Also, entweder hab ich heut schon genuch getrunken, oder ihr seid tatsächlich Schwestern oder sowat.« Wir versuchten erfolglos, ihr weiszumachen, dass wir uns nur zufällig ähnelten, und stießen lieber mit ihr an.

»Na denn, nichts geht über Familie! Auf euch zwei Schwestern!«, sagte sie dennoch.

Und so machten wir Bekanntschaft mit der Boßelmannschaft aus Meldorf, die für die nächsten Meisterschaften Ende August trainierten. Josy und ich sahen uns kurz an, bevor wir den Klaren auf Ex hinunterjagten, und weil wir fast nichts gegessen hatten an diesem Tag, stieg unsere Laune ziemlich schnell. Wir hatten nach Angaben der Truppe Glück gehabt, dass uns nur die Übungskugel der Kinder getroffen hatte; die echte Boßelkugel bestand aus Holz und beinhaltete einen Bleikern, der Josy wahrscheinlich ins Krankenhaus katapultiert hätte. Während Josy sich den nordischen Nationalsport Boßeln erklären ließ, quatschte ich mit Kalle, der wissen wollte, ob wir neu nach Meldorf gezogen seien, mit so viel Gepäck.

»Ah, Meldorfer Hafen«, nickte er, »da ist immer viel los.«

Weil Kalle als einer der wenigen noch nüchtern wirkte, fragte ich, ob es so etwas wie ein Taxi oder einen Bus gäbe, der uns zu unserer Unterkunft bringen könne.

Auf Kalle war Verlass. »Deern!«, rief er aus, »gar keen Problem! Jock kann euch mitnehmen, der kommt eh gleich rum!«

Dankbar ließ ich mir noch ein Glas Wasser einschenken und stieß mit Josy an, die mittlerweile eine riesige Beule auf ihrer Stirn vor sich hertrug.

»Habt ihr was zum Kühlen da?«, fragte ich Kalle, und wenig später ließ Josy sich eine kalte Schnapsflasche an die Stirn drücken.

»Ein Glück, dass hier nichts Heißes in Sicht ist«, sagte sie noch, da tuckerte ein Traktor um die Ecke, der am Ende der Straße stehen blieb. Ein junger Mann schwang sich athletisch aus der Fahrerhütte, und Josy und ich sahen ihm mit offenem Mund entgegen. Seine fast weißen Haare flatterten im Wind, und unter dem speckigen T-Shirt zeichnete sich ein durchtrainierter Oberkörper ab. Seine Jeans waren verwaschen und steckten in kniehohen Gummistiefeln. Mit einem Korb in der Hand kam er geradewegs auf uns zu, und

Josy flüsterte »Scheiße, was ein Gerät«, bevor wir uns beide räusperten und die Rücken gerade machten.

Doch er ließ uns ohne einen Kommentar links liegen und steuerte auf Kalle zu, der ihn mit einem herzlichen Schulterschlag begrüßte: »Mensch Jock, ein Glück, dass du da bist! Wir brauchen dringend was zu Beißen!«

Jock ließ sich von jedem aus der Gruppe auf die Schulter schlagen. Währenddessen verteilte er belegte Brötchen aus dem Korb. Kalle plapperte wie ein Wasserfall auf ihn ein. Wir verstanden nur die Hälfte des Plattdeutsch, doch Jock nickte ab und an dazu.

Dann hob er plötzlich die Hand zum Gruß und sagte: »Ich muss dann mal weiter, Muddern wartet.«

Josy, die immer noch die Schnapsflasche an ihre Stirn gedrückt hielt und ihn unvermittelt anstarrte, ließ ein »Neiiin!« verlauten.

Kalle wandte sich irritiert zu uns und rief nach einer kurzen Denkpause geistesgegenwärtig: »Stopp! Wir haben hier noch zwei gestrandete Mädels!«

Jock drehte sich ebenfalls zu uns um und schien uns jetzt erst zu bemerken. »Gestrandet? In Meldorf?«, fragte er, und es klang nicht gerade nett.

Eine der Boßel-Frauen schob mir derweil ein Brötchen zu, in das ich dankbar mit großem Appetit biss. Der Schnaps hatte sich schon breitgemacht, und ich war froh, dass ich sitzen konnte. Josy verkroch sich ganz unüblich hinter der Schnapsflasche, und ich bemerkte erstaunt, wie sie puterrot wurde. »Wir … wir würden gern zum Hostel«, sagte ich also mit vollem Mund und deutete auf unsere Rucksäcke. »Ist ganz schön weit mit dem vielen Gepäck.«

Weil Josy nicht auf das Brötchen reagierte, das ich ihr hinhielt, genehmigte ich mir auch noch das. Die fettige Mayonnaise quoll zwischen den pappigen Weißbrotscheiben hervor, und um nichts auf den Boden tropfen zu lassen, schob ich lieber zu viel Brötchen auf einmal in den Mund.

Jock schnaubte verächtlich und machte etwas wie »Jahaaa.«

Kalle legte den Arm freundschaftlich um Jocks Schultern und deutete auf Josy, die unter ihrer Schnapskühlung brannte. »Wir ham die Lütte aus Versehen beim Boßeln erwischt«, erklärte er und grunzte kurz auf. »Sei so gut und bring die zwei.«

Jock musterte uns von oben bis unten, und während ich gerne seinem kühlen Blick etwas entgegengesetzt hätte, kämpfte ich noch mit dem Brötchen.

Jock wandte sich wieder an Kalle, schnaufte unwillig und sagte nach einer kurzen Pause: »Alles klar.« Er verabschiedete sich mit einem Winken und stiefelte los.

Verblüfft starrten wir ihm hinterher, bis Kalle uns mit einem wilden Handfuchteln antrieb: »Loslosloslos! Ab die Post!« Zögernd packten wir unsere schweren Rucksäcke – zumindest den Koffer hätte er uns doch abnehmen können! – und sputeten uns, rechtzeitig den Traktor zu erreichen. Jock nahm uns wortlos das Gepäck aus der Hand und warf es ohne große Sorgfalt auf den Anhänger, dann befahl er mir mit einem kurzen Handzeichen, zuerst in die Fahrerkabine zu schlüpfen. Josy nahm auf der anderen Seite von ihm Platz.

Der Motor röhrte so laut, dass ein Gespräch unmöglich war, und das schien uns dreien sehr recht zu sein. Um einen einigermaßen nüchternen Eindruck zu wahren, starrte ich wie blöde auf den Außenspiegel des Traktors. Als wir zehn Minuten später vor dem Hostel Halt machten und ich aus der Kabine gekrochen war, musste ich mich erst einmal am Traktor festhalten, um nicht umzukippen.

»Na denn«, sagte Jock ungerührt, nachdem er unsere Siebensachen auf den Boden gestellt hatte, und machte sich, ohne ein weiteres Wort zu verlieren, vom Acker.

Während ich noch dabei war, in meinem Gepäck nach einer kleinen Wasserflasche zu suchen, sagte Josy kein Wort. Erst, als ich die Flasche im unteren Drittel von Josys Rucksack wiedergefunden und ein paar vorsichtige Schlucke daraus getrunken hatte, bemerkte ich, wie sie immer noch mit halb offenem Mund dastand und in die Richtung starrte, in die Jock verschwunden war.

»Josy?«, fragte ich und tippte sie vorsichtig an.

Josy rührte sich langsam und schüttelte fassungslos den Kopf. Leise murmelte sie vor sich hin: »Ich bin verliebt.«

Im Hostel herrschte, im Gegensatz zum leer gefegten Stadtkern Meldorfs, regelrecht Hochbetrieb. Wir waren, neben dem Hausmeister, der sich im Sommer für einige Wochen in eines der Achtbettzimmer einquartierte, und einem Pärchen aus Dänemark die einzigen Gäste. Das Mädchen hinter dem Tresen, das kaum älter als fünfzehn sein konnte und sich als Ella vorstellte, erklärte ungefragt und sterbensgelangweilt, dass vor Kurzem eine Segelregatta am Meldorfer Hafen abgehalten worden sei, mit Hunderten von Gästen aus aller Welt, alle Hostels und Ferienhäuser im Radius von 50 Kilometern ausgebucht – sogar im Nachbarort Wolmersdorf hätten die Segler und Zuschauer die Bauern nach Zeltmöglichkeiten gefragt. Wir erlebten nun sozusagen die Ruhe nach dem Sturm. Das Mädchen lächelte kurz ob ihres kleinen Wortspiels, versank aber wieder schnell in ihrer Langweile.

Josy wirkte immer noch abwesend, und so nickte ich kurz. »Prima, dann kommen wir gerade recht«, sagte ich und ließ mir den Schlüssel für unser Zimmer aushändigen. So lange hatte ich es feiertechnisch nicht krachen lassen, dass ich jetzt meinen Magen erst langsam wieder daran gewöhnen musste, mit Josy unterwegs zu sein.

Unsere Bleibe war eine Vierbett-Suite in einem großzügig geschnittenen Raum, die Einrichtung spartanisch gehalten mit einem Spiegel, einem Waschbecken und einem Wandbild von einem alten Matrosen mit kubanischer Zigarre im Mund. Mit einem lauten Seufzen ließ ich mich auf eines der Betten fallen und schloss für einen Moment die Augen. Nach wenigen Minuten war ich tief und fest eingeschlafen und träumte von Boßelkugeln, die durch die Straßen schossen und Jagd auf Traktoren machten.

Als Josy mich wach rüttelte, setzte draußen schon die Dämmerung ein. »Mann, du Pennnudel«, rief sie leise, »auf zu neuen Schnäpsken!«

Ich drehte mich stöhnend auf die Seite. »Ich glaub, ich brauch was zu essen.«

Langsam setzte ich mich auf und versuchte, mich zu orientieren. Josy hatte sich inzwischen in unserem Zimmer installiert, als wollte sie die nächsten Monate hier bleiben. Ihre Klamotten lagen kreuz und quer auf dem Boden, auf der Ablage vor dem Spiegel türmten sich Kosmetika und Haarsprays, auf ihrem Bett Unterwäschestapel, und ihre Stehlampe leuchtete rot aus der Ecke.

»Wie lange hab ich geschlafen?«, fragte ich erstaunt. Josy selbst sah aus, als sei sie auf eine Glamourparty eingeladen. Dezent war – bis auf das Semester mit Klaus – noch nie Teil ihres Vokabulars gewesen, aber ihr jetziges Outfit machte mich fertig. »My dress to kill«, erklärte Josy bereitwillig, als sie meinen verwirrten Blick sah, und strich sich über ihr tief ausgeschnittenes Blümchenkleid in Neonfarben. Ihre Kobold-Erfahrung schien also definitiv verarbeitet, wenn nicht sogar vergessen.

Josy ließ mir kaum Zeit, mich weiter damit auseinanderzusetzen. »Loslosloslos los! Ab die Post«, rief sie, Kalles näselnd-nordischen Ton imitierend, »ich hab uns eine schöne Kneipe gefunden. Da gibt's auch wat tu süpeln!«

Eine Stunde später saßen wir satt und zufrieden an einem klapprigen Holztisch vor der Dorfschenke, und Josy bestellte ihr zweites Bier.

»Was die unter Radler verstehen, fass ich mit keinem Finger an«, sagte sie dabei zu mir, ohne sich darum zu scheren, dass der Wirt vor uns stand. Am Nebentisch saß eine Gruppe junger Menschen, etwa in unserem Alter, und weil ich Josy schon lang genug kannte, wusste ich ihre neugierigen, wandernden Blicke zu deuten.

»Frag sie doch mal, ob sie Jock kennen«, flüsterte ich, und Josy zuckte zusammen.

»Pssst, die hören dich«, murmelte sie und plapperte dann in gewohnter Lautstärke weiter: »Ich würde sagen, wir machen morgen einen gemütlichen Strandtag, was meinst du?«

Ich fühlte mich nicht auf der Höhe und stocherte mit dem Strohhalm in meiner kleinen, naturtrüben Apfelschorle. »Gute Idee«, sagte ich matt und verlor mich kurzzeitig in Josys Ausschnitt. »Sag mal, hast du 'nen Push-up an?«

Josy rekelte sich unter meinen Blicken, wackelte ein wenig mit ihren Brüsten: »Nur 'nen kleinen.«

Ich musste grinsen und zuckte gleich darauf zusammen, als Josy plötzlich zum Nachbartisch hin rief: »Sagt mal, ihr seht so aus, als ob ihr euch hier auskennt!«

Die fünf Jungs und Mädels unterbrachen ihr Gespräch und drehten sich desinteressiert zu uns. Stille breitete sich aus, und während ich mich möglichst flächendeckend hinter meinem Strohhalm versteckte, ließ Josy sich nicht aus der Ruhe bringen. »Gibt's hier so was wie Party?«, fragte sie, ohne an der Lautstärke zu schrauben.

Einer der Jungs zog verächtlich seinen Mundwinkel nach oben und wandte sich wieder seinem Bier zu, das vor ihm auf dem Tisch stand. Eins der Mädchen, eine kleine Schwarzhaarige mit Brille, zeigte Erbarmen und sagte knapp: »Da musste schon nach Heide, wennde Disco willst.«

Der Typ, der ihr gegenüber saß, seine Kappe tief ins Gesicht gezogen, ergänzte: »Oder aufs Feld, zu den Stoppelpartys. Allerdings geht das nur mit Gästeliste.«

Die Gruppe lachte, und eigentlich war der Moment vorbei, in dem sie von ihrem gruppeninternen Schwätzchen abgehalten werden wollten. Josy, gnadenlos, unterbrach sie abermals: »Stoppelpartys? Wann und wo?«

Ich fragte mich, ob der Wirt mir einen extradünnen Strohhalm kredenzt hatte. Vom Nebentisch hörte ich unwilliges Geschnaufe, ehe der Typ mit der Kappe erklärte: »Jeden Freitag aufm Acker von Michel. Schnäpsken for free, aber Bier bitte selber mitbringen.«

Er tippte sich zum Gruß an die Kappe und erklärte damit das Gespräch nun definitiv für beendet. Josy, keineswegs beleidigt, bedankte sich und rief mir fröhlich zu: »Geil! Am Freitag geht's auf zu Michel auf'n Acker!«

Die ersten Tage in Meldorf waren paradiesisch. Nach ausgiebigem Frühstück in der Herberge – Massen von getoastetem Brot, selbst geschleudertem Honig, frischer Milch und Eiern vom Bauern nebenan, wie uns der Hausmeister erklärte –

machten wir uns auf zu langen Erkundungsspaziergängen in der Gegend. Stundenlang spazierten wir am Meldorfer Hafenstrom zum Meer und dort barfuß durch den Grasdeich, besuchten das Museum am Meer in Büsum und ließen uns frisch gefangenen Aal und Krabbenbrötchen schmecken. Stets hatte Josy ihr Plattdeutsch-Wörterbuch dabei und versuchte ihr Glück bei Fischverkäuferinnen und Anglern. Meist lächelten diese nachsichtig und korrigierten sie ohne großen Ehrgeiz.

Der Wind wehte uns durch Nase und Kopf, und manchmal kam es vor, dass wir tief einatmend und mit ausgebreiteten Armen knietief im Meer standen, die Wellen an unseren Beinen spürten und uns glücklich gespült angrinsten.

»Das ist der Norden, Baby!«, rief Josy und schickte mir einen Wasserspritzer, den ich postwendend zurückgab, bevor Josy sich in voller Montur ins Wasser schmiss. Und so juchzten und johlten wir uns unbeschwert durch die sommerlichen Temperaturen. Ganze sechs Tage.

An diesem Schwarzen Freitag, wie wir ihn später nennen sollten, trafen wir uns mit zwei Seglern aus der Schweiz, die wir am Vortag bei einem Sonnenuntergangsbier am Strand kennengelernt hatten. Sie hießen Max und Lucijan, waren etwa Mitte sechzig und genossen die ersten Monate ihrer Pensionierung auf einem Segeltörn Richtung Dänemark. Max hatte über dreißig Jahre bei einer großen Anwaltskanzlei gearbeitet, und sein Freund Lucijan stammte aus einer angeblich bekannten Unternehmerfamilie, deren Namen ich noch nie zuvor gehört hatte.

Die beiden sportlichen Senioren, mit der Aura kosmopolitischer Weltenbummler umgeben und dem Gesicht sonnengebräunt, erschienen uns auf unaufdringliche Weise sympathisch und interessant. Schon beim Bier am Strand waren sie unterhaltsam gewesen, hatten uns nach unserem studentischen Leben gefragt und dann spontan zu einem kleinen Segeltörn am nächsten Tag eingeladen. Wir vermuteten, dass die beiden steinreich sein mussten. Das bestätigte sich, als wir uns am Freitagmorgen am Meldorfer Hafen mit Küsschen rechts und links begrüßten. »Und das ist Jette, unser kleines Bötchen«, sagte Lucijan mit Stolz in der Stimme.

Vor uns glitzerte und glänzte Jette, ein Segeloldtimer aus edelsten Hölzern, den die beiden fünf Jahre lang aufwendig restauriert hatten, wie Max erklärte und ein paar Fachbegriffe nachschmiss, die ich freundlich lächelnd ignorierte.

Josy nickte hingegen eifrig, und als ich sie feixend fragte, ob sie wirklich wisse, was eine Pinne und ein Kielbolzen sei und ob sie ein Abitur in Sachen Segeln habe, antwortete sie todernst: »Nein, aber einen Segelschein.«

Ich staunte sie mit halb offenem Mund an und lauschte verdattert ihren Fragen, in denen sie fachkundig nach den einst verrotteten Vordersteven an der Backbordseite fragte und wie Max diese ersetzt hatte. Nun kannten wir uns schon fast vier Jahre, doch von einem Segelschein hatte sie noch nie erzählt. Geschweige denn von ihrem Interesse an Bootsbau.

Max freute sich, in Josy eine Ansprechpartnerin auf Augenhöhe gefunden zu haben, half ihr aufs Boot und führte sie in kleinen Schritten über das Prachtgefährt. Ich seufzte leise, zog die Schutzweste an, die Lucijan mir gereicht hatte, und zupfte an meinem Panamahut. Müde lächelte Lucijan mich an; er langweilte sich sichtlich mit mir. Weder zeigte ich Interesse für Jette noch am Segeln selbst – wenn ich ehrlich sein soll, ein Segeltörn war eigentlich nichts für mich. Mein Bruder hatte des Öfteren versucht, mich für seine Leidenschaft zu begeistern, doch nach ein, zwei Ausflügen mit seiner ollen Jolle war ich lieber an Land geblieben und von dort aus ins kühle Nass gesprungen.

Bereits am Hafen schwankte der Boden leicht unter meinen Füßen und ich auf ihm, und als ich versuchte, am Rand des Bootes zu balancieren, stürmte Lucijan auf mich zu und rief entsetzt: »Mädchen, da geht die Leiste kaputt! Runter da!«

Ich hatte zwar das Gefühl gehabt, die Leiste sei stabil genug gewesen, um mich zu tragen, aber gut, es war schließlich nicht mein Schiff. Ich kannte Jette und ihre Macken nicht, und nach Max' Beschreibungen musste die alte Dame mehrere Jahrzehnte auf dem Meer hinter sich haben.

Mit einem »Uff« ließ ich mich auf einer mir ungefährlich wirkenden Ecke im Boot nieder, von der mich Lucijan sofort mit einem aufgeregten, gezwungen höflichen »Nein! Dort bitte nicht!« wieder aufscheuchte. Irritiert ließ ich mich von Lucijan in eine andere Ecke des Luxusseglers führen, wo er mit einem verbissenen Lächeln sagte: »Hier ist's besser.«

Als er sich an Tauen und Seilen zu schaffen machte, langweilte ich mich entsetzlich.

»Kann ich dir helfen?« Selbst in meinen Ohren klang es so halbherzig, dass ich Lucijans wedelnde Handbewegung sofort als »Nein danke« annahm. Schließlich legte ich meinen Kopf in den Nacken und sah aus der Ferne dicke Wolken aufziehen. Gleichzeitig hatte das Meer eine graue Färbung angenommen, und auch wenn ich kein Kenner war, schien mir der Wellengang eher bedrohlich denn ruhig.

»Sag mal, meinst du, das Wetter hält?«, rief ich Lucijan zu, der etwas Unverständliches grummelte. Wenig beruhigt beobachtete ich weiterhin den Himmel, der keine guten Aussichten versprach.

Ich kann nicht genau sagen, warum es mir erst einfiel, als die Leinen los waren und die kleine Jette in die gleichmäßigen Wogen der Nordsee stieß. Vielleicht schützt uns eine Art Filter vor unangenehmen Erinnerungen. Doch etwa fünfzig Meter vom Steg entfernt meldete sich eine altbekannte Panik zurück, eine Vorahnung der Übelkeit, die gleich kommen würde, und pfeilartig schossen mir Bilder von ähnlichen Situationen in den Kopf, die ich allesamt vergessen und in der hintersten Schublade meines Hirns vergraben hatte.

Das fing an beim lustigen Tretbootausflug mit meinen Eltern und meinem Bruder: Ich war keine sechs Jahre alt und hatte zuvor zu viel Popcorn gegessen, das ich seitwärts über das Sommerkleid meiner Mutter und das Tretboot – ein rosa Flamingo, ich sehe ihn noch genau vor mir – erbrach. Hannes fand das so eklig, dass er gleich mitkotzte. Zehn Jahre später waren wir mit der Schulklasse in einem Vergnügungspark gewesen, und dasselbe in Grün war mir nach der »Megapowerschaukel für ganz Mutige« passiert. Danach hatten meine Eltern die Rechnung für die Reinigung der Kleider aller acht beteiligten Teenager übernehmen müssen. Sogar ein Dampferausflug auf die Fraueninsel im Chiemsee bei einem Musikwochenende hatte eine solche Übelkeit in mir ausgelöst, dass einige Passagiere erzürnt ihr Geld für die Tickets zurückforderten.

Um es kurz zu machen: Es dauerte auf Jette nicht lange, und ich musste kräftig schlucken, um die alte Dame nicht in Mitleidenschaft zu ziehen. Lucijan nestelte fröhlich vor sich hin, und von drinnen hörte ich Josys kehliges Lachen. Gerne hätte ich Lucijan gebeten, zurück zu segeln und mich aussteigen zu lassen, aber ich wagte nicht zu sprechen, so drohend fühlte ich die Übelkeit in meinem Magen sich zusammenbrauen. Also atmete ich ein paar Mal tief ein und aus – meine Hände verkrampften sich bereits an einer der kostbaren Leisten – und versuchte, mich auf die Weite zu konzentrieren.

Das ging ganze zwei Atemzüge gut, da stellte sich Lucijan breit grinsend neben mich und sagte: »Das ist der Moment, den ich am meisten genieße. Das Festland noch im Blick, und vor dir diese unendliche Weite. Irre, oder?«

Ich nickte jämmerlich und traute mich nicht, den Blick vom Horizont zu wenden. Mittlerweile hüpfte das Boot immer wieder auf, und ich hielt mich auf Lucijans lachenden Tipp hin noch fester an Jette fest, aus Angst, von Bord zu gehen. Die Wellen schienen so kraftvoll, dass auch Lucijan sich an einer Stange festhalten musste.

Lucijan genoss scheinbar die Bewegung auf dem Boot und kam mit dem Rauschen des Meeres in Erzählfahrt: »Früher war ich ein begeisterter Wanderer, jedes Wochenende rauf in die Berge und in den abgelegensten Hütten übernachtet. Morgens noch vor dem Sonnenaufgang bin ich weiter – auf den Bergen hast du nichts anderes zu tun, als zu laufen. Die Umgebung anzuschauen und zu laufen. Aber auf dem Meer, das ist ein anderes Naturerlebnis. Du bist mitten in diesen Untiefen, die du nicht …« Ich hatte versucht, ihm zu folgen, hatte zwischendrin meinen Panamahut abgenommen und mir panisch damit Luft zugefächelt, hatte mühsam gelächelt, doch nun erbrach ich mich in einem Schwall über sein helles Poloshirt und seine kurze Leinenhose.

Mindestens genauso entsetzt wie ich starrte Lucijan zurück, und es dauerte eine Schrecksekunde, ehe er losquäkte: »Ja bäh!«

Jede Menge aufgeregter Wortknäuel folgten auf Schweizerdeutsch, die ich nicht verstand. Gerne hätte ich mich entschuldigt, aber da folgte der nächste Schwall, fast nur Wasser diesmal, der sich auf Jettes alten Planken verteilte. Ich sah nur aus den Augenwinkeln, dass Lucijan wild auf und abspringend mit den Armen fuchtelte. Irgendwann verstand ich, dass ich wohl über die Reling zielen sollte.

Ächzend hievte ich meinen Oberkörper Richtung See, da spürte ich eine Hand auf meinem Rücken. »Ruhig bleiben und weiterkotzen«, rief Josy mir ins Ohr. Ich hätte sie küssen können. Besser gesagt mögen. Küssen war zu diesem Zeitpunkt definitiv nicht möglich.

Inzwischen hing ich heulend zwischen Boden und Reling und klammerte mich mit Leibeskräften an Jette, denn mittlerweile wogte es gewaltig um uns herum. Von dem Folgenden bekam ich nur die Hälfte mit, und später rekonstruierten wir die Geschehnisse so: Max war gerade auf Toilette, als Lucijan mit angewidertem Gesicht und laut zeternd in die Kabine stürmte, um sich sauber zu machen. Josy hatte die Situation mit einem Blick erfasst und war zu mir herausgeklettert, um mir beizustehen.

Nachdem sie mir Mut zugesprochen hatte, war sie fast von einer Welle, die gegen Jette klatschte, aus dem Boot geworfen worden. Weil der Wellengang immer heftiger wurde und weder Max noch Lucijan an Deck auftauchten – zur Polizei sagten sie später, der Wellengang wäre normal für diesen Teil der Nordsee gewesen, um nicht zu sagen ruhig – hatte Josy sich ihres Segelscheins besonnen und beherzt an ein paar Seilen gezogen, um das Segel in eine andere Richtung und Jette in eine ruhigere Fahrweise zu lenken. Plötzlich ging alles ganz schnell: Der Großbaum schwenkte schlagartig aus und prallte in einer unheimlichen Geschwindigkeit auf der anderen Seite auf. Mit einem Ruck juchzte Jette auf die Seite und wieder zurück.

Ich konnte von Glück reden, dass ich mich schon an Jette festklammerte und mit meinen Füßen in einer Unterkante verhakt hatte, sonst hätte mich die Wucht des Aufpralls aus dem Boot geschmettert. Josy hatte sich im richtigen Moment geduckt und sah sich jetzt das Malheur von der Nähe aus an. »Fuck!«, rief sie, ein ums andere Mal. »Fuck, das war das falsche Seil!«

In den nächsten zehn Minuten schwebte ich zwischen Todesangst und einem panischen Koma. Jette wogte in den Meeresbewegungen hin und her, und mit einem unglaublichen Lärm brandeten die Wellen an unser Boot. Irgendwie hatten sich in der Schräglage auch Lucijan und Max aus der Kabine an Deck gepfriemelt. Abwechselnd riefen sie böse Beschimpfungen aus und versuchten sinnloserweise, Wasser aus Jette ins Meer zurück zu schöpfen. Es schien sie nicht zu jucken, ob wir noch an Bord waren oder schon ertrunken.

Josy rief mir irgendwann die aufbauenden Worte zu: »Selbst, wenn wir das hier überleben, bringen die uns um!«

Ich hatte immer noch Lucijans Worte von den unergründlichen Tiefen des Meeres im Ohr, und mit jeder Welle, die neu auf uns spülte, sank meine Hoffnung, ihnen zu entkommen. Irgendwie musste es unseren Schweizer Gastgebern geglückt sein, die Küstenwache zu informieren, oder ein aufmerksamer Wasserpolizist hatte uns von der Ferne aus beobachtet: Schließlich wurden wir aus dem Boot gezogen, tropfnass und bibbernd vor Kälte. An Bord der Küstenwache brach ich zunächst zusammen, bevor ich wie ein Schlosshund heulte.

Einer der Beamten reichte uns Decken, in die wir uns eingruben, und Josy legte ihren Arm um mich. Während Lucijan, nur mit Shorts bekleidet und auch in eine Decke eingehüllt, auf die seitlich liegende Jette starrte und apathisch den Kopf schüttelte, ließ Max sich nur ungern von der alten Jolle retten.

»Was für eine Scheiße! Was für eine fürchterliche Scheiße!«, rief er immer wieder aus. »Die ganze Arbeit! Die ganzen Jahre! Was für eine Scheiße!«

Einer der Küstenbeamten nahm ihn schließlich beiseite und sagte zu ihm: »Hauptsache, den Matrosen geht es gut, nicht wahr.« Max warf uns einen Blick zu, der mich in meiner Heulerei erstarren ließ. »Sie können sich nicht vorstellen, wie scheißegal mir das ist.«

Die Polizisten lachten einmütig und kreisten routiniert um die gekenterte Jette, um den Schaden zu begutachten. »Tja, das wird teuer«, sagte einer von ihnen, und nun starrte Lucijan uns unverwandt an.

»Das wird teuer«, wiederholte er.

Nachdem wir in der Polizeistation am Büsumer Hafen mit trockener Kleidung und einem Beruhigungstee versorgt worden waren, der diensthabende Arzt uns kurz begutachtet und mir eine Beruhigungsspritze in den Arm gejagt hatte, wurden wir getrennt voneinander von der Polizei befragt, was dort auf dem Schiff passiert war. Ich irrlichterte mich durch meine Erzählungen und entschuldigte mich zwischendurch für die zusammenhanglosen Satzfetzen, worauf der Polizist geduldig und nachsichtig lächelnd reagierte.

»Wir haben Zeit«, sagte er immer wieder.

Am Ende des Protokolls fragte ich tonlos: »Wie viel?« Der Polizist schien meine Frage nicht gehört zu haben, daher wiederholte ich räuspernd: »Wie viel?«

Er legte die Stirn in Falten, nahm seine Brille ab und legte seine Hand vor die Augen, um nachzurechnen. Danach setzte er seufzend seine Brille wieder auf. »Hast du eine Haftpflichtversicherung?«

Ich schüttelte stumm den Kopf.

Er schien nicht überrascht und seufzte noch mal. »Dann kann ich nur raten, bald einen einträglichen Job aufzunehmen.«

Ich sank zusammen.

Nach einer gefühlten Ewigkeit wurden wir vorerst in die Freiheit entlassen. Ich war ein zitterndes Häuflein Elend, Josy starrte stoisch vor sich hin. Doch der Polizist, der mich befragt hatte, klapste mir freundschaftlich auf die Schulter. »Na Deern, ist kein Weltuntergang. Das hätte schlimmer ausgehen können.«

Sein Kollege fügte hinzu: »Alles andere kann man regeln. Ruft mal eure Eltern an, vielleicht schießen die was dazu, ne.« Er zwinkerte freundlich, damit war für die Beamten die Sache abgehakt. Kaputte Segelboote standen zwar nicht auf der Tagesordnung, aber waren im Angesicht der Ewigkeit des Meeres keine Katastrophe.

Per Taxi ließen wir uns ins Hostel bringen, wo die sonst so gelangweilte Ella die Augen weit aufriss und uns entgegenrief: »Hab ich's mir doch gedacht! Dass ihr zwei das Boot versenkt habt! Ganz Meldorf spricht schon davon!«

Eifrig eilte sie uns entgegen, fasste mir freundschaftlich an den Arm und führte uns in unser Zimmer, während sie fleißig weiterplapperte: »Thorsten Petersmann und Kalle sind gerade vorbeigekommen, die waren Fischen und haben gesehen, dass die Küstenwache ausgerückt ist. Habt ihr ein Glück gehabt, dass die euch so schnell gesehen haben! – So Mädels, ich mach euch erst mal einen Tee, und ihr ruht euch aus.«

Ich konnte mich nicht bedanken, aber ich glaube, Josy murmelte etwas wie: »Ne, auf keinen Fall noch mal so 'ne Plörre.«

Unbeirrt brachte uns das Mädchen heißen Schwarztee und große Kandiszuckerstücke. »Kluntjes!«, erklärte sie munter. »Die bringen euch wieder ganz weit nach vorn.«

Als sie das Zimmer verlassen hatte, ließ sich Josy ächzend neben mich auf das Bett fallen. »Schöne Scheiße.«

Ich schaffte nur ein mattes Nicken.

Nach einem verwitterten Nachmittag, an dem ich wiederholt aus furchtbaren Albträumen schreckte, in denen ich immer wieder von Jette ins Wasser geworfen wurde, um mein Leben schwamm und sank, sank, sank, meldete sich mein Bewusstsein zurück. Und Josy.

Sie saß neben mir auf dem Bett und feilte sich gedankenverloren die Nägel. »Ich kann meinen Vater auf gar keinen Fall um Geld anschnorren«, sagte sie fast tonlos. »Ich schulde ihm eh noch einen Haufen von meinem Jahr in Frankreich. Da hab ich mehr ausgegeben, als ich hatte.« Sie hielt inne und schaute mich hoffnungsfroh an: »Und deine Eltern?«

Ich schüttelte leicht den Kopf. »Dazu müsste ich ihnen erst mal offenbaren, dass ich sie angelogen und mein Geld für Liebeskummer ausgegeben habe.« Seufzend setzte ich mich auf. Josy feilte und feilte, und ich überlegte fieberhaft, wie ich eine solche Unsumme an Geld aufbringen sollte – wenn ich im Monat mehr als 700 Euro auf dem Konto hatte, war das viel! Vor mir lagen noch mindestens drei Semester Studium, und ob ich danach als Geisteswissenschaftlerin einen lukrativen Job bekommen würde, war mehr als fraglich. Außerdem musste ich mein BAföG zurückzahlen! Und die Münchner Wohnungspreise würden gewiss nicht sinken. Ich würde bei meinen Eltern einziehen und pendeln müssen. Ich würde einen Job beim Privatfernsehen annehmen und mich wieder jeden Tag acht Stunden durch Bins quälen müssen!

Jetzt atmete ich stoßweise und musste mich kurzzeitig an Josy festhalten. »Ich bin so was von blank«, schnaufte ich. Tränen traten mir in die Augen, da unterbrach mich Josy in meiner Verzweiflung, warf brüsk ihre Feile auf den Boden, fasste mich an den Schultern und sagte mit einem festen Blick: »Lis, wir kriegen das Geld zusammen. Wir tun, was wir am besten können.«

Ich schluckte erschrocken, wollte meinen Mund zu- und wieder aufmachen, fragen, was das denn jenseits der Partys sein sollte, doch Josy schoss dazwischen: »Du verkaufst Eis, und ich packe mit an.«

Unverwandt starrte ich sie an. Nun hatte sie komplett den Verstand verloren. In einem Mischmasch aus Jammern und Luftschnappen brachte ich heraus: »Dir ist schon klar, dass ich dafür dreißig Jahre lang hinter der Theke stehen muss?« Hektisch suchte ich nach einem Taschentuch, um mir die tropfende Nase abzuwischen.

»Na, dann bleiben wir halt etwas länger im Norden«, sagte Josy leichthin. »Ist doch schön hier.« Damit stand sie auf und gab mir einen kleinen Klaps auf die Schulter. »Und jetzt gehen wir erst mal auf die Stoppelparty.«

Auf der Stoppelparty waren wir der Renner. Fast alle hatten von unserer Patenthalse gehört, wie der Großbaum auf das Schiff eingeschlagen war; wer die Geschichte noch nicht kannte, bekam sie ausführlich erzählt. Im Laufe des Abends stellte sich heraus, dass nicht nur Kalle und Thorsten Petersmann, sondern jeder irgendetwas von dem Geschehen auf hoher See mitbekommen hatte. Leif und Caro waren ebenfalls am Steg gewesen. Tags zuvor hatten sie Max über Jette ausgequetscht und sich über das Boot führen lassen. »So 'ne Jolle, sowat ham wir noch nie bei uns gehabt«, erklärten sie begeistert.

Helge Thießen war mit seinem zweijährigen Sohn Muschelsammeln gewesen und hatte sich, mit dem geübten Blick in den Himmel, schon beim Ablegen von Jette gedacht: »Ob dat ein guter Tag zum Segeln ist?« Bäcker Sibel, bei der Lucijan vor dem Desaster einen Kaffee to go gekauft hatte, wusste: »Der hat morgens schon Hummeln im Mors gehabt, weil er unbedingt raus aufs Meer wollte.«

Mitten im fröhlichen Klönen stand Jock plötzlich vor uns. Seine weizenblonden Haare leuchteten. Nachlässig hatte er sich einen Kapuzenpulli umgebunden, und seine Füße – ja, die steckten tatsächlich immer noch in Gummistiefeln. Bei Jocks Anblick verschwand Josy beinahe unter unserem Biertisch. Er sah uns an, der Mund gerade wie ein Strich, und sagte zu Josy: »Bist du dat mit dem Segelschein?«

Es sollte sich später herausstellen, dass einer der diensthabenden Polizisten Jocks Bruder war und das Dienstgeheimnis in Meldorf nicht sehr hoch gehalten wurde. Josy brachte mühsam ein aufschlussreiches »Äh …« über die Lippen, und schnell nickte ich, um für sie zu antworten.

»Dat Wetter war heut nicht gut zum Rauskuttern«, sagte er, »falls ihr 'nen Zeugen braucht.«

Bevor wir begriffen hatten, was Jock uns gerade angeboten hatte – eine Entlastung nämlich, dass wir nicht die alleinige Schuld auf uns nehmen mussten – hatte er sich an die Theke gestellt, wo er sich per Handzeichen ein Bier bestellte.

»Ich weiß, ich wiederhole mich«, flüsterte Josy, »aber ich bin verliebt.«

Ich fragte lachend: »Josy, wirklich? Der ist so … arisch.«

Ohne den Blick von ihm zu wenden, murmelte Josy zurück: »Stell dir mal vor, wie schön unsere Kinder erst werden – seine Statur, meine Haare …«

Auch wenn ich mit einer Cola light durch den Abend tingelte, war die Gesellschaft eine erleichternde Entschädigung für die Schrecken des Tages.

Am nächsten Tag machten Josy und ich uns auf, um einen Eisladen zu finden. Wir hatten auf der Stoppelparty recherchiert und uns zwei Adressen geben lassen von potenziellen Arbeitgebern, die wir nun mit geliehenen Fahrrädern abklapperten. Der eine Laden hatte allerdings drei Schülerinnen hinter der Theke stehen, die sich in den Sommerferien ein bisschen Taschengeld dazu verdienten. Die Besitzerin des zweiten Ladens war so bärbeißig, dass wir fluchtartig auf die Straße stürmten.

»Na toll«, sagte ich. »Das fängt ja vielversprechend an.«

Josy klapste mir auf die Schulter, »Sag mal. Seit wann bist du denn so negativ? Haben dir das die Fischköpfe beigebracht?«

Ich bezweifelte, dass ich überhaupt irgendetwas gelernt hatte in meiner grauen Zeit in Hamburg, aber die Sorgen um unsere sich auftürmenden Schulden verdrängten jegliche Resignation. Mehr aus Verzweiflung schlug ich vor: »Lass uns mal nach Büsum fahren.« Josy war mit den Gedanken schon wieder woanders, nickte abwesend, und als ich schließlich einfach losfuhr, folgte sie mir kommentarlos.

Zwei Pizzerien und eine Gelateria teilten sich die Versorgung von Büsum und deren Besuchern in Sachen sommerlichem Eiskonsum auf. Mein Favorit war schnell gefunden: die Pizzeria *Da Loni* auf dem Nordmarkt. Im Angebot der selbst gemachten Eissorten fanden sich neben den üblichen Verdächtigen auch erlesene Sorten wie Orange-Quark, Walnuss-Maracuja und Zitronensorbet.

Begeistert klebte ich an der Auslagenscheibe und hätte am liebsten mit meinem Finger die kunstvoll aufgetürmten Eismassen umrundet und ein Häppchen von jeder dieser kalten Köstlichkeiten versucht. Ein heimeliges Gefühl setzte überraschend ein, Erinnerungsfetzen an meinen ersten Sommer als Eisverkäuferin spukten mir durch den Kopf, damals, am Münchner Odeonsplatz, als ich die Eisfee war, als Jakob mich zum ersten Mal von der Konditorei *May-Lugscher* abholte und Julius Schüller mir beim Weg aufs Klo meine persönliche Toilettenzahl entgegenrief, als ich mit Hannes von unserem kleinen, schäbigen Balkon die Sterne beobachtete und das der schönste Ort der Welt für uns war, und als ich weder von Roman noch von Patenthalsen eine Ahnung hatte.

Ich drehte mich zu Josy und sagte mit fester Stimme: »Hier. Hier will ich arbeiten.«

Josy bedachte mich mit einem Lächeln, hielt einen Moment inne und mir dann die Tür auf: »Go for it, Baby!«

Zwei Tage später hatte ich meinen ersten Arbeitstag. Der Chef der Gelateria, der sich Maestro Rosso nannte, obwohl er einen rabenschwarzen Bart hatte und fröhliche dunkle Augen, durchlebte zwar keinen Engpass beim Personal; doch als Josy ihm erzählte, ich sei ausgebildete Eisfeinschmeckerin, und ich nachdrücklich sein Sortiment lobte, ließ er sich schnell umstimmen.

»Ach was soll's«, sagte er zwinkernd, »eine Eisfeinschmeckerin hat bestimmt niemand anders hier an der Nordsee.«

Der Deal war: Zu einem mickrigen Stundenlohn wurde ich prozentual am Gewinn beteiligt – zehn Cent pro Eiskugel, die ich verkaufte. Die Anzahl der Kugeln notierte ich mit einem Strich auf einem Zettel. Anfangs vergaß ich das oft genug und rechnete hektisch nach. Meistens schlug ich noch ein paar Striche zu meinen Gunsten auf, aber nur so viele, dass es nicht auffiel. Trotzdem schien mir dieses Vorgehen unpraktikabel, doch jedes Mal, wenn ich mit Maestro Rosso, den ich später nur mehr Rosso nannte, darüber reden wollte, breitete er die Arme aus und rief: »Mamma mia, wie soll ich denn sonst gerecht Trinkgeld an dich verteilen? Neine neine neine, das bleibt so.«

Mit einer weißen Schürze ausgestattet, auf der in roten Lettern *Eigentum von Maestro Rosso* prangte – Josy verdrehte die Augen, als sie das sah – und einem weißen Kochhut, den ich mir selber zulegte, stand ich sechs Tage in der Woche hinter der Theke *Da Loni*, probierte mich durch jeden Geschmack und verkaufte Eis wie in den guten alten Zeiten.

Die Kugeln kosteten stolze 1,20 Euro, und ich schaufelte immer extra viel in die Waffeln. Meine Kunden waren meist gut gelaunt und immer zu einem Schwätzchen bereit; ein älterer Herr kam jeden zweiten Tag mit seiner Enkelin, die jedes Mal aufs Neue unentschlossen vor dem Sortiment stand, den Finger in den Mund gesteckt, mal auf diese, mal auf jene Eissorte deutete und sich schließlich für Vanille mit Schokostreuseln entschied. Drei alte Damen trafen sich mittwochs zum Skatspielen an ihrem Stammtisch im *Da Loni*, und nach einer Pizza, die sie sich teilten, bestellten sie für jede einen Eisbecher mit Vanille-Walnuss-Eis und Eierlikörsoße. »Du erinnerst mich meine Enkelin, nur ist die etwas fester um die Hüfte«, rief mir eine von ihnen über den gesamten Restaurantbereich zu, »und vor allem langsamer von Begriff.«

Ich lächelte höflich und machte drei Kreuze, dass meine Oma nicht Ähnliches über mich verbreiten möge. Ab und zu kam Ella aus dem Hostel vorbei, gönnte sich eine Kugel Eis nach Feierabend und erzählte uns Klatsch und Tratsch aus Meldorf und Umgebung. Weil wir uns das Hostelzimmer für unseren verlängerten Aufenthalt nicht mehr leisten konnten, waren wir bei Kalle einquartiert worden. Seine Kinder waren zum Studieren nach Berlin und zum Heiraten nach Kiel gezogen, und so war das komplette Dachgeschoss möbliert und unbewohnt. Eine Gegenleistung wollte er nicht: »Ich bin froh, den Boßelunfall wiedergutzumachen, und außerdem freue ich mich über etwas Gesellschaft.«

Die gemeinsamen Abende fielen allerdings sehr spärlich aus, da Kalle sich auf die Boßel-Meisterschaften vorbereitete und meist erst spät in der Nacht betrunken zurückkam, wenn wir nach unseren anstrengenden Arbeitstagen müde in unseren Zimmern lagen.

Josy war meistens noch erschöpfter als ich, worüber ich heilfroh war; ihr normales Tempo in Sachen Party und Ausgehen hätte ich auf keinen Fall weiter mithalten können. Nachdem wir einige Tage durch Meldorf gelaufen waren und bei Bäcker, Metzger und Drogerie nachgefragt hatten, ob Hilfe gebraucht würde, waren wir bei einem Bauern fündig geworden. Uwe bewirtschaftete einige Hektar Land und brauchte dringend ein paar Hilfskräfte während der Erntezeit. Zum einen waren die Heuernte und das Melken der Kühe angesagt, zum anderen brauchte seine schwangere Frau Hildegard Hilfe beim Gemüsebeet.

Und so zog Josy jeden Tag um halb sieben Uhr morgens los, um den Kuhstall auszumisten, Kälbchen zu füttern und später am Tag den Garten umzuackern. In Gummistiefeln, die Hilde ihr lieh, und einem weiten Karohemd, das ursprünglich mal Roman gehört hatte und sich aus unersichtlichen Gründen in mein Reisegepäck verirrt hatte, stapfte Josy durch den bäuerlichen Alltag und stand ihre Frau.

Als ich von ihrem Job erfuhr, wollte ich sie von der körperlich anstrengenden Arbeit abbringen. Doch davon wollte Josy nichts hören. »Nach dem ganzen Studierschmarrn ist das genau das Richtige für mich«, sagte sie, »und außerdem ist die Bezahlung gut.«

Mit der Zeit wuchsen ihre Kompetenzen im bäuerlichen Haushalt. Bald brachte Josy jeden Morgen den kleinen Jens in den Kindergarten und den älteren Luk in die Schule, lernte, wie man Euter desinfiziert und für sechs Leute ein ergiebiges Mittagsmahl kocht, dass gegen Schnecken eine Bierfalle hilft und dass die Zwetschgenernte in die Arme geht. Abends, wenn ich meine Schürze bei *Da Loni* abgegeben hatte und wir noch in einem Strandkorb vor Kalles Haus selbst gemachte Limonade oder ein kaltes Bier tranken, verbreitete Josy einen intensiven Kuhstallgeruch. Auch nach einer Dusche war er noch wahrzunehmen, aber das störte Josy nicht. Manchmal schlief sie schon im Strandkorb ein und ließ sich dann von mir in ihr Bett bugsieren. Überhaupt störte sie nichts in dieser Zeit, nicht das frühe Aufstehen, der manchmal schneidende Wind, die harte Arbeit oder Jens' Quaken nach seiner Mama auf dem Weg zum

Kindergarten. Denn Josy war, zum ersten Mal, seit ich sie kannte, verliebt.

»Richtig verliebt, Baby!«, rief sie, als könnte sie es selbst nicht glauben.

Eines Tages, so erzählte sie es mir am selben Abend, war sie jedoch drauf und dran gewesen, den Job hinzuschmeißen. Das kranke Kälbchen hatte den zweiten Tag in Folge ums Verrecken nichts trinken wollen, auch nach gut zureden und streicheln wandte es bloß seinen Kopf ab und verdrehte die Augen. Uwe hatte schon angedeutet, dass notfalls der Tierarzt kommen und das schwächliche Kälbchen einschläfern müsse.

Frustriert hatte Josy eine Pause einlegen und erst einmal den Stall weiter ausmisten wollen und war dabei über einen besonders großen Haufen gestolpert und nach vorne gefallen. In ihrer Panik traten die Kühe nach hinten aus, und nur mit Müh und Not rettete Josy sich aus dem Gelände auf den engen Flur aus Brettern. Dort richtete sie sich schimpfend und vor Wut beinahe heulend auf und versuchte, Stroh und Kuhkacke von ihrer Hose zu schütteln.

Plötzlich stand Jock vor ihr.

Ihr war das Schimpfen vergangen, und mit offenem Mund starrte sie ihn an. (»Kannst du dir das vorstellen?«, hatte sie im Nachhinein zu mir gesagt. »Ich Plappermaul Nummer eins, krieg kein Wort raus, nicht mal Hallo!« Da ich sie schon zweimal mit Jock erlebt hatte, konnte ich mir das sogar lebhaft vorstellen.)

Jock starrte sekundenlang zurück, ohne dass ihm das unangenehm schien. Josy, die sich langsam wieder gefangen hatte, hob an: »Es frisst schon wieder nichts!«

Ihr Ton war erschreckend verheult, und Jocks Gesicht

nahm einen weichen Zug an. Aus dem Nichts lächelte er. »Will dat Lüttn wieder nichts fressen?«, sagte er und ließ sich von Josy zu dem kranken Kälbchen führen.

Liebevoll streichelte er dem Kälbchen über den Kopf, redete ihm gut zu und schüttete etwas Milch über seine Hand, die er dem Kälbchen vors Maul hielt. Nach dem dritten Versuch begann es schließlich daran zu lecken, und Jock schüttete immer mehr Milch nach, die das Kälbchen zögerlich mit seiner klebrigen Zunge von seiner Hand saugte. Grinsend sahen sich Jock und Josy an, und verfielen zusammen in ein erleichtertes Lachen. (»Ob du's glaubst oder nicht, das war der romantischste Moment ever!«)

Wenig später brachte Jock ihr eine Stulle und hockte sich mit ihr ins Gras vor den Stall. Dort plauderten sie, und Josy erfuhr, dass Jock Hildes Bruder war und ab und an auf dem Hof mithalf. Er selbst studierte Agrarwissenschaften in Kiel und genoss es, in den Semesterferien in jeder freien Minute auf dem Land mitanzupacken.

Bei der Verabschiedung hatte er Josy noch mal fest in die Augen gesehen (»Strahlendblau, du ahnst es nicht!«) und ohne Ironie im Tonfall gesagt: »Du machst dich gut.«

Seit diesem Tag sahen sie sich regelmäßig zu kleinen oder längeren Mittagspausen, streiften gemeinsam durch die Felder oder kosteten den frisch gebrauten Zwetschgenwein, den ihnen Uwe hinstellte. Manchmal redeten sie ohne Punkt und Komma, manchmal schwiegen sie sich an und ließen den Wind durch ihre Haare streifen. Anders als bei ihren vorherigen Liebschaften war diese für Josy keine körperliche. Sobald die Rede auf ihn kam, glühten Josys Augen, sie sprach von der Ruhe, die er ausstrahlte, und dem vollkommenen Glück bei Sonnenuntergängen.

Sogar ihre Aussage »Was für ein Gerät« nahm sie zurück – denn darum ginge es nicht zwischen den beiden. »Aber natürlich«, sagte sie abschließend, »möchte ich ihn bald mal bespringen.«

Wenige Tage nach unserem Unfall flatterte Post vom Anwalt der Schweizer bei der örtlichen Polizeistation ein, und ein dienstbeflissener Praktikant brachte sie uns zu unserem vorübergehenden Wohnsitz bei Kalle vorbei. Max und Lucijan forderten einen Schadenersatz von mehreren tausend Euro. Selbst wenn wir bei einer gerichtlichen Verhandlung gewinnen würden, erklärte uns der diensthabende Wachtmeister, sollten wir anfangen zu sparen: Mindestens die Hälfte davon müssten wir übernehmen.

»Pff«, machte ich, »wie sollen wir das jemals zusammen kriegen?« Wir rechneten und tüftelten und kamen zu dem Schluss, dass wir mindestens vier weitere Monate hierbleiben und arbeiten müssten. Wahrscheinlich hätten wir noch viel länger gebraucht, wenn nicht von unerwarteter Seite Hilfe gekommen wäre.

Es mag wohl meine dritte Woche hinter der Theke und Josys zweite im Kuhmist gewesen sein. Ich beschriftete gerade sorgfältig das neue Schildchen für Rossos neueste Eiskreation – Himbeerbaiser auf Trüffelschokolade – als jemand juchzend rief: »Ne, unsere Kleine! In neuem alten Revier!«

Vor Schreck hätte ich fast den Stift fallen gelassen, dann juchzte ich genauso und stürzte hinter meiner Theke hervor: Anna stand vor mir, wie aus dem Nichts gezaubert, und ich umarmte sie stürmisch.

»Was machst du denn hier?«, rief ich ein ums andere Mal und herzte sie, so sehr freute ich mich, ein vertrautes Gesicht zu sehen. Maestro Rosso, von unserem Freudengeschrei angelockt, kam aus der Küche und klatschte zufrieden in die Hände. »Wie schöne! Ganze Familie kommte zusammen!«

Seit Wochen hatte ich nichts mehr von Anna gehört. Hatten wir anfangs noch versucht, uns via Mail und regelmäßigen Telefonaten auf dem Laufenden zu halten, waren unsere Gespräche immer einsilbiger geworden. Da ich die Roman-Story ausgelassen und sonst nicht viel zu erzählen hatte, war es mir recht gewesen, dass unser Kontakt eingeschlafen war. Ich hatte mich mit dem Gedanken zufriedengegeben, dass wir uns im Herbst in München sehen würden und dann alles beim Alten sei, wie vor meinem Weggang in den Norden.

Nun strahlte sie mich an und ließ sich von mir drücken. Bis auf die tiefen Ringe unter den Augen hatte sie sich kaum verändert. »Kurze Pause, okay?«, fragte ich in Rossos Richtung, der uns immer noch wohlwollend betrachtete.

Er breitete theatralisch die Arme aus: »Aber selbsteverständlich! Familie ist wichtiger als Eiscreme!«

In meine Schürze gehüllt – Anna las den Schriftzug und hob kommentarlos eine Augenbraue – schob ich sie zu zwei der ungemütlich wirkenden Metallstühlchen, die zu Rossos Außenmöbelgarnitur gehörten.

»Woher wusstest du, dass ich hier bin?«, wollte ich wissen, und Anna grinste geheimnisvoll: »Dreimal darfst du raten, wer mir euren Aufenthaltsort verraten hat!«

Ich riet einmal und lag falsch. Josy war es nicht gewesen. Ihr altes Handy war ihr bei einem nächtlichen Badeausflug nahe Lyon geklaut worden, und sie hatte es verpasst, Anna ihre neue Nummer zuzuschustern. Sowieso hatte Anna mich überraschen wollen und war, ohne mir vorher Bescheid zu geben, in den Zug nach Hamburg gestiegen und hatte bei meiner alten WG geklingelt. Carly hatte ihr geöffnet, in Jogginghosen und mit ihrer übergroßen Brille, einen Joghurtklecks auf dem T-Shirt, und war Anna sofort sympathisch gewesen.

Dass ich mit Sack und Pack und Josy weiter in den Norden gezogen sei, hatte Carly Anna erst nach dem zweiten Gläschen Wein eröffnet. Das hatte Anna nicht davon abgehalten, noch ein drittes und ein viertes Gläschen mit ihr zu trinken und schließlich, überrascht von sich selbst und doch überhaupt nicht, mit ihr knutschend im Bett zu landen. Mehr wollte Anna von ihrem Abenteuer mit meiner ehemaligen Mitbewohnerin nicht erzählen, auch wenn ich ein bisschen nachbohrte, wie es denn gewesen sei und ob sie sich wiedersehen würden.

Am nächsten Morgen habe sie es Richtung Meldorf gepackt, und von dort aus sei alles »eine Frage der Zeit« gewesen. Auf dem Marktplatz hatte Anna die Boßelmannschaft getroffen, war von Kalle zu einem Lütten überredet worden, und nachdem man ins Gespräch gekommen war und Anna ihr Anliegen vorgebracht hatte – oder eher vorrülpste – »Der Schnaps hier is' echt ma harter Tobak« – hatte die Truppe sie hellauf begeistert begrüßt. In einem wilden Durcheinander war ihr von den zwei Mädels erzählt worden, die den Schweizern das Boot geschrottet haben und daher quasi … An dieser Stelle funkte Rosso dazwischen: »Eisfeinschmeckerin, deine Arbeitskraft ist gefragt!«

Ich drehte mich um und sah, dass sich vor dem Tresen eine kleine Schlange gebildet hatte, und Rosso ungeschickt in den Eiskästen herumfuhrwerkte. Auf seiner Stirn hatten sich schon Schweißtropfen gebildet, die er hektisch mit seiner Schürze abtupfte.

»Meine Hand ist einfach zu groß für diesen Löffel«, schimpfte er.

Eilig stand ich auf und strich mir die Schürze glatt. »Eine Stunde muss ich noch ran«, sagte ich und drückte Anna noch mal. »Ich freu mich so, dass du da bist!«

Anna lächelte und ließ sich in ihren Stuhl zurückfallen: »Mach du mal, ich schau dir zu und hol mir nachher auch ein Eis – wie in alten Zeiten.«

Josy staunte nicht schlecht, als ich mit Anna im Schlepptau abends vor Kalles Häuschen saß und wir uns ein kühles Malzbier gönnten.

»Ne, das gibt's ja nich!«, rief sie und fiel ihr um den Hals. Nachdem Josy ausgiebig geduscht hatte, saßen wir zu dritt unter dem klaren Sternenhimmel, gluckerten unsere Getränke und gackerten um die Wette. Anna erzählte noch einmal in Ruhe von ihrer Ankunft in Meldorf, und wie sie schließlich von Kalle in sein Haus eingeladen wurde, wo sie sich von Kalle ein altes Fahrrad aushändigen ließ, um nach Büsum und schließlich zu Maestro Rossos Eistheke zu quietschen.

Begierig nach Neuigkeiten aus München ließen wir Anna von ihrem Jahr ohne uns berichten. »So viel ist nicht passiert«, begann sie, was ziemlich untertrieben war.

Anna hatte ihr Physikum geschafft und schob nebenbei für gutes Geld Nachtschichten auf einer Privatstation im Krankenhaus. Kurzfristig war ihre Cousine Tereza bei ihr eingezogen, die gerade das Abitur mit Ach und Krach bestanden hatte. Weil ihr zuhause die Decke auf den Kopf fiel und sie erst mal ein bisschen Stadtluft schnuppern wollte, bevor sie sich zwischen Studium, Weltreise und sozialem Jahr entschied, hatte sie sich bei Anna eingenistet – und war nicht mehr ausgezogen.

»Anfangs war das ganz schön, immer jemanden zuhause zu haben, der auf einen wartet«, erzählte Anna, »mit der Zeit ist sie mir aber auf die Pelle gerückt.«

Morgens, wenn Anna aufstand und eigentlich dringend los musste, hatte sie das Bad blockiert. Abends sah es in der Wohnung aus wie Kraut und Rüben, während Tereza wie selbstverständlich erwartet hatte, Abendessen und Unterhaltung serviert zu bekommen. Auch zu den Treffen mit ihren Mediziner-Freunden hatte sie sich eingeklinkt. Schließlich war Anna der Kragen geplatzt, und sie hatte Terezas Eltern angerufen: Familie schön und gut, aber nach zwei Monaten Unterbringung und kostenloser Verpflegung sah sie sich nicht mehr in der Pflicht, Tereza durchzufüttern.

Als Tereza von dem Telefonanruf erfuhr, hatte sie Anna angebrüllt, was für ein fieses Miststück sie sei, eine Verräterin und Egoistin, nach allem, was sie zusammen erlebt hätten. Am nächsten Tag war Annas Onkel vor der Tür gestanden, und Tereza war ihm heulend wie ein kleines Kind in die Arme gelaufen: »Papa! Endlich holst du mich hier raus!«

Ohne ein weiteres Wort zu verlieren, hatte Anna ihm Terezas Rucksack gereicht, die beiden aus der Tür bugsiert und die Türe krachend ins Schloss fallen lassen.

»Horror«, kommentierte Josy.

»Und hast du sie seitdem wieder gesehen?«, wollte ich wissen.

Anna schüttelte den Kopf. »Mein Onkel hat mich noch mal angerufen, sich für alles bedankt und für die Unannehmlichkeiten entschuldigt. Die können das kleine Prinzeschen ziemlich gut einschätzen.«

Wir schwiegen eine Weile, dann machte Josy eine wegwerfende Handbewegung. »Genug mit dem Blabla – raus mit den interessanten Sachen. Was ging denn sonst in München?«

Ich musste lachen, merkte aber, wie Anna sich anspannte. »So einiges«, sagte sie einsilbig, »aber nichts, was jetzt noch wichtig wäre.«

Josy und ich seufzten betont genervt auf. »Mann, ist doch egal, was jetzt ist – erzähl!«

Mühsam zogen wir Anna ein paar kurze Storys aus der Nase, eine Affäre mit einem Dozenten, die sie wieder beendet hatte, ein Ex-Freund aus Schulzeiten, mit dem sie noch mal rumgeknutscht hatte, aber nichts Besonderes – nein, nichts Erwähnenswertes, beteuerte Anna.

Josy und ich warfen uns einen bedeutungsvollen Blick zu. Wir wussten beide, dass wir früher oder später mehr erfahren würden.

Dann ließ sich Anna in allen Einzelheiten die Geschichte vom Schwarzen Freitag auf hoher See berichten, von Josys Segelschein und den ungehaltenen Schweizern. »Mädels, euch kann man echt nicht in die weite Welt lassen«, kicherte sie und fragte, wie wir den Schaden abbezahlen wollten – nicht im Ernst mit Bauernhofarbeiten und Eisverkauf?

Josy und ich schauten sie ratlos an. »Wenn wir noch ein paar Monate so weiter …«, wollte ich vorrechnen, doch Anna winkte unwirsch ab. »Schön und gut, aber mit deinem mickrigen Stundenlohn kommst du nicht weit.«

Ich wagte den Einspruch: »Naja, plus prozentuale Beteiligung pro verkaufter Kugel.«

Anna schüttelte den Kopf. »Was für ein Quatsch. Damit könnt ihr nie …« Sie hielt einen Moment inne und überlegte. »Moment mal. Das heißt, je mehr du verkaufst, umso schneller kommst du an Geld?«

Ich nickte zögerlich. Auf einmal kam mir unser Unterfangen auch wie eine Schnapsidee vor.

Anna hingegen schien begeistert. »Lis! Weißt du noch, damals, als du mir Zitrone verkauft hast?« Ich nickte wieder, noch zögerlicher. »Das ist die Idee!«, rief Anna. »Daraus solltest du ein Konzept machen! Du bist nicht nur Eisfeinschmeckerin, du bist Typberatung und Wahrheitskugel gleichzeitig!«

Verblüfft sah ich sie an. Ich vermutete zunächst, dass sie zu viel Restalkohol von den Lütten im Blut hatte, wäre Josy ihr nicht beiseite gesprungen. »Du hast Recht, Mann!«, rief sie nicht weniger begeistert. »Ab morgen verkaufst du Eis à la Lis!«

In den nächsten zwei Stunden warfen sich die beiden Ideen zu, verwarfen sie wieder, lachten und feilten und skizzierten, bis ich müde mit einstimmte und zugeben musste: klang vielversprechend, konnte man ausprobieren.

Der nächste Tag brachte eine schwüle Hitze mit sich, die Meldorf in diesem Sommer noch nicht erlebt hatte. Schon auf dem Weg zur Arbeit, den ich auf einem von Kalles verbogenen Drahteseln absolvierte, schwitzte ich mir einen Wolf ab und warf mich im Eisladen erst einmal unter den Wasserhahn.

»Mädchen, hast du zu viel getrunken gestern?«, grinste Rosso, der mich amüsiert dabei beobachtete, wie ich gierig die kühle Erfrischung in mich hineinspülte.

»Nein, eher heute zu wenig«, gurgelte ich zwischen zwei

Schlucken, und Rosso lachte laut. »Ihr Deutschen«, sagte er. »Im Sommer kann's euch nicht kühl genug sein, und im Winter ist's euch immer zu kalt.«

Er selbst, schwadronierte er weiter, liebe dieses Wetter und werde sich daher heute Nachmittag ein paar Stunden am Strand gönnen. »Du übernimmst, Maestra«, bestimmte er, und das war mir ganz Recht.

Schon vormittags brach die Kundschaft in Horden über uns herein, und außer einer Menge kalter Limonaden und Eiskaffees waren vor allem meine Eiskugeln gefragt. Die ersten Gäste waren zwei dickliche Frauen um die Siebzig, die sich sonst lieber Sahnetorten oder Tiramisu bestellten.

»Heute was Kaltes, Deern«, sagte die eine und durchforstete das Eisangebot. Die andere hatte sich inzwischen dreimal entschieden, wieder umentschieden und stand nun genauso unschlüssig wie ihre Begleiterin vor der Theke. Das war meine Chance. Ich hatte noch Annas Ratschlag im Ohr, mich einfach zu überwinden: »Die Leute lieben es, wenn du ihnen sie selbst erklärst. Mach's einfach, du wirst schon sehen!«

Bisher hatte ich meine Eisprognosen immer nur bei Freunden angewandt, komplett Fremde mit meinen kleinen Erfrischungs-Philosophien zu unterhalten, hatte ich mich während meiner Eisverkäuferin-Karriere nicht getraut.

Dabei war es bei den zwei Damen ein klarer Fall: Die Unentschiedene brauchte auf jeden Fall etwas Leichtes, wenig Verfängliches. Sie schien mir sprunghaft genug für Erdbeere. Die Wählerische hingegen brauchte etwas Ausgefallenes, das dennoch eine klassische Note aufwies. Da kam sie mir zuvor. »Mir ist gesagt worden, Sie seien eine Eisexpertin«, sagte sie mit Seitenblick zu Rosso, der gedankenverloren hinter seinem Tresen vor sich hin summte, »was würden Sie mir denn empfehlen?«

Kurz fragte ich mich, ob sie Gedanken lesen konnte. Abenteuerlustig glitzerte sie mich hinter ihrer dicken Brille an, und ich wusste, was zu tun war. Ich beugte mich etwas vor und begann frisch von der Leber weg, meine über Jahre erworbene Sachkenntnis in Worte zu fassen: »Ich würde Ihnen Malaga empfehlen. Ein bisschen Rum fürs Gemüt, ein bisschen was Süßes für den Magen. Eignet sich besonders für Menschen, die gerne Neues ausprobieren und dabei nicht ganz den sicheren Hafen verlassen wollen. Bausparer ausgenommen.«

Ich hielt kurz inne, um prüfend einen Blick auf mein Gegenüber zu werfen. Die beiden Frauen hingen mir an den Lippen; bei den Bausparern konnten sie sich ein Kichern nicht verkneifen. Also fuhr ich fort: »Malaga-Esser picken sich gerne die Rosinen im Leben heraus und genießen diese in vollen Zügen, aber sie kennen auch sehr gut ihre Grenzen. Selten schlagen sie über die Stränge wie etwa Jamaica-Rum-Kugeln; sie sind aber nicht so zurückhaltend wie Bourbon-Vanille. Wenn Sie sich als direkt, kontaktfreudig, diszipliniert und wenig konfliktscheu bezeichnen würden, und gerne mal anderen die Meinung geigen, dann sind Sie mit Malaga gut bedient.«

Den Malaga-Typus hatte ich schon im ersten Jahr in München kennengelernt. Das waren vornehmlich resolute Menschen jeglicher Altersklasse gewesen, mit festem Blick und selbstbewusstem Auftreten. Etwas provinziell manchmal, aber immer angenehme Kunden, da man stets wusste, woran man war.

Nun wagte ich kaum, die beiden Frauen anzusehen. Hatte ich mit meinen Prognosen über das Ziel hinausgeschossen? Doch die Erdbeere brachte es mit einem überraschten Lachen auf den Punkt: »Das passt wie die Faust aufs Auge! Das bist genau du!«

Auch die Wählerische sah mich erstaunt an. »Fräulein«, sagte sie langsam, »das ist mir fast unheimlich.«

Die beiden gackerten noch ein bisschen herum. »Und wenn ich nur die Beschreibung gehört hätte – ich hätte sofort gewusst, dass das du bist«, prustete die Erdbeere. Die Wählerische stimmte mit ein: »Tatsächlich kann ich mich in einigen Details deutlich wieder finden.«

Bevor sie jedoch ihre Malaga-Kugel ausgehändigt bekam, musste auch ihre Freundin beraten werden. »Jetzt die Grete«, sagte sie und sah mich dabei auffordernd an.

Ich musterte Grete vorsichtig, denn wenn ich etwas von Erdbeeren wusste, dann Folgendes: Sie waren schnell eingeschnappt. Nun gut, ich musste es versuchen. »Ihnen würde ich Erdbeereis empfehlen«, begann ich, »beliebt bei den etwas flatterhaften Kunden. Menschen, die sich ungern festlegen, aber gleichzeitig einen Schwebezustand nicht aushalten können und wollen, daher schnell eine Lösung brauchen. Die großen Stärken von Erdbeereis-Liebhabern: Sie sind naturverbunden, begeisterungsfähig, humorvoll. Farbe im Leben ist ihnen wichtig, und sie stürzen sich gerne Hals über Kopf in neue Hobbys. Allerdings bringen sie selten etwas zu Ende, aber das ist nicht schlimm. Bei der Erdbeere zählt der Moment.«

Dass Erdbeereis-Liebhaber meistens keinen großen Wert auf Stil und Geschmack legten, behielt ich lieber für mich. Meiner Erfahrung nach war Erdbeereis eine der wenigen fragilen Sorten, die sich schnell richtig schlecht ausmachten. Meistens war es leider mit zu vielen Zusatzstoffen versehen, schmeckte zu gewollt, zu sehr auf Frucht getrimmt und dadurch zu künstlich – bis auf die Farbe also das Eis, auf das ich in einem ausgewählten Sortiment am ehesten verzichten würde.

Grete war außer sich. »Bravo«, rief sie, als könnte sie es selbst nicht glauben, »ich fühle mich ertappt! Aber … bin ich wirklich so flatterhaft?«

Ihre Freundin verdrehte die Augen. »Jesus, ja!«, sagte sie. »Es ist manchmal ein Horror, mit dir Essen zu gehen – bis du dich entschieden hast! Und denk nur mal, wie lange das mit Knut und dir gedauert hat …« Die beiden verfielen in helles Gelächter.

Lachend bestellte Grete schließlich einmal Erdbeere – »Aber bitte mit Sahne, so, wie der Udo Jürgens das singen würde«, kicherte sie – und der Wählerischen kredenzte ich eine große Malaga-Kugel auf ihre Waffel. Das Trinkgeld konnte sich sehen lassen – die beiden Damen gaben jeweils zwei Euro dazu.

Im Weggehen sagte die Malaga-Frau anerkennend: »Sie haben wirklich Talent.« Ich bekam noch mit, wie Grete sie fragte »Aber wenn ich mich entschieden hab, dann bleib ich meistens dabei, findest du nicht?«, und wie ihre Freundin tief seufzte.

Grinsend und heillos erleichtert blieb ich zurück. Es hatte geklappt. Meine kleinen Spinnereien gefielen den Menschen, denen ich Eis verkaufte. Zumindest zweien. Na gut, zwei älteren Damen, die vielleicht nur freundlich sein wollten. Vielleicht machten sie sich jetzt lustig über meine Fantasie. So erleichtert ich gewesen war, so schnell befielen mich wieder die Selbstzweifel. Vielleicht waren die beiden nur ein Glücksgriff gewesen – zu höflich, um anders zu reagieren.

Vor meinem inneren Auge tauchte Josy auf, die vehement den Kopf und dann mich schüttelte. »Lis! Du rockst das!«

Viel Zeit zum Nachdenken blieb nicht, denn die Hitze trieb den nächsten Kunden an die Theke. Ein Mann um die Dreißig, Surfertyp, mit vom Wind zerzausten und von der Sonne aufgehellten Haaren. Sein linker Arm war komplett tätowiert; ich konnte unter den Verzierungen und Schnörkeln ein Hunde-Porträt ausmachen. Das war der Auslöser. Bevor er den Mund aufmachen und etwas bestellen konnte, sagte ich – vielleicht etwas zu forsch ob meiner überspielten Unsicherheit: »Darf ich Ihnen etwas empfehlen? Ich glaube, wir haben genau die zwei richtigen Kugeln für Sie. Einmal Cappuccino für den Abenteurer, immer wach und auf Achse, und einmal Orange-Quark für den gesundheitsbewussten Typen, dem Natur und Umwelt wichtig sind.«

Verblüfft sah der Mann mich an. Weil mir das folgende Schweigen unangenehm war, plapperte ich weiter – wohl merkend, dass meine Wangen sich rot färbten und ich noch nervöser wurde. In diesem Moment nämlich wurde ich gewahr, dass Rosso sich aus seinem gedankenverlorenen Dahinstieren gelöst hatte und interessiert das Geschehen verfolgte.

»Cappuccino bringt die süß-herbe Note in die Kombination, die Orange-Quark mit ihrem luftigen Nachgeschmack schön ausgleicht. Quark bestellen meistens Menschen, die figurbewusst und doch Naschkatzen sind; Orange zeugt davon, dass Wert auf Fitness und Gesundheit gelegt wird.«

Die letzten Worte kamen nur stockend aus meinem Mund, denn meinem Gegenüber huschte ein Lächeln über das Gesicht. Lachte der mich etwa aus? Eine peinliche Stille entstand, und nun sah ich eindeutig, dass der Tattoo-Typ sich eines Lachens nicht mehr erwehren konnte. Ich hätte meine brennenden Wangen am liebsten in das Zitronensorbet vor mir gesteckt.

»Eigentlich wollte ich einen Eiskaffee«, prustete der Surfer los, und zu meinem blanken Entsetzen musste ich feststellen, dass auch Rosso mit seinem tiefen Bass einstimmte. Ich war kurz davor, die Schürze hinzuschmeißen. *Was für eine Scheißidee*, hämmerte es in meinem Kopf. Wie peinlich war das denn, wildfremde Leute mit meiner Küchenpsychologie einfangen zu wollen? Doch schnell schlug das Gefühl, gerade die schlimmste Demütigung seit Roman zu erleben, in Wut um. Nie wieder wollte ich mich so klein und erniedrigt fühlen.

Mit spitzem Mund und einem erzwungenen Lächeln sagte ich, als das Gelächter langsam abebbte: »Na, nicht jeder besitzt die Stärke, auch seine schlechten Eigenschaften vorgeführt zu kriegen.«

Der Surfer wischte sich nach ein paar weiteren Lachrülpsern eine Träne aus dem Augenwinkel, dann sah er mich prüfend an und meinte: »Die willst du also kennen? Nun gut. Ich bin interessiert.«

Dabei stellte er sich breitbeinig vor mich und spielte mit seinem Daumen an seiner Gürtelschlaufe, was mich kurzzeitig irritierte. Das Lächeln in seinem Gesicht war zur Maske gefroren, in kampfbereiter Haltung machte er sich zum Gegenangriff bereit. Einen langen Moment musterte ich ihn von oben bis unten, was ihn zu einem noch breiteren Ausfallschritt zwang. Schließlich hob ich an: »Cappuccino-Typen mögen die Herausforderung, aber sie sind schlechte Verlierer. Wenn sie sich etwas in den Kopf gesetzt haben, wollen sie das auch schaffen, um jeden Preis. Nicht selten stoßen sie damit Freunden oder Familie vor den Kopf. Sie lieben die frühe Tageszeit und können es nicht ertragen, wenn jemand lange in den Tag hineinfaulpelzt. Kritik teilen sie gerne aus, farbenfroh und zu allen Anlässen, auch wenn sie nicht gefragt werden. Einstecken geht jedoch nicht: Wer das Pflänzchen verschreckt, muss mit harten Bandagen rechnen. Und wird bei jeder sich bietenden Gelegenheit mit galligen Kommentaren und Witzen auf eigene Kosten zu rechnen haben.«

Mit einem kleinen Grinsen setzte ich hinzu: »Cappuccino-Eis-Fans geben aber immer gutes Trinkgeld.« Während meines Sermons hatte der Surfer stoisch zurückgestarrt und meine Beleidigungen ohne große mimische Veränderungen ertragen. Nun hörte ich Rosso aus dem Hintergrund auflachen, und der Surfer rang sich ein gequältes Lächeln ab.

»Ganz gut, ganz gut«, murmelte er und kramte in seiner Jeans nach seinem Geldbeutel. Er legte einen Fünfeuroschein auf den Tresen: »Ich hätte trotzdem gerne einen Eiskaffee.«

Nachdem der Cappuccino-Typ seinen Eiskaffee to go bekommen hatte und mit einem kurzen Gruß von der Bildfläche verschwunden war, grunzte Rosso aus seinem Eck: »Hätte ich das gewusst, hätte ich dich schon viel eher eingestellt! Das macht also deine Qualifikation als Eisfeinschmeckerin aus!« Er lachte in seinem tiefen Bariton. »Spitzenidee, wirklich. Seit fünfzehn Jahren habe ich die Gelateria, aber darauf bin ich noch nicht gekommen. Das solltest du dir patentieren lassen.«

Der restliche Nachmittag verlief im Sauseschritt. Rosso hatte sein Versprechen wahr gemacht und mich allein hinterm Tresen gelassen, um die Sonne am windigen Strand in vollen Zügen zu genießen. *Heute nur Eisverkauf* stand in großen Lettern auf dem Aufsteller vor dem Café, und ich bekam den Auftrag, anderweitig interessierte Gäste mit der Info abzuwimmeln, Kaffee und Kuchen gäbe es erst morgen wieder.

Das schwüle Wetter trieb mir die Kunden in Scharen in die Arme, und bei jedem Zweiten probierte ich meine Eispsychologie aus. Der ältere Herr mit seiner Enkelin, der jeden Tag vorbeikam, freute sich wie ein Schneekönig, als ich ihm vom Mut und Tatendrang der Waldfrucht erzählte, und eine Gruppe junger Mädels kicherte um die Wette, als ich ein Eis nach dem anderen analysierte. Ein frisch verliebtes Pärchen mittleren Alters – er Walnuss, sie Erdbeere – strahlte mich nach meiner Beratung an und wollte mich überreden, auch eine Prognose zu geben, inwiefern ihre zwei Eis-Horoskope kompatibel seien und was für eine Zukunft auf sie warte.

Bedauernd musste ich ablehnen, würde es aber im Kopf behalten und wünschte ihnen viel Glück. Zwei Kunden kamen sogar auf Empfehlung: Sie hatten gehört, ich könnte ihnen ihr persönliches Eis zusammenstellen, und würden sich gerne überraschen lassen. Teilweise war die Schlange vor meinem Tresen so lang, dass ich das Ende von meiner Warte aus nicht abschätzen konnte. Zwischendrin geriet ich ins Schwitzen, als Schokolade und Zitrone kurz hintereinander ausgegangen waren und ich zwischen zwei Kunden neue Kästen gefüllt mit Eiscreme aus dem Kühldepot holen musste. Innerlich verfluchte ich Rosso, mich an einem solchen Tag allein zu lassen; gleichzeitig machte es auch Spaß, die Verantwortung für den Laden allein zu tragen.

Wegen des Ansturms konnte ich erst eine halbe Stunde nach dem eigentlichen Feierabend die ausgeplünderten Eisvorräte in den Kühlschrank einsortieren und das Café abschließen. Fassungslos zählte ich das Trinkgeld, das heute in Massen geflossen war: Auf beinah 100 Euro kam ich – zusammen mit der regulären Bezahlung sowie meinem Anteil pro Eiskugel machte das einen bombigen Tagessatz! So viel hatte ich tatsächlich noch nie an einem Tag verdient. Ich schwebte auf Wolken. Wenn die nächsten Tage nur halb so erfolgreich liefen, würden Josy und ich in zwei Monaten das Geld zusammen haben, um unsere Schulden abzubezahlen! Die Anstrengungen der letzten Stunden, die sich in einer Art Muskelkater in der Hand und im Rücken bemerkbar gemacht hatten, waren mit einem Mal verflogen.

»Bring mir den Schlüssel an den Strand«, hatte Rosso mich beauftragt, und nun hopste ich heiter dorthin. Eine zentnerschwere Last schien von mir genommen, ich sog die frische Brise, die mir trotz der anhaltenden Sonne um die Nase wehte, tief ein und zog meine Strickjacke enger um mich. Nicht nur die Aussicht auf die schrumpfenden Geldsorgen befreite mich, wie ich merkte; es war auch das Gefühl, etwas Schönes erarbeitet zu haben.

Ich wusste dieses Gefühl kaum mehr einzuordnen: das Vertiefen in eine Beschäftigung mit allen Sinnen, ohne dass man dabei ständig auf die Uhr sah oder nachrechnete, wie lange man noch ausharren musste. Auf dem Weg zu Rosso kamen mir das Walnuss-Erdbeer-Pärchen und ein Bananensplit-Käufer entgegen, und wir grüßten uns fröhlich.

»Morgen kommen wir wieder vorbei! Solange meine sprunghafte Freundin sich das nicht anders überlegt«, rief mir der Mann zu, und ich rief zurück: »Na, dafür können Sie ja als beständige Walnuss sorgen!«

Nach einigem Herumgeirre konnte ich Rosso in einem der blau-weiß-gestreiften Strandkörbe ausmachen. Er war unter seiner Zeitung eingeschlafen und schnarchte wie ein Weltmeister. Nach einigem Rütteln bekam ich ihn mühsam wach und klimperte mit dem Schlüsselbund vor seinen Augen.

»Ah«, stöhnte er schlaftrunken, »tutto bene?«

Ich legte ihm den Schlüssel in die hingehaltene Handfläche, klopfte ihm auf die Schulter und sagte zum Abschied: »Tutto bene, Maestro Rosso!«

Die nächsten Tage verdiente ich mir eine goldene Nase. Mal analysierte ich aufgrund von Details, die mir an meinem Gegenüber auffielen – traurige Augen, sorgsam angebrachter Nagellack oder manchmal der Tonfall – oder ich ließ die Kunden bestellen und wagte mich dann an die Erklärungen.

Die meisten wollten sich überraschen lassen, und falls ich auf dem Holzweg war, stellte ich ein paar Nachfragen und versuchte, mich in meinen Erklärungen neu zu orientieren. Natürlich stimmten meine Zuschreibungen nicht immer, aber unterhaltsam waren sie die meiste Zeit. Großer Beliebtheit erfreute sich das Bestellen zweier Eiskugeln und die Analyse der Kombinationen – und so wurde auch mir nicht langweilig, wenn sich die Schokoladen, Zitronen oder Stracciatellas häuften.

Mit der Zeit perfektionierte ich auch meine Ausdrucksweise, brachte Beispiele aus dem Alltag – etwa beim Vanille-Esser, der an der Bushaltestelle erst alle anderen einsteigen lässt, oder bei der Melone, die sich gerne verträumt in der Gegend verläuft – oder fand Zuschreibungen, die wie die Faust aufs Auge passten – wie der Schoko-Liebhaber, der wie ein Hahn im Korb eine Sonderstellung einnahm und eifersüchtig über seine Besitztümer wachte.

Anna und Josy, denen ich platzend vor Stolz von meinen ersten Verkaufserfolgen erzählt hatte – den Surfertypen sparte ich aus, um die Wirkung meiner Geschichte nicht zu beeinträchtigen – statteten mir regelmäßig Besuch ab, mal mit den Kindern von Hilde, mal einzeln, meistens zu zweit kurz vor Feierabend.

»Wow, ich musste eine halbe Stunde anstehen«, sagte Josy freudestrahlend und bestellte einmal Pfirsich-Melba in der Waffel, »ich hab das Gefühl, ich bin mit einem Promi befreundet!«

Anna beugte sich vor und sagte: »Du bist der Knaller! Ganz Büsum und Meldorf redet von deinen Eiskünsten!«

Josy, die so aussah, als wäre sie einmal tief durch ihre Eiskugel getaucht, vollendete mit vollem Mund: »Jock hat erzählt, dass die Hälfte der Boßel-Mannschaft schon bei dir war. Die andere Hälfte will morgen vorbeikommen.«

Ich konnte mich eines stolzen Grinsens nicht erwehren, da wurden von weiter hinten unruhige Stimmen laut. »Geht's denn heute noch weiter?«

Anna warf mir eine Kusshand zu, und schon stand die nächste Eisfreundin vor mir: eine der seltenen weiblichen Schokoladen.

Eines Abends, als ich mit Rosso noch einen Sundowner – Orangensaft mit Eiswürfeln – zu mir nahm und wir an einem neuen Eisrezept knobelten, das Rosso in Auftrag geben wollte – rief mein Bruder an.

»Hannes!«, grüßte ich erfreut, »dich hab ich ewig nicht mehr gehört!«

Seit meinem Weggang aus Hamburg hatte ich ihm in ein, zwei kurze Nachrichten geschrieben, dass ich mit Josy den Norden unsicher machte und wir im Herbst wieder in München aufkreuzen würden, pünktlich zu Semesterbeginn. Hannes hatte den Sommer mit Freunden auf einem Segeltörn in Kroatien verbracht; er klang nervös am Telefon.

Nachdem ich ihn eine Viertelstunde aufgeregt damit

zugeplappert hatte, wie toll mein Eisverkauf momentan lief und dass ich hier den besten Verdienst meines Lebens hatte, erfuhr ich auch, woher der Wind wehte. Hannes versuchte gar nicht, beiläufig zu klingen, als er fragte: »Sag mal, ist zufällig Anna bei euch?«

Ich antwortete knapp mit einem »Ja, die ist seit einer Woche hier«, und wollte ihm von dem Lehrer erzählen, der mein Konzept als Inspiration für seinen Religionsunterricht im nächsten Schuljahr nutzen wollte – »weißte, von wegen Typologie und Einzigartigkeit des Charakters« – da unterbrach Hannes mich in seltsam drängendem Ton: »Hat sie was erzählt?«

Ich gab nun völlig auf, ihn für meinen Verkaufswahnsinn zu begeistern, und erfuhr nun endlich, was vorgefallen war – und was Anna uns in den letzten Tagen verschwiegen hatte.

Nach dem großen Streit vor einem Jahr – der von mir titulierte »Schnacksel-Streit« – hatte zwischen den beiden lange Monate Funkstille geherrscht. Im Treppenhaus waren sie sich zwar begegnet, doch erst mit dem Anfang des Frühlings hatten sie beschlossen, sich auszusprechen, damit zumindest diese Treffen nicht von eisigem Frost begleitet sein würden.

Die Aussprache war distanziert verlaufen, Hannes hatte sich entschuldigt, und Anna hatte seine Entschuldigung angenommen. Just bei der Verabschiedung, als alles geklärt und aus der Welt geräumt war und einem Neustart als Freunde nichts im Wege stand, hatte Hannes sich einen Tick zu lange in Annas dunklen Augen verloren.

»Seitdem weiß ich nicht mehr, was ich tun soll«, sagte Hannes. Er klang so, als würde er im nächsten Moment losweinen, und ich glaubte, meinen eigenen Bruder nicht mehr zu erkennen: »Ich passe sie bei jeder Gelegenheit ab, nur um hallo zu sagen, ich klingle mit fadenscheinigen Anliegen, nur um sie zu sehen – und ich dreh durch, wenn ich sie mit irgendeinem Typen im Hausflur lachen höre.«

Vor einer Woche hatte er vor ihrer Wohnung auf sie gewartet und ihr seine Gefühle gestanden. »Eigentlich wollte ich nach einem Becher Mehl fragen, um sie mal wieder zu sehen, stattdessen platzte alles aus mir raus.«

Zwischen Tür und Angel habe er ihr gesagt, was für ein Vollpfosten er eigentlich sei, so, wie er sich letzten Sommer verhalten habe, dass er sich selbst nicht mehr verstehe und alles dafür tun würde, dass Anna ihm eine Chance gebe, eine richtige diesmal.

Ich hielt die Luft an und fragte fast lautlos: »Und Anna wollte nicht?«

Ein langes »Pffff« war zu hören, ein noch längeres Schweigen, und dann: »Sie hat, ohne ein Wort zu sagen, die Tür hinter sich zugeknallt.«

Ratlos schwiegen wir uns eine Weile an.

»Hast du sie seitdem noch mal gesehen?«, wollte ich schließlich wissen.

»Einmal kurz im Supermarkt«, antwortete Hannes und seufzte, »wir haben kurz hallo gesagt, dann war sie schon wieder weg.«

Ich wusste nicht so recht, was ich meinem Bruder raten sollte. Anna war für mich oft undurchschaubar, und ich konnte mir vorstellen, dass sie sich nach der Vorgeschichte verarscht fühlte. Das sagte ich Hannes auch und kam zu dem Schluss: »Spekulieren bringt jetzt nichts. Ihr müsst miteinander reden.«

Ich wollte ihm gerade erzählen, dass wir in spätestens fünf Wochen aufbrechen wollten, da unterbrach er mich: »Wo genau ist dieses Meldorf?«

Zwei Tage später, an einem Samstag, wollte Hannes bei uns aufschlagen. Ich hatte ihm versprochen, Anna nichts von unserem Telefonat zu erzählen, und platzte fast ob des Geheimnisses, das ich mit mir herum trug. Josy konnte ich nicht einweihen, innerhalb kürzester Zeit hätte Anna Bescheid gewusst. In Sachen Verschwiegenheit war sie wenig diplomatisch – vor allem, wenn man sie bat, etwas auf keinen Fall weiterzuerzählen.

Sie rannte nicht durch die Gegend und band jedem, der vorbei kam, Heimlichkeiten auf die Nase. Viel mehr verplapperte sie sich häufig und machte es dann, indem sie zurückzurudern versuchte, häufig schlimmer. Ich erinnerte mich an einen Abend in München, lange vor Roman, als wir uns bei unserem Billig-Italiener im Glockenbachviertel auf eine Pizza trafen. Kurz zuvor hatte Anna einen kleinen Ausrutscher nach einer Medizinerparty mit einem Kommilitonen erlebt, und in einer Nacht-und-Nebel-Aktion hatten wir ihr über tausend Umwege die Pille danach besorgt.

Anna, der verantwortungsbewussten und sonst so peinlich auf Korrektheit bedachten, angehenden Ärztin, war die Aktion derart peinlich gewesen, dass sie mir das Versprechen abrang, niemandem etwas davon zu erzählen. Dummerweise hatte ich schon währenddessen mit Josy getextet. Nun hatte ich hochnotpeinlich darauf bestehen müssen, dass Josy die Geschichte entweder schnellstmöglich vergaß oder auf gar keinen Fall Anna gegenüber erwähnen durfte.

Wir saßen also in der Pizzeria und hatten uns gerade zwei große Pizzen zu dritt bestellt, da fragte Josy auch schon: »Und wie geht's dir, Anna?« Anna, noch völlig arglos, hatte den Mund aufgemacht, um zu antworten, da war Josy eingefallen, dass sie ja nichts wissen durfte von Annas Ausrutscher. Schnell war sie ihr über den Mund gefahren und hatte, viel zu gehetzt, hinzugefügt: »Also, ich meine, einfach nur so. Wie's dir geht. Mit … also, mit Arbeiten und so und dem ganzen Studium.«

Anna hatte die Stirn gerunzelt, was Josy, mittlerweile gesprenkelt wie die karierte Tischdecke, zu weiteren hektischen Ausflüchten veranlasst hatte: »Ich meine, ist das viel zu tun oder macht das Spaß oder, wie ist das so?«

Anna hatte mir einen tödlichen Blick zugeworfen, und ich war mit dem Kopf nach vorne auf den Tisch gesunken und hatte gemurmelt: »Es tut mir leid, ich hab's ihr gesagt.«

Josy hatte verlegen mit dem Zipfel des Tischtuchs herumgespielt, das Anna ihr aus der Hand zog mit den Worten: »Ach Mädels. Wie schön, dass wir unter uns sind.«

Josy konnte ich also nichts verraten. Heimlich beobachtete ich Anna und versuchte, aus ihr schlau zu werden. Zeitweise wirkte sie bedrückt, doch sie hatte nie zu den ausgelassenen Menschen gezählt. Scharfsinnig wie eh und je begegnete sie ihrer Umwelt und ließ sich dabei keinerlei Gefühlsregung anmerken. Zwischen Kalle und ihr hatte sich eine distanzierte Freundschaft entfaltet, sie half ihm ein wenig im Garten und beim Kochen, als Dank dafür, dass auch sie bei ihm unterkommen konnte.

Tranken wir nach Feierabend noch ein Bierchen am Strand, saß sie oft etwas stiller als sonst dabei und schaute in den abendlichen Sternenhimmel. Einmal lehnte sie sich an mich, und wir bemerkten gleichzeitig eine Sternschnuppe.

»Das mit dem Wünschen lass ich lieber sein«, sagte sie, »sonst kommt's doch wieder anders.«

Gerne hätte ich sie in diesem Moment auf meinen Bruder angesprochen, doch ich schwieg mit ihr in den Abendhimmel.

Und tatsächlich kam es, wie immer, anders, wie ich an folgenden Samstag, einen weiteren Arbeitstag, feststellte. »Wochenende ist Hochjunktur«, hatte Rosso gesagt, und ich hatte ihn nicht verbessert.

Nach einigem Hin und Her hatten wir eine neue Kreation im Sortiment: Karamell-Kirschcreme. Ich war begeistert von dem verrauchten Nachgeschmack, bitter und melancholisch zugleich, der von den verwendeten Likörkirschen herrührte.

Rosso zeigte sich semi-enthusiastisch. »Die Menschen wollen fröhliches Eis, nicht so traurig.«

Beide waren wir gespannt, wie das neue Eis ankommen würde. Zudem hatte Rosso von einem entfernten Bekannten einen mobilen Eiswagen aufgetrieben, den wir am Ende des Tages gemeinsam aufmöbeln wollten. Damit sollte ich am Meldorfer Strand meinen Eisverkauf weiterführen, zumindest wenn sich dort genügend Menschen tummelten.

Ich war gerade dabei, die Eiskästen von Vanille und Stracciatella aufzufüllen, da hörte ich ein lautes Räuspern hinter mir. Als ich mich umdrehte, sah ich Lucijan vor mir stehen. Wie ein Blitz fuhr mir das schlechte Gewissen wieder in die Knochen. In meiner Euphorie hatte ich fast den Grund vergessen, warum ich in meinem Urlaub überhaupt hinter dem Tresen stand und nicht am Strand lag und selbst ein Eis nach dem anderen schleckte. Natürlich war das Abbezahlen der Schulden fast jeden Abend Thema zwischen Josy und mir, wenn wir unser hart erarbeitetes Geld zusammen zählten und inständig hofften, es würde vielleicht eine Kleinigkeit für uns übrig bleiben.

Doch weil das Arbeiten indessen so Spaß machte – Josy hatte Überlegungen angedeutet, dass sie ihr Studium schmeißen und mit Jock auf einen leer stehenden Bauernhof in der Nähe ziehen wollte, um diesen von Grund auf zu sanieren – war der Druck in den letzten Wochen mehr und mehr in den Hintergrund gewichen. Seit dem Schwarzen Freitag hatten wir bis auf ein Anwaltsschreiben, das uns der Dorfpolizist überbrachte, nichts von unseren Schweizer Segelkumpanen gehört. Der Brief war eine Art Vorwarnung gewesen, es würde Anzeige erstattet, wenn wir nicht die horrenden Kosten für Jette beglichen.

Nun stand Lucijan vor mir und schien mindestens genauso perplex und überrascht wie ich.

»Hallo«, brachte ich heraus und versuchte ein Lächeln.

Lucijan presste sich einen Gegengruß zwischen den Zähnen heraus und tat dann so, als würde er sich in das Eissortiment vertiefen. Vermutlich wäre er am liebsten auf dem Absatz umgekehrt, wagte aber diese Unhöflichkeit nicht.

Ich wartete eine Weile, bis das Schweigen unerträglich wurde. »Unser Zitroneneis kommt gerade frisch aus der Mache«, versuchte ich es mit einem Vorschlag.

Kurz sah Lucijan auf, unkonzentriert und meinem Blick ausweichend, dann wandte er sich kommentarlos den Eissorten zu. Nervös spielte ich mit dem Eisportionierer, ließ ihn auf und zu klackern, bis Rosso mir missbilligende Blicke zuwarf und ein rügendes »Tzzzz« von sich gab. Inzwischen hatte Lucijan drei Jungs, etwa zehn Jahre alt, vorgelassen, und zu allem Unglück wollten die in den Genuss meines Eishoroskops kommen.

»Ich hab gehört, du kannst uns was über uns erzählen, wenn wir Eis bestellen«, sagte einer von ihnen, so ein vorwitziger mit dicker Brille und einem klugen Grinsen, den ich zu Schulzeiten bestimmt gehasst hätte. »Ich hätte gerne einmal Schoko-Vanille. Was bin ich denn?«

Neugierig starrten die drei Jungs mich an, und auch Lucijan beobachtete mich aufmerksam von der Seitenlinie. Die Nervosität schien mir ins Gesicht geschrieben, denn der eine Junge rumpelte den anderen an und kicherte: »Die sieht aber komisch aus!«

Eigentlich konnte ich gut mit Kindern. Das waren mir mit die liebsten Kunden – natürlich gleich nach den Rentnern, die gern ein Pläuschchen mit mir hielten und alle meine Prophezeiungen witzig fanden. Ich riss mich zusammen, versuchte Lucijan auszublenden, und begann dann, dem Brillenjungen seine Stärken und Schwächen aufzuzählen. Schoko-Vanille – Standard! Schoko waren die sortierten Genießer, die sich ungern etwas verbieten ließen, die sich Hals über Kopf in Abenteuer stürzten und – anders als die Heidelbeere – kurz vor dem Abgrund Stopp machten und umkehrten. Schokoladen waren schnell zu überzeugen, aber nicht aus Mangel an Rückgrat, sondern aus Bequemlichkeit.

Die Kombination mit Vanille sagte noch fast mehr über den Käufer aus: Das Mäßigende, manchmal etwas Bräsige, brachte ihn selten in die Verlegenheit übereilter Entscheidungen. Schoko-Vanille-Typen ruhten meist in sich selbst und nahmen die Hindernisse des Lebens so, wie sie kamen, mit einem kurzen Schulterzucken und einem zufriedenen: »Ist halt so.«

Das führte ich den drei Jungs gegenüber kurz und knapp aus, Lucijans Anwesenheit hemmte mich, ausführlicher zu werden. Die anderen beiden bestellten jeweils einmal Mango-Zitrone und Stracciatella und waren schnell abgefertigt. Grinsend – »Hast du gehört, du bist Standard!« – verließen die drei Jungs mit ihren Eiswaffeln in der Hand das Café, und endlich durchbrach Lucijan die Mauer zwischen uns.

»Du bist das also«, sagte er und sah mich unverwandt an, »die Eisverkäuferin mit den Typologisierungen.«

Er hatte davon schon in seiner Pension in Büsum gehört, in der er momentan untergebracht war. Die Erdbeere-Grete war seine Gastgeberin und lag ihm seit Tagen in den Ohren, er müsse dieses äußerst amüsante Charakterisieren ausprobieren. Nun war er zufällig in der Gegend gewesen und hatte Lust auf ein Eis verspürt.

»Einmal Zitrone«, sagte er, winkte aber ab, als ich zur Erklärung dieses Typus anheben wollte. »Eigentlich auch gut, dass ich dich treffe«, sagte er, nun etwas freier im Sprechen. »Ich wollte dir sagen, dass wir keine Anzeige erstatten wollen.«

Ich hatte den Eisportionierer gerade in das Wasserglas versenkt, als die Nachricht langsam in mein Hirn durchsickerte. »Und ihr müsst auch nur die Hälfte von dem geforderten Betrag zahlen«, fügte er hinzu.

Ich war wie vom Donner gerührt und starrte ihn mit offenem Mund an. Kein Wort brachte ich über die Lippen, so überrascht war ich. Klar war das trotzdem ein Batzen Geld, aber mit unserem Verdienst der letzten Wochen hatten Josy und ich den fast zusammen.

Lucijan trat verlegen auf der Stelle und erklärte, unterbrochen von vielen Räuspern, sie hätten Jette noch einmal genau untersucht und festgestellt, die Schäden seien nicht so gravierend wie auf den ersten Blick anzunehmen. Außerdem sei das Wetter wirklich nicht das beste gewesen, um mit zwei Laien – dabei hob er die Augenbrauen und sah mich streng an – einen kleinen Turn zu machen.

»Da war der Schreck wohl größer als der Schaden«, schloss Lucijan und fügte zögernd hinzu: »Vielleicht hätten wir euch auch nicht allein lassen dürfen.« Er wirkte erleichtert, die Nachricht losgeworden zu sein, und kramte in seiner Hosentasche nach Geld.

»Lass stecken«, brachte ich heraus, »das geht auf mich.«

Vor sich hin nickend ging Lucijan Richtung Tür, probierte dabei von seinem Eis, hielt inne und sagte im Umdrehen: »Ich komm die Tage noch mal, dann besprechen wir den Rest. Ob in Raten oder in Cash … und so weiter.«

Damit verließ er das Café, und ich starrte ihm wortlos nach. Erst nach einigen Sekunden begriff ich und ließ einen Freudenjuchzer los, ich umarmte stürmisch Rosso, der sich erkundigte, ob mit mir alles in Ordnung sei, und riss mir meine Schürze vom Leib. »Ich bin in einer Stunde zurück!«, rief ich und rannte ins Freie. »Ich bin sofort wieder da!«

Kopflos stürzte ich mich auf mein Rad, strampelte wie eine wildgewordene Antilope den Feldweg nach Meldorf entlang und stieß dabei immer wieder beseelt und ungezügelt laute Freudenschreie aus, sodass sich die Menschen, denen ich begegnete, zu mir umdrehten.

Ich war völlig außer Atem, als ich beim Hof von Jocks Schwester ankam.

Das Rad warf ich achtlos zur Seite und stolperte halb rufend, halb lachend in den Stall. »Josy! Josy, schnell!«

Im Stall überraschte ich ein eng umschlungenes Pärchen, Josy und Jock, doch auf Zärtlichkeiten konnte ich gerade keine Rücksicht nehmen, und so riss ich Josy an mich und rief: »Josy! Du glaubst es nicht! Wir sind so gut wie schuldenfrei! Wie haben's geschafft!«

Mein Schwung war so groß, dass Josy und ich in einen Haufen Stroh fielen, wo ich Josy stürmisch an mich drückte. »Wir haben's geschafft!«, rief ich ein ums andere Mal und erzählte atemlos, was mir gerade passiert war. Ich konnte unser Glück nicht fassen. Josy stimmte in mein Lachen mit ein, und als wir, über und über mit Stroh und Staub bedeckt, zu Jock linsten, sah ich ihn zum ersten Mal unverhohlen grinsen.

Den Nachmittag verbrachte ich in einem unbeschreiblichen Hochgefühl. Ich verkaufte extra große Kugeln und nahm mir noch mehr Zeit, um meine Kunden zu analysieren. Auch hob ich vor allem die positiven Vorzüge hervor und strahlte jeden Käufer schon von Weitem an.

»Mamma mia, bella!«, rief Rosso aus seiner Ecke, und nicht einmal das nervte mich heute. Wir konnten ohne schlechtes Gewissen demnächst den Norden verlassen und ohne Altlasten auf den Schultern nach München fahren!

Glückselig gönnte ich mir selbst eine große Portion Eis. Natürlich Stracciatella.

»Wer hätte gedacht, dass das alles noch so ein Ende nimmt«, sagte Kalle am Abend, als wir in großer Runde an seinem Holztisch saßen, den wir aus der muffigen Stube in den Garten geschafft und reichlich gedeckt hatten. Außer Anna, Jock und Josy waren auch Thorsten Petersmann und Leif zu Besuch; wir aßen Labskaus und tranken dazu selbst gebrauten Apfelwein.

»Schade eigentlich«, sagte Josy, »gerade läufts doch so gut mit dem Eis.«

Überrascht schaute ich sie an. »Na, ich verkaufe doch weiterhin.«

Nun waren es Josy und Anna, die mich ihrerseits überrascht ansahen. »Aber du brauchst das zusätzliche Geld nicht mehr«, meinte Josy, und Anna ergänzte: »Wir könnten stattdessen ein bisschen Urlaub machen!«

Ich nahm einen großen Schluck Apfelwein und prustete los: »Segeln gehen, oder was?«

Alle lachten, und nachdem wir auf das Meer und seine Schönheit angestoßen hatten, erklärte ich: »Mit Rosso ist abgemacht, dass ich noch zwei Wochen bei ihm arbeite. Das ist für mich der schönste Urlaub, den ich mir gerade vorstellen kann.«

Und ich meinte es auch so. Noch waren meine Pläne nicht spruchreif und ich hatte sie weder mit Josy noch Anna geteilt, aber in den letzten Tagen und Wochen hinter der Theke schwelte eine Idee in mir – die vom eigenen Eisladen.

Mein Studium, das war sowieso nicht mehr zu retten. Was ich jetzt brauchte, war Unterstützung für meinen ersten eigenen Laden. Sowohl beim Know-how als auch finanziell. Von Rosso hatte ich mir bereits einige wertvolle Tipps geholt; ich war mir sicher, er würde mich auch weiter unternehmerisch unterstützen.

Die Arbeit der letzten Wochen hatte mich aus meiner Ziellosigkeit ins Jetzt katapultiert, sie hatte mir Sinn gegeben und Spaß gemacht, und wieso nicht mal träumen, wenn auch andere ihre handfesten Vorhaben verfolgten.

Zum ersten Mal seit langer Zeit hatte ich einen Plan, der sich gut und richtig anfühlte, den ich für mich selbst beschlossen hatte und der zu mir gehörte. Er ermöglichte mir eine Rückkehr nach München ohne schlechte Gefühle, denn etwas Entscheidendes hatte sich geändert. Ich wusste, wohin die Reise gehen sollte, und es fühlte sich gut an, ohne falsche Zwänge, ohne das Gefühl, etwas besonders gut und besonders einzigartig leisten zu müssen. Als hätte dieser Plan schon immer in mir geschlummert und nur auf den richtigen Moment, die richtigen Umstände gewartet, um sich ans

Tageslicht zu boxen und dort für ein Gefühl tiefster Zufriedenheit und euphorischem Tatendrang zu sorgen.

Ich würde meine eigene Gelateria eröffnen!

Natürlich würden die ersten Monate anstrengend und schwierig werden, erste Hemmnisse würden ein Tanz zwischen Aufregung, Selbstzweifeln und Existenzängsten werden. Gleichzeitig war mein Plan auch die Lösung all dieser Probleme, denn all das würde, so kräfteraubend es auch sein würde, sich richtig anfühlen. Plötzlich schien alles klar vor mir zu liegen, die Zielgerade, zu der ich einschlagen wollte, der Weg dorthin würde sich von selbst ergeben. Ich dachte an meine Anfänge in München, den Mann, der mir nach der Mittagspause den Euro gebracht hatte, die »Sieben« aus dem Mund von Julius Schüller. An Jakob, meine erste Vanille, und Roman, meine letzte Heidelbeere – zumindest hatte ich das vor. Das bunte Sortiment an Gefühlen und Eissorten, wie es das Leben mit sich brachte, es fühlte sich mit all seinen Bitternissen und Schönheiten in Ordnung an, solange man akzeptieren konnte, dass es zu einem gehörte.

Letztendlich, so erkannte ich, war ich Stracciatella.

Wer Stracciatella bestellt, bekennt sich nicht nur zu seinem Faible für südliches Temperament, das er selbst nicht auszuleben vermag. Er knabbert gleichzeitig an subtil eingestreutem Primat des Kleinen, Schweren in der Masse und bekommt dazu einen Löffel getüpfelter Lebensfreude. Stracciatella-Esser wollen alles und nichts, diese Sorte ist Kompromiss und ein Zugeben, sich nicht voll und ganz für eine Sache zu entscheiden. Das Bedürfnis nach einem sicheren Genuss ist größer als die Risikobereitschaft, und doch will man sich nicht mit etwas Herkömmlichem zufriedengeben. So gesehen ist Stracciatella auch eine der wenigen Sorten, die es schafft, zwei Geschmackserlebnisse in sich zu vereinen – und muss nicht unbedingt mit einer weiteren Kugel ergänzt werden.

Während ich mit Josy fast ins Schwelgen geraten wäre ob unserer schönen Zeit hier im Norden, entdeckte ich im Halbdunkel des Gartens plötzlich Hannes, der uns aus einiger Entfernung beobachtete.

»Hannes!«, rief ich und wurstelte mich aus der Gartenbank heraus, um ihm entgegenzulaufen. Schüchtern ging er einige Schritte auf mich zu und ließ sich von mir umarmen, ohne die Berührung groß zu erwidern. Etwas mehr Herzlichkeit hätte ich nach den Monaten, in denen wir uns nicht gesehen hatten, schon erwartet, doch Hannes schob mich beinah grob von sich weg und trat auf die lärmende Tischgemeinschaft zu, die plötzlich ganz ruhig geworden war.

»Hier bist du also«, sagte Hannes zu Anna.

»Hier bin ich also«, erwiderte sie kühl. Einige Sekunden der Stille folgten, in denen man nur das Zirpen der Grillen vernahm und von weitem Traktorengeräusche. Anna durchbrach die Tiefe des Moments, indem sie sich von der Bank schälte, kurz auf den Tisch klopfte und in beiläufigem Ton zu den anderen sagte: »Feiert mal weiter, ich hab noch was zu erledigen.«

Wortlos ging sie zu Hannes, blieb vor ihm stehen und schaute ihn eine Weile schweigend an. Hannes hielt ihrem Blick stand, die Hände zur Faust gepresst. »Du warst schon immer mehr für mich. Es war nie nur Schnackseln«, sagte er.

Ich konnte Annas Gesicht nicht sehen, aber ihre Schultern strafften sich. »Nee, das war es wirklich noch nie«, antwortete sie nach kurzem Zögern, und dann küssten sie sich.

Josy starrte die beiden entgeistert an. »Was soll das denn?«, flüsterte sie, während Hannes und Anna sich schließlich voneinander lösten und hinter dem Haus verschwanden. Bevor Anna um die Ecke bog, warf sie mir noch einen kurzen Blick zu. Sie lächelte.

Ich nahm wieder Platz neben Josy. »Da scheint mehr in unserer Abwesenheit passiert zu sein, als wir erfahren haben.« Während ich mir einen großen Schluck Apfelwein nachschenkte, setzte ich nach: »Wird Zeit, dass wir wieder zurück kommen und den Faden aufnehmen.«

Josy schwieg eine Weile, schaute lange in Jocks Richtung und schien in tiefen Überlegungen gefangen. Schließlich nickte sie und lehnte sich an mich: »Ja, Zeit wird's wohl.«

Glossar: Eissorten

Amarena: verboten süß, lethargisch, genussfreudig

Cappuccino: ehrgeizig, aufmerksam, kritisch

Erdbeere: flatterhaft, humorvoll, begeisterungsfähig

Gin-Tonic: spröde, anarchistisch, emotional

Heidelbeeren: abenteuerlustig, unabhängig, unbeständig

Joghurt: neutral, körperbewusst, empfindsam

Karamell: apathisch, selbstmitleidig, sinnenfroh

Malaga: provinziell, bodenständig, resolut

Melone: hard to get, weise, unterhaltsam

Pfirsich-Melba: süß, was für Weicheier. Und Verliebte

Schokolade: genussfreudig, bequem, meinungsschwach

Stracciatella: divenhaft, kindlich, unentschieden

Vanille: zuverlässig, geduldig, unscheinbar

Walnuss: stoisch, kantig, undurchschaubar

Zartbitter: erwachsen, tröstend, vielversprechend

Zitrone: herb, konfliktfreudig, strukturiert

Danksagung

Danke an Andi, meinen geduldigen und ehrlichen Erstleser. Und danke an Lotta, für ihre tollen Tipps und Plattdeutsch-Kenntnisse.

An meine Eltern, die mich mit ihrer Liebe in allem unterstützen. An Flo und Michi, die immer da sind für mich.

Danke auch an Leni für das wunderschöne Cover und ihre Freundschaft seit dem Kindergarten.

An meine Freundinnen, die jeden Sommer einzigartig machen: Anna, Miri, Caro, Katja, Sabine, Kati, Susi, Maria, Vroni, Aileen, Verena, Julia, Steff, Bine, Geli, Kirsi. Ihr seid der Knaller.

Danke an Thomas für seine Segelkenntnisse.

Danke an Chris, die mir immer Mut gemacht hat.

Danke an Erika. Dein Lachen bleibt.

Danke meiner Agentur Lianne Kolf, bei der ich mich sehr gut aufgehoben fühle.

Danke an Cornelia Franke, für das behutsame und treffende Lektorat.

Danke an das Piper-Team, für die schöne und unkomplizierte Zusammenarbeit.

Und, natürlich, danke an Magnus, Helena, Michel; ich freue mich auf all die Eiskugeln und Sommer, die auf uns warten.